TACK!

Genom att välja en klimatsmart pocket från Månpocket bidrar du till vårt arbete för att göra produktionen av pocketböcker miljövänligare.

Vår vision är att ge ut böcker där man tagit hänsyn till miljön i varje steg av produktionen – och vi strävar efter att bli ännu bättre.

Vi har därför valt att trycka alla våra böcker på FSC-märkt papper. FSC står för Forest Stewardship Council och är en oberoende, internationell organisation som verkar för socialt ansvarstagande genom ett miljöanpassat och ekonomiskt livskraftigt bruk av världens skogar. FSC:s regelverk slår bland annat vakt om hotade djur och växter, om hållbart och långsiktigt bruk av jorden och om säkra och sunda villkor för dem som arbetar i skogen.

För de utsläpp som trots allt inte går att undvika i bokproduktionen klimatkompenserar vi genom Climate Friendly. Vi bidrar härigenom till utbyggnaden av hållbar utvinning av förnybar energi, såsom vindkraft.

Vill du veta mer? Besök **www.manpocket.se/klimatsmartpocket**

Anna Jansson

SKYMNINGENS BARFOTABARN

Denna Månpocket är utgiven enligt överenskommelse med
Norstedts, Stockholm

Omslag: Helena Hammarström
Omslagsbilder: © Maggie McCall / Trevillion Images
Författarfoto: Anna-Lena Ahlström

© Anna Jansson 2014, enligt avtal med Grand Agency

Tryckt hos ScandBook AB, Falun 2015

ISBN 978-91-7503-457-7

Du har tappat ditt ord och din papperslapp,
du barfotabarn i livet.
Så sitter du åter på handlarns trapp
och gråter så övergivet.

Vad var det för ord – var det långt eller kort,
var det väl eller illa skrivet?
Tänk efter nu – förrn vi föser dej bort,
du barfotabarn i livet.

Nils Ferlin
ur *Barfotabarn*, 1933

1

Vårkvällen var varm. En ljuvlig doft från narcisserna i rabatten spred sig över trädgården. Kriminalinspektör Maria Wern satt i den blå skymningen i träsoffan under gråpäronträdet. Tillsammans med Björn hade hon precis avslutat en middag med lax, nyskördad sparris och mullbärsparfait. Hon sippade på vinet, en Riesling med krispig smak av fläder och citrus, och blev milt sagt häpen när mannen hon älskade föll på knä framför henne. Hon ställde ifrån sig glaset. Han fattade hennes hand och såg på henne med en innerlighet som fick henne att ana vad som skulle komma.

"Vill du gifta dej med mej, Maria Wern?" Han hade hamnat med knäskålen på en sten och det såg vingligt och obekvämt ut. Det krävdes tydligen ett snabbt svar.

"Vad säger man? Det kom så plötsligt."

"Jag älskar dej, vill leva med dej och få barn med dej. Jag ser inte direkt fram emot att bli en skröplig åldring, men tillsammans med dej skulle det vara... lindrigare."

De hade varit ihop i snart ett år. Successivt hade han flyttat in och sagt upp sin lägenhet. Han arbetade som brandman och när han hade nattpass sov han i gästhuset. De andra nätterna var lustfyllda äventyr – fortfarande galet passionerade, tänkte hon. I ett år hade de delat allt.

"Vill du, Maria Wilhelmina Wern?" Han tänkte tydligen inte låta henne komma undan. Giftermål hade då och då kommit på tal och hon hade skojat bort det. Han borde ha förstått att hon var tveksam. Precis när de hade inlett förhållandet hade hon under några omtumlande dagar varit gravid, men det slutade i ett tidigt missfall. Det var då han för första gången hade fört det på tal.

"Jag älskar dej, räcker inte det?" frågade hon.

"Det räcker långt." Han skrattade varmt. "Men jag vill att vi ska vara vi på riktigt."

"Vi är vi på riktigt. Vad skulle bli annorlunda eller bättre om vi gifte oss? Ärligt sagt, jag menar ärligt, Björn!"

"En fest är aldrig fel." Han reste sig långsamt upp och gnuggade sitt onda knä. "Och så vill jag ha barn med dej – en tre, fyra stycken."

"Så pass?" Hon kunde inte låta bli att skratta och så var förtrollningen bruten. Grodan på marken förvandlades till en prins när han rest sig på bakbenen. Han var snygg, hennes man. Hon kom fortfarande på sig själv med att stanna upp ibland för att bara se på honom.

"Jag återkommer i ärendet, skriftligt så att det diarieförs ordentligt." Han la armen om henne och kysste henne och just då i den stunden hade hon kunnat svara ja, men sedan kom tvivlet och rädslan att bli sviken. Igen.

När Björn somnat steg Maria upp, tog på sig morgonrocken, gick nerför trappan och satte sig i vardagsrummets mörker för att tänka över hans förslag. I skenet från gatlyktan såg hon gränden och på andra sidan de låga husen som liknade hennes eget, med putsad fasad och fönster i midjehöjd. Under turistsäsongen brukade hon ha persiennerna neddragna för att slippa insyn. I samma stund som hon tänkte att det snart var dags igen dök ett ansikte upp i rutan, ett blekt ansikte med mörka ögon. En man skuggade med handen över ögonen och stirrade rakt in i rummet på henne. Deras blickar möttes och hon fick behärska sig för att inte skrika högt. Han höll henne kvar med ett uttryck av... sorg och desperation. Det var så hon tolkade det. Ansiktet försvann lika hastigt som det kommit. Hon gick fram till fönstret och såg en lång mörk gestalt försvinna bakom kröken. Mer upprörd än hon borde ha blivit, skakad av uttrycket i hans ansikte, försökte hon lugna sina häftiga andetag. Bor man på Klinten får man vänja sig vid insyn, tänkte hon och drog ner persiennerna med en smäll.

Hon gick ut i trädgården som vette mot ringmuren. Gatlyktans sken föll in över det gula planket. Hon tänkte på vad Björn frågat. Var hon redo att gifta sig med honom? Natten var förunderligt varm. Här på bänken hade hon suttit med tant Vega, som hon fått ärva huset av. Vad skulle Vega ha sagt i all sin klokskap? *Varför är du tveksam, Maria? Handlar det om Björn eller om dej själv eller om äktenskapet som form?*

Vega hade valt att leva ensam, men tog sig en älskare då och då när lusten fanns. Gifta sig hade hon aldrig velat. Det var som om Maria fortfarande kunde höra Vegas röst. *1858 kunde ogifta kvinnor ansöka om att bli myndiga och få ta hand om sina egna pengar. För gifta kvinnor var året 1921, alltså sextiotre år senare. Min mor var således inte myndig när jag föddes 1920. Jag tänker aldrig bli beroende av någon. Men det gäller mej och mitt liv. Dina beslut är dina egna.*

Hur Maria än valde att göra skulle Vega ha stöttat henne, det visste hon. Det handlade inte om det. Björn hade inga som helst planer på att förslava henne. Tvärtom. Björn var nästan för bra för att vara sann. Hon älskade att vara tillsammans med honom och när han inte var i närheten saknade hon honom. Det fanns en omtänksamhet i allt det han gjorde. Frukost på sängen. En uppvärmd bil. Läxläsning med barnen. Han brydde sig om Emil och Linda som om de hade varit hans egna ungar. *Så varför tvekar jag då?*

Den största oron gällde hans före detta flickvän, socialsekreteraren Liv Ekdal. Han hade lovat att det var slut, definitivt över. Men de var vänner och vänner hjälps åt när det behövs, hade han förklarat. Maria var bränd när det gällde hjälpsamhet och gamla ex, men försökte att inte överreagera. Det som hänt tidigare i livet var inte Björns fel. Han var perfekt och kanske var det just det som var mest skrämmande. Hon ville inte helt förlora sig känslomässigt, bli beroende och sedan sviken. Skilsmässan från Krister, barnens far, hade inte gått spårlöst förbi. Inte heller det passionerade förhållandet med Per Arvidsson, som sedan svek henne och gick tillbaka till sin fru i en stund av hastigt påkommen hjälpsamhet. Båda gångerna hade hon stått inför samma avgrund, inför hotet att helt uppslukas och gå under.

Kanske är det lättare att leva med någon som man kan klara av att leva utan, tänkte Maria. Någon man älskar lagom mycket, så att man inte ger upp sig själv. Jag vet att jag håller igen, har garden uppe av rädsla för att gå under. Hon visste inom sig att allt bottnade i en djup rädsla sedan barndomen, där närheten hon haft till sin mamma varit gränslös och livsfarlig. Som barn är man skyddslös. Det sjuka blir vardag och norm när man inte har något att jämföra med. Maria mindes hur hennes mamma plötsligt kunde få ett raserianfall och säga elaka saker och nypa henne så hårt att hon började gråta. Bara för att i nästa stund få trösta med långa kärleksförklaringar och kramar. Mamma Monica hade behövt den kicken. Det fick aldrig vara lugnt.

Ibland var hon världens roligaste mamma. Däremellan var hon helt försvunnen. Den politiska kappan fladdrade i ytterligheternas kastbyar och Maria slängdes mellan stolthet över sin modiga mamma och skam över hennes ogenomtänkta uttalanden. Ibland reste Monica bort i flera veckor utan att säga till och främmande personer dök upp som barnvakter, ibland ingen alls. Löften om storslagna resor, ett eget rum, en egen häst och ridläger infriades aldrig. I stället blev det ett vanvettsutbrott för att Maria ställde orimliga krav. Som straff blev hon nupen på ställen som inte syntes när kläderna var på. Kompisarna tyckte att Monica var häftig och rolig, därför slutade Maria att bjuda hem dem så att de inte skulle upptäcka sanningen. En gång i ettan på gymnasiet bjöd mamma in dem utan att Maria fick veta det. Ett överraskningsparty där Monica själv blev huvudpersonen och fångade allas uppmärksamhet genom att, till Marias fasa, berätta om sina sexuella erfarenheter. Det var samma kväll Monica började slira om att Maria hade en okänd bror. Sju år äldre. Monica hade fått honom av misstag när hon var sexton och han blev kvar hos sin farmor, sa hon. Efteråt förbjöd hon Maria att någonsin försöka få kontakt med honom. Säkert var det en lögn som så mycket annat som verkade stort och fantastiskt till en början och sedan krympte till ingenting alls.

Maria märkte att hon frös där hon satt under päronträdet och drog morgonrocken tätare om kroppen. Om det inte varit för pappa Bruno skulle Maria inte ha klarat sig. "Varför stannade du pappa?" hade hon frågat honom och svaret förvånade henne egentligen inte. För att han, trots allt vansinnigt Monica gjort, ändå brydde sig om henne. "Men också för din och Daniels skull. Det är inte så petnoga vem man gifter sej med, utan vem man skaffar barn med", hade han sagt. "För det kan man aldrig göra ogjort. Jag ångrar inte er, mina barn. Men om ni inte hade kommit till världen hade jag valt ett annat liv."

Maria tänkte på Daniel och kvävde en skälvande suck. Det slutade aldrig att göra ont. Han hade aldrig lyckats flytta hemifrån. När Maria gått ett par veckor på polisutbildningen tog han sitt liv med tabletter ur mammas handväska. Det var som om något i henne själv dog när hon fick veta vad som hänt. För att orka vidare hade hon stängt dörren om sin barndom. Inte ens Björn visste att hon haft en bror. Hon ville inte prata om det. Tanken på att hon kunde ha förhindrat det, skulden, var för tung.

Efter att Maria träffat Krister, visat upp honom och deklarerat att det var allvar, bröt Monica all kontakt med dem. För mamma fanns bara onda och goda och Krister var ond eftersom han inte lät sig tjusas. Vid två tillfällen, när det inte hade funnits någon annan utväg, hade Emil och Linda fått vara hos sina morföräldrar. Men då hade Bruno lovat att inte en enda minut lämna dem ensamma med Monica.

Björn hade undrat, sagt att han gärna ville träffa hennes föräldrar, men Maria hade sagt nej. Det här var hennes innersta hemlighet. Han tyckte att hon var hård mot dem, men han förstod inte. Hur skulle han kunna göra det när hon inte kunde berätta? För det gick inte att berätta utan att han skulle se vilken misslyckad och oälskad och värdelös person hon var. Barndom och nutid – två verkligheter som absolut inte fick mötas. Sårbarhet som inte fick blottas. Hon måste skydda sig. Maria lutade huvudet bakåt och såg upp på natthimlen, stjärnorna och en blek nymåne. Det kändes som om Vega satt alldeles intill henne på bänken under päronträdet med all sin välvilja. *Björn är en bra man. Du har inte gett honom en ärlig chans när du inte berättat, eller hur?*

När Maria vaknade nästa morgon kändes det som om något hade löst sig under natten. Oklart vad – men trots att hon inte sovit någon längre stund kände hon sig lätt och fri när Björn smekte henne till dagens första kärleksstund och ställde samma fråga, högtidligt och med glimten i ögat.

"Maria Wilhelmina Wern, vill du gifta dej med mej?"

"Ja, jag vill det. Fast jag är rädd. Jag kan inte hjälpa att det känns ödesmättat på något sätt."

"Du sa ja!" Han fattade om hennes båda kinder och kysste henne. "Jag kan bara inte fatta det! Du sa ja!"

"Ja, jag sa ja!" Maria kände sig skakig inuti när hon sagt det, men ändå stolt över att hon haft modet. Hon gick ner för att förbereda frukosten medan Björn tog en dusch. Emil kom precis in med ett papper han hittat i brevlådan. En lapp om ett kollo i Ronehamn. Han var eld och lågor.

"Får jag mamma, får Linda och jag åka? Ubbe var på kollo förra året och det var skitkul sa han."

Maria tittade på datumet. "Lördagen när det börjar är Ubbes födelsedag."

"Den vill jag förstås inte missa, men man kanske kan komma på söndagen. Vi kan väl fråga?"

"Jag får kolla det." Maria tänkte att kollot skulle kunna vara en bra lösning. Hon hade ju inte semester förrän i senare delen av sommaren, inte Björn heller. "Stället det är på i Ronehamn heter Gula Hönan."

"Gula Hönan är det perfekta stället att ha själva festen på", deklarerade Björn som precis kom in i köket.

"Festen?" Maria hängde inte riktigt med.

"Bröllopsfesten!" sa han och gav henne ett fantastiskt leende med spelande ögon.

Emil tittade upp från sin läsning. "Det står här på pappret vad vi ska göra. Det är en spökvandring och vi ska få skjuta med pilbåge och paddla kanot."

"Jag vill bestämma vad vi ska leka!" Linda kunde inte sitta stilla vid bordet längre utan började hoppa runt på ett ben. "Först ska vi leka Land och rike och sen Bollen i burken och sen ska alla vara mina hästar i mitt stall." Hon skrattade med hela sin tandlösa sjuåringsmun.

"Ditt rikspucko – det bestämmer inte du", sa Emil strängt. "Det konstiga är att lappen låg i brevlådan i dag. Det är ju söndag."

"Det kanske är Lena som lagt den där." Maria tänkte att så måste det ju vara. Lena skulle vara ledare på kollot. Hennes namn stod med i inbjudan. Hon var dotter till Marias chef Tomas Hartman och hade suttit barnvakt flera gånger. Barnen gillade henne. Det här kollot kändes alltmer som en bra idé.

"Det var en konstig typ som frågade saker om dej i går, mamma." Emil tog tag i Marias arm för att vara säker på att hon lyssnade. "Han såg ut som en vampyr och han visste vem jag var för han hade bildgooglat mej. Vet du att man kan bildgoogla och se massor av bilder på dej när du har varit i tidningen? Det sa han, så jag kollade. Det finns bilder på hela våran familj. Men flest bilder på dej."

"Vad frågade han för saker?" Maria mindes mannen i fönstret med en stark känsla av obehag.

"Han frågade om du hade ett stort fult ärr på magen, ett sånt man får om någon skär en med kniv."

2

Hemse vårdcentral var välbesökt på måndagsmorgonen. En baby gnydde, någon hostade i skrällande attacker. Två äldre damer jämförde sina åderbråck och en gammal man hade somnat i väntan på sin tur. Huvudet hängde framåt, händerna förlorade greppet om tidningen och han vaknade till med ett ryck.

Mirela Lundberg kröp ihop på den galonklädda stolen, drog upp benen och slog armarna runt sina knotiga knän. Det tjocka bruna håret föll fram över ansiktet och blev ett draperi som stängde omvärlden ute. Vart går man för att få hjälp när det inte går att prata med någon vuxen? De som arbetar på sjukhus har tystnadsplikt, det hade Mirela hört av sin fröken och då var det sant. På vårdcentralen hade de hjälpt henne förut, när hon var sju år och hade ramlat från en gunga och slagit upp ett otäckt sår på knäet. De hade varit snälla, pratat med mjuka röster och brytt sig om att hon hade ont. Hon hade till och med fått ett klistermärke. Den här gången fanns det inget knä som blödde och behövde sys ihop, inget som syntes. Det var mycket värre än så. Mirela försökte tysta gråten. Hur skulle hon kunna förklara för dem? De kanske skulle tycka att det var hennes eget fel. Hon hade ju gått med på det, i alla fall inte protesterat. Inte ens fröken hade velat höra. Efter en halv mening hade Mirela blivit avbruten och nedtystad. Fröken hade inte tid med någon som störde schemat och nu var det sommarlov.

En tant, lika liten som Mirela själv, satt i soffan och knäppte med spännet på sin handväska. Klick, klick, klick, knäpp. Hon luktade kiss. Ansiktet såg ut som en sorgsen gipsmask. Nu vände hon på huvudet. Tanten fick inte höra snyftningarna, inte fråga hur det var. Då skulle alla stirra. Den snälla sköterskan som hette Mona måste komma. Det oroade Mirela att hon inte hade synts till.

"Rita Jakobsson!" ropade den andra sköterskan, hon som inte var Mona. Hon såg sträng ut i sina svarta glasögon. En mamma med en baby i famnen reste sig. Sköterskan tog i hand och hälsade. Babyn höll sig för ena örat och skrek så att den blev rynkig och röd och de mulliga benen sparkade som om den hoppade säck i luften. De försvann bort i korridoren.

Jag vill inte leva mer, jag vill vara död, tänkte Mirela och förstod till sin förfäran att det var alldeles sant. Inte något man bara säger eller tänker för att prova hur tanken känns. Förut, när livet var som vanligt, hade hon också funderat på döden. Tänkt på hur ledsna alla skulle bli om hon dog. Men då var det inte alls samma sak. För då hade det funnits en varm och mysig tanke på att de skulle sakna henne, även om den var sorglig. Nu kändes det som hon skulle få panik. Det blev allt svårare att andas, bara i korta små puffar kunde hon få luft. Mirela knöt händerna för att stå ut med krampen i magen. Hon måste våga berätta för att få hjälp. Hon orkade inte vara rädd längre... hela tiden rädd. Hon höll nummerlappen i handen. Pappret blev fuktigt och skört och brast på mitten. Nummer ropades upp och ibland ett namn. Patienterna reste sig en efter en och försvann i korridoren. Syster Mona syntes fortfarande inte till.

Hjälp mej! Snälla hjälp mej! Om ingen bryr sej om mej dör jag. Det behövdes mycket mod för att stanna kvar. Mirela blev alltmer osäker på att någon verkligen skulle lyssna och förstå. Händerna gjorde blöta märken när hon tog på den galonklädda stolsdynan.

"Edit Nyström!" Ofattbart långsamt gick tanten med maskansiktet över golvet. Det var som om hennes ben låst sig och vägrade att träffa doktorn, fast resten av kroppen ville framåt. Glasögonsköterskan baxade henne bit för bit med stort tålamod och talade med vänlig röst.

"Då får vi se vem som var på tur. Nummer sexton." Syster Mona uppenbarade sig plötsligt framför dem och Mirela visste i den stunden att hon var en ängel. Hon hade anat det förra gången hon var på vårdcentralen, men nu visste hon säkert. För änglar kan läsa tankar och de finns där när de behövs.

"Det är jag." Mirela visade sin nummerlapp och kände golvet gunga till när hon reste sig för att följa efter. Mona log mot henne och visade vägen in genom en korridor med knallgrönt golv. De passerade skylten med ordet PERSONALRUM.

"Ett ögonblick bara." Det var tydligt att Mona ville att hon skulle stanna utanför, men Mirela följde efter som en skugga in i personalrummet. Sköterskan tog upp hundra kronor ur sin rockficka och la dem i ett kuvert som stod lutat mot en mugg på kaffebordet. Mirela förstod att hon inte borde vara där i personalens rum och skyndade sig före ut i korridoren innan Mona vände sig om. "Ursäkta att du fick vänta, det var en sak jag bara inte fick glömma bort att göra", förklarade Mona med ett litet leende som fick skrattgroparna att synas. "Har du ingen vuxen med dej när du ska ta blodprov?"

"Nej." Mirela förstod ingenting.

"Har du ett papper där det står vilka prover som ska tas, en remiss?" Mona såg ut som hon inte heller förstod.

"Nej. Det ska inte tas prover", sa Mirela tyst och kände att gråten var på väg igen. Hon knep sig i armen och försökte skärpa sig. Bet sig i läppen och såg upp i taklampan för att hindra tårarna från att rinna så att hon måste torka bort dem med handen och avslöja sig.

"Men du har tagit en nummerlapp till provtagningen. Blev det fel?"

Mirela kunde inte svara, bara nicka, för halsen var tjock av gråt.

"Vad kan jag hjälpa dej med?" Mona visade in henne på ett rum där de kunde sitta ner i fred. Sköterskans ögon var bruna och glada, till och med när hon såg allvarlig ut.

Mirela förlorade sig i nätmönstret inuti hennes bruna ögon och försvann in i pupillen. Huvudet blev tomt på tankar, kroppen upplöstes och försvann. Det fanns inga ord för det som pågick i hemlighet. Det gruvliga som det var dödsstraff på att berätta.

"Har du ont någonstans?" Mona la armen om Mirelas axlar och flickan ryckte okontrollerat till av den oväntade beröringen.

"Magen, jag har ont i magen", lyckades hon pressa fram.

"Var finns din mamma, lilla vän?"

Mirela skakade på huvudet. Mamma fick absolut inte bli inblandad. Hellre skulle hon dö på direkten. Det var för skamligt.

"Kan du berätta för mej vad du heter? Jag vet att vi har träffats förut, men jag kommer inte ihåg." Mona såg verkligen orolig ut nu.

Mirela skakade på huvudet igen och kände paniken komma.

"Du har tystnadsplikt!"

"Ja, men den gäller inte när man är ett barn. Din mamma har ansvar för dej. För henne måste jag få berätta." Mona såg vädjande på henne.

"Nej! Det går inte." Mirela hade blivit lurad rakt in i en fälla. Tänk om hon hade börjat berätta om det som ingen fick veta när sköterskan inte tänkte hålla tyst.

"Kan du förklara varför det inte går?"

"Nej." Nu var luften slut. Mirela kunde inte andas. Inte tänka för allting snurrade runt och pressade ihop magen till ett skrik.

"Men lilla vännen, hur är det? Var i magen har du ont?"

När Mona sträckte armarna för att hålla om henne slog Mirela sig loss och rusade ut genom dörren, genom korridorer och väntrum, förbi apoteket och ut på gatan. En bil tvärstannade. Hon såg den svarta metallen blänka till alldeles nära. Det tjöt i däcken, men Mirela fortsatte. Asfalten rusade under hennes fötter. Hon kastade en snabb blick över axeln för att se att hon inte var förföljd. Fortsatte springa så fort hon kunde och stannade inte förrän hon hade svängt om hörnet och gömt sig mellan två bilar som stod parkerade på gatan. Där sjönk hon ner på huk och drog efter luft. De svettiga händerna blev grå av vägdammet. När hon torkade bort tårarna blev ansiktet alldeles randigt. Hon kunde se sig själv i bilens sidospegel och ryggade tillbaka av sitt eget skrämda ansikte. De mörkblå stirrande ögonen. Det långa mörkbruna håret som var stripigt av svett i pannan och de hårt sammanbitna käkarna. Hon letade efter lägenhetsnyckeln. Den låg i fickan. Hon måste ha nyckeln redo för att kunna låsa upp snabbt, vara beredd innan hon vågade den sista biten hem. Det kunde handla om sekunder om hon skulle lyckas. Hon måste koncentrera sig och hämta andan. Därför stoppade hon ner handen i andra jackfickan och rörde vid sin hemliga skatt i asken, Igelkottkäken. Den hjälpte henne på ett magiskt sätt att nå en annan tid och annan plats för att hämta kraft och mod.

När de tidigare i våras hade varit på museet för att se en utställning från stenåldern hade Mirela stannat framför montern med igelkottflickan. Hon hade begravts med en mössa av igelkottsskinn och en amulettpåse med fem igelkottkäkar om halsen. Flickan var 154 centimeter. Längre än Mirela. Igelkottens skelettben hade skyddat flickan från allt ont, hade fröken berättat för dem. Kanske fanns det en del magi kvar. När ingen såg det hade Mirela lyft på glaslocket och tagit ett. Bara ett litet käkben och hoppats att det inte skulle märkas. Hon hade alltid med det i asken i fickan på sin jacka. Varje kväll när hon skulle somna rörde hon vid igelkottkäken. Blundade hårt och önskade att få byta tid med stenåldersflickan från Ajvide. Hon ville leva utvald av gudarna som prästinna. Fly till stenåldern för att få komma femtusen år bort från sin plågoande, i en annan tid där hon inte behövde skämmas och inte vara rädd.

Mirela ryckte till av ett plötsligt ljud bakom sig.

"Men tyckte jag inte att det luktade fitta? Och vad hittar jag här? Min slav!" Han skrattade överlägset. "Nu ska du jobba."

Det kändes som om isvatten rann genom ådrorna och förlamade varje rörelse när hon ville springa därifrån. Han hade hittat henne.

3

"Om du inte gör som jag säger kommer jag att berätta för alla vilken liten hora du är." Måns drog fram henne från hennes gömställe och tryckte sin keps i hennes hand. "Jag behöver femhundra spänn. Du ska tigga ihop dem. Femhundra spänn innan affären stänger, annars får alla höra ... du vet vad."

"Nej snälla, låt mej slippa."

"Håll käften." Han tog ett kraftigt tag om Mirelas strupe. "Gör bara som jag säger. Du ska sjunga!" Han tryckte tills hon fick en hostattack och släppte sedan och gav henne en hård blick. "Du gör det bara. Du lyder."

Mirela stod utanför Ica-affären med kinder heta av skam. Måns stod på andra sidan gatan vid parkeringen. Bakom skjulet med kundvagnar kunde hon skymta hans svarta t-shirt. Han kollade på henne. Om hon sprang sin väg skulle han vara över henne på nolltid. Det enda hon kunde göra var att lyda. Hon såg inte på dem som gick in för att handla. Sänkte blicken för att slippa deras ögon. Rösten var raspig och tunn när hon trevande började sjunga: *Nu grönskar det i dalens famn nu doftar äng och lid.* Hon hade börjat för högt och rösten räckte inte till de högre tonerna som blev skrikiga. Försiktigt sneglade hon på dem som passerade. Somliga tyckte att det var löjligt eller rent av upprörande, för det var det. Andra nickade gillande och tyckte att det var trevligt. Dem hatade hon mest för att de inte förstod någonting alls.

En slant trillade ner i kepsen, en tår trillade nerför kinden. Måns stod kvar och hånflinade på andra sidan gatan. En tjuga fladdrade ner bredvid kepsen och hon fick böja sig och ta upp den för att den inte skulle blåsa i väg. Kjolen blåste upp och visade nedre kanten av underbyxorna. Hon höll ner den med båda händerna. Två stora tjejer som nyss slutat sexan gick förbi, tjejer från samma klass som Måns. De knuffade varandra i sidan och började skratta hysteriskt. Ryktet skulle snart vara ute på hela samhället. *Alla fåglar kommit re'n, vårens glada* ... Där fick hon en tupp i halsen och måste börja om samtidigt som hon ängsligt försökte se var Måns befann sig. En äldre man fräste: "Tiggarpack, res hem!" och gav henne en blick som fick henne att krypa in mot väggen av blygsel. *Alla fåglar kommit re'n, vårens glada gäster. Vilken fröjd* ..."Mirela! Är du helt från vettet!" Mammas röst. Världen exploderade när verkligheterna kolliderade. Mamma for ut ur affären och ryckte med sig Mirela i ett stadigt grepp om armen. "Står du här och tigger? Ska du skämma ut oss helt och hållet? Jag fattar inte vad som far i dej." Hon släppte inte taget. Mirela såg kepsen ligga kvar på trappan med pengarna som hunnit bli nästan hundra kronor. Måns syntes inte till. Han skulle döda henne om kepsen kom bort. Mirela försökte slita sig loss, men mamma var starkare.

"Jag måste ..." Mirela var helt desperat nu.

"Du rör inte pengarna. Vi tigger inte!"

Mirela blev bryskt bogserad in på mammas salong, AURORA – HÅRFÖRLÄNGNING OCH MANIKYR, och vidare in i det lilla köket. Där sjönk mamma ner på en stol och brast i gråt. Det var ännu värre än om Mirela hade fått en örfil. Hon stod som förstenad, kunde inte göra någonting, inte slå armarna om sin mamma fast hon ville det. Skammen sköljde över henne våg för våg. Hon kunde inte röra sig, tordes inte flytta sig en millimeter eller hämta andan. Om hon inte spände sig till det yttersta skulle något fasansfullt hända, kanske skulle de dö båda två. Mamma hade blivit arg många gånger, men hon grät aldrig.

Mirela undrade vad som skulle hända nu. Hon var rädd att något hade gått sönder som aldrig mer skulle gå att laga. Hon väntade en evighet medan mamma satt med händerna hårt pressade mot sitt ansikte. Det var en lättnad när hon såg upp igen och blicken var rasande.

"Kom hit", sa hon och drog Mirela närmare sig så att de kom ansikte mot ansikte. "Vi tigger inte! Jag tar inte emot pengar av någon. Inte av din far, inte av socialen. Jag sliter varje dag, krona för krona, betalar skatt och gör rätt för mej. Det handlar om att få respekt. I Sverige är vi främlingar, vi har ögonen på oss. Det du gjorde i dag är oförlåtligt. Folk kan tro att jag har bett dej att tigga. Förstår du hur farligt det är?"

"Ja", svarade Mirela fast hon inte hade en susning. Att inte veta vad som skulle hända var ännu värre än ett tydligt hot.

"Om du inte sköter dej kan myndigheterna komma och ta dej, förstår du vad jag säger?" Blicken borrade sig in i Mirela. "Nu går du hem och stannar på ditt rum tills jag kommer i kväll. Du behöver tänka igenom vad du har gjort!"

"Kan jag inte få stanna här hos dej på salongen, snälla?" Mirela klamrade sig fast vid mammas arm och tänkte på Måns som säkert väntade på henne där ute.

"Här bland mina kunder? Efter det du gjort i dag vill jag inte att de ska veta att du är min dotter." Mamma gjorde sig fri och vände ryggen åt Mirela. Hon var arg, rösten tålde inga motsägelser. "Man får skämmas ögonen ur sej."

Mirela sneglade över axeln när hon gick ut från salongen, efter en stund stannade hon och såg sig om. När som helst kunde Måns dyka fram bakom ett träd eller en bil och rycka tag i hennes hår eller vrida om armen bakom ryggen. Bara en liten bit kvar. Hon började springa fast hon visste att det inte var någon idé. Han skulle få tag på henne i alla fall, kanske inte i dag, men i morgon eller nästa dag.

Han dök upp bakom trappan i hyreshuset just när ytterdörren hade slagit igen. Lealös lät hon sig fösas upp mot lägenheten. "Du är skyldig mej pengar!" spottade han ur sig, långsamt och hotfullt. "Femhundra spänn skulle du tigga ihop och femhundra för kepsen. En tusenlapp."

"Jag har inte så mycket pengar." Tanken svindlade, det var en omöjlig summa att få fram.

"Man måste betala sina skulder, annars går det illa. Pappa äger det här huset och huset med salongen som din mamma hyr. Om du inte betalar får ni inte vara här längre. Var ska ni bo? På gatan?" Han tog tag i nackhåret och vred om. "Lås upp dörren!" Det gjorde förfärligt ont. Hon ville inte släppa in honom i lägenheten. Den enda plats där hon kände sig trygg. Om hon inte gav honom nyckeln skulle han börja leta igenom fickorna och hitta igelkottkäken. Det fick inte hända. Han drog hårdare så att en stor tova lossade. Hon klarade inte att stå emot smärtan länge till. "Rappa på för fan, du vet säkert var hon har gömt undan pengar."

"Jag får inte, jag kan inte ..." Greppet om nackhåret hårdnade och Mirela låste upp dörren. Knappt hade nyckeln gått runt ett varv i låset förrän Måns satte ett knä i ryggen på henne så att hon störtade in i hallen.

"Fram med pengarna, annars vet du vad som händer." Han tog stryptag igen, precis som förra gången när han hade dragit ner hennes byxor på rasten i skolan och gjort äckliga saker. Hon vågade inte trotsa honom.

"Mamma har pengar i en burk. Vi ska ha dom till semestern. Snälla, jag kan inte ta av dom." Aurora hade visat henne varje hundralapp som gick att spara för att hon skulle förstå varför de inte kunde köpa onödiga saker som alla andra. Bara det allra nödvändigaste. Då skulle pengarna räcka till en resa till Liseberg. De skulle åka båt och sedan tåg och bo på vandrarhem. På kvällarna brukade de fantisera om vad de skulle göra på nöjesfältet. Den bästa stunden på dagen. Nu skulle allt bli förstört.

"Kom igen, var är dom?"

"Högt upp." Mirela tog fram en stol och ställde sig på den framför det stora skåpet med glasrutor. Överst fanns en trälist och bakom den fanns burken. Mirela kände sig yr, nästan som om hon skulle kräkas. Hon snubblade ner och Måns tog ifrån henne burken. Triumferande räknade han upp tio hundrakronorssedlar.

"Och ränta." Han tog upp en hundralapp till och stoppade ner den i fickan där han knölat ner de andra sedlarna. Sedan ryckte han henne hårt i håret, kastade burken med resten av pengarna på golvet och gick. "Skvallrar du så säger jag att du ljuger. Jag har aldrig tagit emot några pengar av dej. Dom har du stulit från din mamma, din lilla hora."

Ett kort rasande ögonblick tänkte Mirela flyga på honom bakifrån och slå honom med burken, döda honom, men modet svek i sista stund. Hon hörde hans steg försvinna nerför trappan och skyndade sig att låsa. Händerna skakade så att hon knappt fick runt nyckeln i låset. Hon kände på handtaget. Dörren var låst. Ändå kunde hon inte låta bli att kontrollera det ett par gånger extra. Långsamt sjönk hon ner på golvet med ryggen mot dörren. Hon måste ställa tillbaka burken och sedan vänta på att mamma skulle upptäcka det – eller som ett rent mirakel – inte göra det. Änglar finns, skyddsänglar. Mamma trodde på dem och just nu hoppades Mirela att hon hade rätt.

Hulkande av gråt kröp hon ner i sin säng och tog fram fotografiet av pappa som hon gömt under madrassen. Hon hade fått fotografiet av honom en av de gånger när de träffats i smyg. Han hade kommit till Hemse för att han ville få träffa henne och säga att han brydde sig om henne. Men hon fick inte säga det till mamma. Hon fick inte berätta det för någon för då skulle myndigheterna sätta honom i fängelse. Det var en förbannelse, sa han. Mirela var rädd för myndigheterna. När man inte visste hur de såg ut var det svårt att akta sig.

Alla barn har en pappa och en mamma. Ibland bor de ihop, ibland inte. En förälder kan vara död, men från början måste det finnas en mamma och en pappa. Hon hade frågat hemma. Men mamma ville inte prata om honom. Mirela mindes sin pappa vagt från när hon var liten och bodde i Visby. Hon mindes en lång bilresa utan mamma. En sommarstuga. Det var först när de flyttat till Hemse som han började dyka upp i hemlighet. Som den dagen hon skulle börja skolan i Hemse. Skolväskan var ny. "Så roligt för dej att få börja i skolan och få nya kamrater", hade mamma sagt och så hade det känts i början innan tjejerna parade ihop sig två och två. Det gick inte att komma in, inte ens om någon var sjuk, för då kunde de plötsligt leka tre. Mirela använde ibland ord de andra inte begrep. Då tyckte de att hon var knäpp. Hon förklarade att hennes mamma kom från Rumänien, att orden var från det landet, men de ville inte förstå. Kanske skulle hon ändå ha lyckats till slut om det inte varit för Måns. De andra vågade inte vara med henne när hon blev mobbad av Måns. Då kanske han skulle ge sig på dem också. Han hade bestämt att hon var hans slav. Hon måste lyda honom och fick inte vara med någon annan. Den första skoldagen hade pappa väntat på henne bakom gympasalen för att höra efter om fröken var snäll och om hon fått några kompisar. Då hade hon svarat ja fast hon inte riktigt visste vad hon skulle säga.

Sommaren innan skolan började hade Måns varit snäll och lekt med henne fast hon var tre år yngre. Han var stor och rund som en teddybjörn och hade lustiga halvmånformade ögon, ljust snaggat hår och kunde göra helt galna grimaser som på ett ögonblick kunde slå om i allvar eller skratt. Man kunde sällan gissa vilket och det kändes osäkert.

Måns hade visat henne vägen ner i källaren och sagt att hon skulle få se en grej. Ett hemligt rum. Genom långa korridorer under huset smög de tills han tog fram en nyckel och öppnade en hemlig dörr. Det luktade surt och mögligt där inne. Han hade klappat henne på kinden, kramat om henne och sagt att hon skulle lägga sig ner på en filt i hörnet.

"Dra ner byxorna." Han sa det snällt, men Mirela visste att man inte skulle göra så, man ska inte visa rumpan. Det hade hon fått lära sig hemifrån. *Skäm inte ut dej! Så gör man inte!* "Jag vill undersöka en sak", sa Måns och minen var så skruvad att hon hade skrattat åt honom.

"Undersöka vadå?"

"Jag drar ner mina byxor. Då är det rättvist", sa han övertygande. Hon hade nyfiket tittat på hans dinglande snopp och tyckt att det var skojigt att de såg olika ut. Inte farligt alls. Inte just då. "Dra ner byxorna", sa han vädjande och log mot henne. Rörde henne inte. Hon ville så gärna att de skulle vara vänner, ville inte göra honom besviken. Därför drog hon ner dem så att han fick se och lukta och undersöka. Peta på det hemligaste stället. Hon gjorde det frivilligt. Hon blev inte tvingad. Det var så han kunde använda det mot henne senare och säga att hon var en hora. "Jag är doktor och du är min patient och du ska lyda mej."

Nästa gång, när hon inte ville vara med och leka doktor, tog han stryptag och tvingade henne. Det var i skolan. Då var hon sju år. Nu, när hon var mycket större och gick i trean, var hennes största rädsla att han skulle berätta. Så att mamma fick veta. Så att de andra i klassen och fröken fick veta vilken hora hon var. Det tog aldrig slut, alltid skulle hon behöva skämmas.

4

Kvällen var sen och barnen hade somnat när Björn och Maria slog sig ner med varsin kopp te och ett kollegieblock vid köksbordet för att fortsätta planeringen av bröllopet. Det fanns något galet berusande i tanken på bröllop. Björn var så övertygad om att de skulle gifta sig redan i sommar att Maria drogs med i hans entusiasm. Kanske var det bara att ge efter för glädjen? Det skulle inte bli något stort bröllop, men Björn ville ha häst och vagn från kyrkan. Maria hade ett vitt sidentyg liggande som en väninna köpt åt henne i Thailand. I Vegas syskrin hade hon hittat det perfekta mönstret och första provningen hos sömmerskan var redan avklarad. Sedan gällde det bara att hålla vikten. Blommor i håret skulle det bli och en tunn slöja. De vägde kostnader mot nytta. Det var ofattbart vad allt kostade pengar. En stor vacker bukett med blommor kostar femhundra kronor om man köper den rakt över disk, men kallar man den för brudbukett kostar den tretusen till. Vill man fixa håret hos frissan är det ett helt annat pris för håruppsättning till bröllop än om man håller tyst. Det viktigaste för Björn var häst och vagn och det viktigaste för Maria var maten och bordsplaceringen. Flera små bord ger möjlighet att tala med fler personer samtidigt än om man sitter vid långbord. De tysta behöver blandas upp med sådana som håller i gång samtalet. Det är bra om gästerna vid bordet har något gemensamt. De hade bokat Gula Hönans pensionat i Ronehamn till festen eftersom Björn hade sina rötter där. Vigseln skulle ske i Rone kyrka. Vigselförrättare var bokad och ett sextiotal gäster inbjudna. Emil och Linda hade varit väldigt nyfikna på vilka andra barn som skulle komma. Maria hade tänkt ett kalas utan barn så att de vuxna fick släppa loss, men hon fick tänka om. Därför bjöd de några extra kusiner på Björns sida.

"Det här är jättesvårt att säga, men jag måste", sa Maria och väntade in Björns hela uppmärksamhet. "Jag vill inte att Liv kommer. Jag vet att ni bara är vänner. Men jag är inte säker på att hon ser det så även om du har gått vidare. Hon intrigerar. Jag känner mej inte alls bekväm med henne och det här är vårt bröllop."

"Om du känner så bjuder vi inte henne. Det är vi nu. Vårt bröllop", sa han utan ett ögonblicks betänketid.

"Tack!" Maria kände en stor lättnad. Det hade krävts mod att ta upp saken.

De såg över sina tillgångar och utgifter. Budgeten hade redan överskridits. De fick hoppas att några av gästerna tackade nej.

"Har du fått svar från din mamma och pappa?" frågade Björn försiktigt. Han visste att frågan var känslig.

"Jag vill inget hellre än att pappa kommer. Men jag kunde ju inte bjuda bara honom. De får välja själva hur de gör." Maria gjorde en grimas. "Risken finns förstås att mamma håller tal och berättar att hon ertappade mej med fingrarna i brevlådan, men nu när du vet om det skamliga känns det inte lika farligt längre."

Björn la armen om henne på ett farbroderligt vis. "Jag sitter bredvid din mamma på middagen. Jag kan spilla kaffet i knäet på henne om hon tänker resa sej upp och prata dumheter." Han skrattade till. "Fingrarna i brevlådan ... kärt barn har många namn. Vet du, om någon skulle hålla tal för varje gång jag kollat om brandsprutan fungerar skulle tiden ta slut och klockorna stanna. Jag förstår inte varför det skulle vara något att skämmas för."

"Antagligen för att ingen har sagt åt dej att skämmas."

Maria rynkade pannan. "Det är en annan sak jag måste prata med dej om. Härom natten när jag inte kunde sova satt jag i vardagsrummet. Det dök upp ett ansikte i fönstret och jag blev så rädd. Det var en man som tryckte ansiktet mot rutan."

"Så är det att bo på Klinten. Jag såg att du dragit ner persiennerna."

"Sen berättade Emil en sak som gör att jag inte kan släppa tanken. En man som såg ut som en vampyr frågade Emil om jag hade ett ärr på magen efter en kniv."

"Skojade Emil?"

"Nej. Sjuk fråga, eller hur? Är det ett hot eller var han bara galen? Han hade bildgooglat oss."

"Jag tycker du ska ta det där med din chef. Det kan ha med jobbet att göra. Kände du igen honom?"

"Jag vet inte. Det var något… vagt bekant. Jag har grubblat på det."

Morgonen därpå, efter en natt då Maria vaknat gång på gång av underliga drömmar satt hon i mötesrummet på polishuset. Hon försökte att koncentrera sig på föreläsningen som handlade om PUST, polisens nya utredningsstöd. En it-satsning för att poliser i yttre tjänst i mobila enheter omedelbart ska kunna påbörja en brottsutredning. Men tankarna gled i väg. Hon hade drömt om en lekplats. Hon ville gunga – högt. Mamma var försvunnen. När hon märkte det blev hon rädd. Blod, det var blod på marken och det gjorde så ont att hon först inte kunde andas. Människorna runt omkring henne talade ett främmande språk. Mamma var inte där. Maria låg på marken och såg upp i trädkronorna som böjde sig över henne som svarta onda andar och hon skrek så att hon väckte Björn.

I fikapausen sökte Maria upp sin chef. Tomas Hartman satt vid ett bord för sig själv. Hon hämtade kaffe och slog sig ner.

"Hur går det med bröllopsförberedelserna?" frågade han och tog ett stort bett på sin kanelbulle. Pärlsockret fastnade i mustaschen.

"Fint." Maria såg sig om för att förvissa sig om att ingen lyssnade. Plötsligt kändes det fånigt att tala om mannen med vampyrutseende. I dagsljus var det inte lika skrämmande längre. Hon tvekade.

"Vad är det? Jag ser att du trycker på någonting. Fram med det!"

Maria skrattade lite generat och berättade om ansiktet i fönstret och Emils möte med vampyren. Hon hade hoppats att Tomas skulle skratta bort det och att det sedan skulle vara glömt. Men han blev med ens allvarlig.

"Pia i receptionen sa att det var en man här som frågade efter dej i morse. Men då hade du inte kommit ännu. Han stod och hängde vid dörren och hon frågade om hon kunde hjälpa honom på något sätt. Hon fick dra det ur honom, liksom. Det ruggiga är att han liknar din beskrivning. Pia sa att han var lång och hade mörkt bakåtstruket hår och blekt ansikte."

"Jag tror att jag har sett honom förut, men jag minns inte alls var och jag brukar minnas ansikten. Det kanske var på Systembolaget", försökte hon skämta bort det.

"Han hade en hälsning", sa Hartman och sänkte rösten.

"Vadå?"

"Försök att inte hata mej." Hartman skakade sitt grålockiga huvud. Han förstod ingenting, men det syntes att han var bekymrad. "Förstår du vad han menar? Är det något han har gjort eller något han tänker göra?"

5

Det var tisdag morgon och klockan var över tio. Mamma hade gått till jobbet och det var tyst i lägenheten. Ännu hade hon inte upptäckt att pengarna saknades. Mirela hade fått stanna på sitt rum hela kvällen medan mamma stod vid teven och strök kläder. Vid kvällsmaten hade Mirela fått ännu en omgång skäll för sitt tiggeri och sedan blivit skickad till sitt rum för att fortsätta tänka över vad hon gjort. Det var orättvist och ändå kunde hon inte förklara vad som hänt för då skulle mamma prata med Måns pappa och Måns skulle försvara sig och säga det som absolut inte fick sägas högt. Hemligheten måste skyddas även om det betydde döden.

Plötsligt satte sig Mirela kapprak upp i sängen därför att tanken hon fick var så oerhörd. Måns hade ju också dragit ner sina byxor och visat snoppen. Han hade velat att hon skulle känna på den. De hade gjort skamliga saker båda två. Men han var kille och då var det okej. När killarna visade rumpan på gympalektionen hade fröken bara skrattat åt dem: "Ha, ha, pojkar!" Hon hade sagt att de skulle sluta, men rösten hade varit snäll och inte alls upprörd. Mirela vågade inte ens tänka på vad som skulle ha hänt om hon hade gjort likadant. Visat rumpan i killarnas fönster. Då skulle säkert myndigheterna ha kommit för att ta hand om henne, eller något ännu värre hon inte ens kunde tänka ut. Alla visste att det var olika regler för killar och tjejer, fast fröken pratade på föräldramötet om hur bra skolan var på att behandla pojkar och flickor lika. Måns visste också att det inte är så i verkligheten. Det var därför han kunde bestämma över henne. En viktig sak hade hon lärt sig i sitt nioåriga liv. Vuxna människor ljuger.

Lakanen hade skruvat sig till hårda korvar när Mirela oroligt snurrat runt i sömnen och det var varmt. Därför steg hon upp. Hon drog fram en stol till stora skåpet. Klättrade upp och öppnade locket till burken och bad en tyst bön att änglarna skulle ha lagt dit de 1100 kronor som saknades.

Det hade de inte gjort.

Nu blev Mirela rädd på riktigt. Vad skulle hända när mamma fick reda på det? Skulle det bli som när mormor dog i bilolyckan och mamma blev sjuk av sorg och låg i sängen i mörkret och inte kunde jobba? Hur skulle allting bli då? Ingen mat, ingenstans att bo om de inte kunde betala hyra. Mamma var orolig varje månad att pengarna inte skulle räcka till hyran. En gång hade hon fått be Måns pappa att få vänta med betalningen. Mirela måste skaffa tillbaka pengarna.

Utanför Hemse vårdcentral stod två skulpturer i sten. Till vänster en hopklumpad grupp av människor som fick vara med varandra och som hörde ihop, tänkte Mirela, och precis vid ingången fanns en skulptur av en ensam man som såg tjurig ut fast han gjorde båda tummarna upp. Om man är ensam blir man tjurig. Det går inte att vara glad när man inte får vara med. Och sedan vill ingen vara med en för att man ser sur ut. Hon passerade apoteket och gick långsamt förbi tavlan hon tyckte om, den med de vita oxarna som drar upp en tung kärra ur vattnet. Det såg ut som om kärran var lastad med guld. Kanske Valdemar Atterdags skatt som sjönk utanför Karlsöarna. Han brandskattade Visby, den skurken. Oxarna drog. En man svingade sin piska över dem, men de kom ingenstans. Varje gång hon kom till vårdcentralen drog de av alla krafter utan att kärran rörde sig ur fläcken. Just nu tyckte Mirela att hon själv kände sig som oxarna. Eller som tanten som hade svårt att gå över golvet, hon som blev puttad av sjuksköterskan. Mirela försökte dra sig framåt, men benen ville inte vara med om det hemska som måste göras. Hon rörde vid igelkottkäken i fickan för att hitta kraften.

Det var inte lika mycket folk i väntrummet i dag. Mest gamla gummor och gubbar, en pojke i rullstol och två småpojkar som slogs om en lastbil av plast. Deras mamma gjorde inget för att hindra dem. Hon läste en tidning och märkte inte att den större pojken slog den mindre med lastbilen i huvudet. Bredvid dem satt en flicka med tofsar och glasögon. Hon var mindre än Mirela. Flickan skrattade högt åt en rolig sak i en serietidning och blev tillrättavisad. Hennes mamma tyckte att det skulle vara tyst i väntrummet. Man fick inte störa dem som var sjuka. När mamman med de bråkiga pojkarna blev uppropad följde Mirela efter dem. Den mamman skulle säkert inte märka om det följde med ett extra barn. Mirela lät dem gå före och vek sedan av när de kom i höjd med personalrummet. Kuvertet med pengar stod kvar på bordet. En tant i vit rock med ryggen vänd mot dörröppningen torkade ur köksskåpen. *Insamling till Karin* stod det med snirkliga bokstäver på kuvertet. Händerna ville inte lyda. De blev klumpiga och stela. Men hon tvingade dem att ta kuvertet. Det fanns inget annat sätt.

Först när Mirela kom hem öppnade hon kuvertet. Det var 1600 kronor och ett kort med en sorgsen ros alldeles tung av vattendroppar. *Från kamraterna till Karin. Vi tänker på dej!* Mirela tog elva hundralappar ur kuvertet och la dem i burken. De andra sedlarna och kuvertet knölade hon ihop till hårda bollar och spolade ner i toaletten. Det var inte lätt, hon fick spola flera gånger för de ville bara flyta upp och skvallra om vad hon gjort. Hon hade stulit pengar från någon som var sjuk. Det var så fruktansvärt att Mirela fick långa rysningar. Bara om hon var död, riktigt död, skulle hon slippa skämmas. Om hon brände händerna på en platta på spisen ... skulle de bli röda och sedan svarta. Det skulle göra fruktansvärt ont. Knivarna låg i en kökslåda. Det fanns olika sorters knivar. Den vågiga brödkniven, den stora köttkniven och den lilla vassa kniven till fisk. Mirela kände med pekfingret på den vassa eggen och riste till i kroppen och ryggade skrämd tillbaka. Det var för otäckt. Men det fanns ett rivjärn ...

Aurora kunde ha klämt in en klippning till på lunchen. Hon behövde pengarna, men en stark känsla av olust hindrade henne från att tacka ja till förfrågan i telefonen. Aurora kände att hon måste hem. Hon borde ha väckt Mirela innan hon gick till jobbet och sagt att det var bra nu, att de var sams. När tanken väl var väckt fick hon bråttom att packa ihop sina saker i handväskan. Hon skyndade på stegen och halvsprang genom samhället. Det finns ett särskilt band mellan mor och barn, tänkte Aurora. Den starkaste signalen, att skydda sitt barn från fara, brukar ofta nå igenom bruset. Känslan hade diffust funnits sedan de flyttade till Hemse. Nu var den lika tydlig som en öppet uttalad förbannelse.

Halvvägs hem mötte hon Caroline Stål, Måns mamma. Hon förväntade sig alltid gratis hårvård och nagelförlängning för att hennes man ägde fastigheten. Caroline kom aldrig till sak. När hon dök upp för att göra sina naglar spräckte hon hela dagsschemat för att hon inte kunde bestämma hur naglarna skulle se ut. Fyrkantiga, runda eller spetsiga, fransk manikyr, med en liten pärla eller naturella? Hon kunde inte fatta minsta lilla beslut utan att ringa och fråga sin man. Hur svårt kunde det vara?

Aurora trampade tålmodigt på stället medan hon lyssnade på allt ovidkommande Caroline hade att säga innan hon slutligen kom in på sina problem med sonen. Aurora hade hört det till leda.

"I går hade jag gjort mej till och kokat kalops. Den hällde han ut på golvet och sa att det var grismat. Han äter bara hamburgare, pizza och köpta piroger. Grönsaker äter han inte alls fast jag lovat honom fem kronor för varje gurkbit och en tia om han smakar på broccolin.

Han är rent omöjlig, uppe hela nätterna vid datorn, arg och irriterad på dagarna så att det inte går att prata med honom och rummet ser ut som en katastrof. Jag får inte ens komma in och städa."

Aurora tänkte inte kommentera saken. Erfarenheten sa henne att Caroline inte ville ha goda råd, bara en ventil att pysa ut igenom. Sist samma klagosång kom upp hade Aurora frågat varför Måns fick bestämma de här sakerna själv? Var bekräftelsen från honom, ett "schyst, morsan" viktigare än pojkens hälsa och att lära honom ta ansvar? Den som hela tiden gör saker för sina barn som de kan klara av själva, stjäl något ifrån dem, hade Aurora sagt och Caroline hade omedelbart kontrat med att ta upp Mirelas misslyckande i skolan. Att hon inte hade några vänner och var blyg och bortkommen. "Måns har i alla fall social kompetens. De andra barnen ser upp till honom, det säger hans lärare." Fast egentligen var det inte Carolines slapphänthet som var problemet med Måns. Den verkliga orsaken fanns i det tysta. Man behövde inte tänka länge för att inse att Måns far behandlade Caroline som sin slav. Aurora hade själv hört hur Caroline skamlöst fick tigga sin man om pengar.

Aurora suckade inombords. Att ifrågasätta Caroline i dag skulle ha varit självmål. Sannolikt hade hon hört talas om Mirelas tiggeri utanför Ica och nu väntade hon bara på att få vrida om kniven där det gjorde som mest ont. Därför svarade Aurora kortfattat och äntligen dog samtalet ut i brist på bränsle. Magkänslan sa henne att det var bråttom hem.

Den syn som mötte Aurora i köket fick henne att skrika högt. Mirela satt på golvet med huvudet lutat mot grytskåpet. Armarna var blodiga och blicken hade försvunnit på andra sidan ögongloben så att bara vitorna syntes. Läpparna var fasansfullt bleka. Bredvid henne låg helt omotiverat det gamla rivjärn Aurora inte längre använde sedan de skaffat mixer.

"Mirela!" På ett ögonblick var Aurora framme hos sitt barn. Kände med två fingrar på halsen. Det fanns puls. Hon la Mirela på golvet och lyfte upp fötterna så hon skulle få blod till huvudet. Hade hon svimmat med huvudet upprätt kunde hon dö av syrebrist. Hon hade läst om en man som svimmat på bussen. Hans hustru hade stöttat upp honom för att han inte skulle ramla ihop på golvet och skämma ut dem. När de kom fram var han död. Hade han fått ramla ihop skulle han ha fått syre till hjärnan och överlevt.

Det fladdrade till i flickans ögon. Hon satte sig upp med ett ryck och kröp sedan ihop i fosterställning.

"Mirela, det är mamma. Mirela, vad har du gjort?"

6

Liv Ekdal, en erfaren socialsekreterare med ärrat ansikte, visade in Aurora och Mirela Lundberg på sitt rum. De hade träffats här i Visby tidigare när Liv var ansvarig för den utredning som ledde till att Aurora fick ensam vårdnad om flickan. I dag hade hon blivit kontaktad av syster Mona på vårdcentralen i Hemse, som var orolig för Mirela och befarade att hon skadat sig med flit. Hon hade lyckats klämma in ett besök snabbt. Aurora såg förtvivlad ut. Mirela verkade mest skamsen. Liv småpratade lite om vädret som slagit om och blivit kyligare, för att sedan sakta manövrera in samtalet på känsligare saker.

"Vad brukar du göra på sommarlovet när din mamma arbetar?"

Mirela såg hjälpsökande på sin mamma. Aurora nickade, svara du.

"Inget särskilt", sa Mirela med knappt hörbar röst.

"Men något måste du väl hitta på med dina kompisar?"

Mirela skakade på huvudet och viskade sedan något till sin mamma.

"Mirela vill att jag säger att hon inte gjorde det med flit. Hon försökte inte ta livet av sig. Hon lekte med rivjärnet fastklämt mellan underarmarna och ramlade. Något vansinnigt påhitt. Hon svimmade när hon såg blodet. Det var inte så farligt när sköterskan tvättat rent såren."

"Är det sant?" frågade Liv och lutade sig fram över bordet så att Mirela inte kunde undgå att möta hennes blick.

"Jag lekte. Ville testa hur ont det skulle göra."

"Men du gör inte om det, eller hur?" frågade Liv i lätt ton. "Hur är det med magen då? De berättade att du sökt hjälp på vårdcentralen för att du hade ont i magen."

Aurora såg helt förbluffad ut. "Det har du inte berättat för mej."

Mirela rodnade kraftigt. "Det gick ju över."

Liv funderade. Efter många år i yrket hade hon utvecklat en känsla för när något inte stämmer och just nu ringde en varningsklocka. Flickan hade sannolikt inga kompisar. Hon såg på sin mamma hela tiden för att få veta om hon gjorde rätt, troligtvis hårt hållen hemma. Blyg, lite taggig. Något var fel.

"Hur trivs du i skolan?"

"Bra", svarade Mirela lika entonigt som tidigare. Hon skruvade på sig i stolen och gav sin mamma en hastig blick som sedan sökte sig ut genom fönstret. Bort.

Hon vill inte vara här i rummet, tänkte Liv och kände sig som en barnplågare. "Kommer du att träffa din pappa något i sommar?" Andreas Lundberg hade rätt att träffa flickan vid enstaka tillfällen om någon från sociales var med. Han hade svurit helvetesramsor åt dem och sagt att det var helt sjukt och onaturligt att träffa sitt barn på det sättet. Var Mirela rädd för sin pappa? Blev hon tvingad att träffa honom mot sin vilja?

"Vi har ingen kontakt", svarade Aurora och det fanns vrede bakom orden. "Jag förstår inte vad det här ska tjäna till. Vad vill du oss?"

"Jag har ett förslag." Liv hade funderat på det innan de kom och nu la hon korten på bordet. Kanske skulle flickan nappa på det. Miljöombyte kan vara bra. Det var en chansning. "Vad skulle du säga om att få åka till Ronehamn på barnkollo?"

Mirela lyfte på huvudet och såg genast intresserad ut. Aurora reagerade som om hon inte trodde att flickan skulle våga eller vilja. Hon till och med skakade på huvudet.

"Du träffar nya vänner och får göra roliga saker, bada, leka och vara med på äventyr. Det brukar vara väldigt uppskattat", tillade Liv med en blick på Aurora.

Mirela såg vädjande på sin mamma, men sa ingenting. Aurora verkade uppriktigt förvånad.

"Kostar det pengar?" frågade hon ängsligt. "Vi kanske kunde ta dem i burken. Om du hellre vill på kollo."

Mirela sken upp, men sedan slocknade leendet. "Du då, mamma, du ville ju så gärna till Liseberg."

Liv avbröt dem. "Det går att ordna en plats ändå, gratis. Skulle du vilja åka på kollo?"

"Ja!" sa Mirela utan att tveka ett ögonblick.

"Nu skulle jag vilja prata med bara mamma, om det går bra? Du kan vänta i rummet bredvid, det finns lite tidningar där att titta i. Det tar inte lång stund."

Mirela reste sig lydigt och Liv följde henne ut.

"Finns det något du vill tillägga när Mirela inte hör på?" frågade Liv när de var ensamma.

Aurora skruvade på sig. "Jag trodde inte att Mirela hade någon kontakt med sin far, men jag hittade det här under hennes madrass. Andreas måste ha träffat henne och gett henne fotot." Aurora visade en bild på sin före detta man. Liv trodde att den kunde vara nytagen. De hade mötts förut och då hade han haft längre hår. Nu var det kortklippt och några grå stänk skymtade vid tinningarna.

"Har du frågat henne om hon träffat sin pappa?"

"Ja, och hon säger att hon inte har det. Jag vill inte pressa henne mer. Det är lite känsligt. Jag har precis mött en ny man och så småningom vill jag att Mirela ska få träffa honom. Jag vill att de ska tycka om varandra. Men jag är rädd att Mirela ska stöta bort honom för att han inte är hennes riktiga pappa. Det är svårt att få veta vad hon tänker."

"Ha inte för bråttom och ha inte för stora förväntningar, brukar jag råda. Har han barn?"

"Ja, och han säger att han ska älska Mirela lika mycket som han älskar sina egna. Det ska inte vara mina barn och dina ungar utan våra barn tillsammans."

"Det är väl precis där jag anser att man inte ska ha för stora förväntningar. Helt ärligt tror jag inte att du kommer att älska hans barn som du älskar ditt eget barn. Då vore du känslomässigt förflackad." Liv såg att Aurora höll med henne och att orden gjorde henne lättare till sinnes. "Det räcker att du vill hans barn väl och att han gör sitt bästa för Mirela. Allt utöver det är bonus, inget man kan räkna med. Och det är gott nog."

Genom fönstret såg Liv när de gick. Mirela dansade fram och hennes ivriga ansikte var vänt mot Auroras. Skillnaden i flickans kroppshållning var markant. Liv gjorde en anteckning om att följa upp saken med ytterligare ett samtal i slutet av sommaren.

Precis innan Aurora och flickan kommit hade Liv hört ett rykte i fikarummet. Under hela samtalet hade det malt i bakhuvudet. Björn Bergström skulle gifta sig. Det gjorde henne mer upprörd än hon hade kunnat ana. Det var en praktikant som hört några som jobbade på Gula Hönan prata om det på bussen till Ronehamn. Hon satt alldeles bakom dem och hörde allt om planeringen. Praktikanten hade precis innan berättat att hon själv var både gift och skild. De hade talat om sina gamla ex och Liv berättade att hon haft ett av-och-till-förhållande med en brandman som hette Björn och givetvis visste praktikanten vem han var. På Gotland känner alla till varandra på något sätt och så hade hon fått veta nyheten.

Liv hade inte fått någon inbjudan. Hon hoppades verkligen att det var ett misstag.

7

Brev, mejl och telefonsamtal tickade in, men inget svar kom från Marias föräldrar i Uppsala. Ovissheten gnagde. Till och med kollegan Per Arvidsson hade tackat ja till festen. Maria visste inte om han kommit över den kärlekshistoria de haft, men han visade i alla fall sin goda vilja. På arbetet hade Maria nästan en känsla av att han undvek henne. Det är svårt att hitta tillbaka till den vänskap man haft innan man blev älskande, kanske är det omöjligt. Sedan Per lämnade sin fru hade han inte träffat någon ny kvinna vad Jesper Ek visste, och han var den som hade bäst insyn i Pers privatliv. Jesper var förstås också bjuden och Tomas Hartman med familj. Tomas hade kramat om henne och sagt att hon var värd all lycka. Tomas var en hedersknyffel till chef.

När Maria klev in i polishuset på onsdagsmorgonen blev hon hejdad av Pia i receptionen. "Har han fått tag i dej? Mannen som var här och frågade efter dej? En lång snygg mörkhårig kille, alltså snygg fast samtidigt lite skrämmande på något vis? Han har varit här flera gånger."

"Nej, jag har ingen aning om vem det är eller vad han vill."

Pia skrattade. "En beundrare. Han var här i går igen och lämnade ett paket till dej. Du hade precis hunnit gå hem." Receptionisten böjde sig ner och tog fram en naturvit kartong ombunden med ett chokladbrunt band av siden knutet som en rosett. "Det är utvalda praliner. Från Frankfurt. Dyrt och flott ska det vara. Det finns ett litet kort. Jag kunde inte låta bli att läsa. Det står *Förlåt.*" Pia såg frågande på Maria.

"Jag tycker att det här känns obehagligt. Lämnade han den själv eller kom den med bud?"

"Han lämnade den själv."

"Såg du om han hade handskar på sej?"

"Jag tänkte inte på det. Jag tänkte bara på hans ögon. En fantastisk blick." Maria drog på sig ett par plasthandskar hon hade i ryggsäcken och tog emot kartongen. Hon kände Pias ögon i ryggen när hon gick mot tekniska avdelningen och teknikern Erika Lund.

"Kan du behålla den här och kolla fingeravtryck på den om något skulle hända mej?" Maria förklarade situationen och kände sig fånig.

"Är det en muta?" Erika strök sitt lockiga mörka hår ur ansiktet och granskade Marias ansikte. "Är du rädd?"

"Tror du jag behöver vara det?"

Erika rynkade pannan och munnen blev till ett snett streck medan hon tänkte. "Antingen är det en galning eller också är det en förälskad man, det vill säga en annan sorts galning. Jag kollar efter fingeravtryck. Lova att du berättar för mej om han dyker upp igen. Vad gör du i kväll? Vill du följa med på bio?"

"Det skulle ha varit roligt, men jag hinner inte. Vi ska till Ronehamn och se på festlokalen. Jag hänger gärna på någon annan kväll."

Erika såg dyster ut. "Chokladen kan vara preparerad. Om jag blir dödssjuk vet du att jag inte kunde hålla mej från att äta upp bevismaterialet. Jag kollar med Hartman vad vi ska göra med den. Ställer vi den i personalrummet kanske det blir lika kraftigt manfall som efter grillfesten hos Ek. Det vill vi inte vara med om igen."

Arbetsdagen segade sig fram. Maria ringde hem och frågade barnen om de ville följa med till Ronehamn. Det ville de inte. Båda hade bestämt med kompisar. Efter ytterligare ett par samtal var logistiken klar. Hartmans dotter Lena skulle titta förbi och stanna kvar tills Björn och Maria återvände från Rone. Det kändes bra.

Vid femtiden hämtade Maria upp Björn vid brandstationen. Fast kompisarna såg på kom han henne till mötes med utsträckta armar och kysste henne tills de andra började härkla sig och humma. På väg till Ronehamn hade han massor att berätta och många funderingar på hur de kunde optimera festen. Ett fyrverkeri skulle inte vara fel och kanske kunde man duka med varsin tändsticksask till gästerna med en liten present i. Han klurade en stund på vad det skulle kunna vara. En påse snus kanske. Maria satt tyst. Det fanns saker hon borde berätta för Björn. Svåra saker han borde få reda på innan de gifte sig.

Gula Hönan såg inbjudande ut. En brasa var tänd i öppna spisen och de blev mottagna av en äldre kvinna med pigga bruna ögon. De diskuterade olika alternativ till möblering för att få plats med ett dansgolv senare på kvällen. Björn tog fram sin tumstock och började mäta och rita in hur borden skulle stå. Maria antecknade på kom-ihåg-listan, hela tiden med en känsla av bävan. Det hade gått fort. Björn var ivrig. Tänk om han skulle backa ur när han fick veta sanningen. Det hon hållit för sig själv, fast hon borde ha sagt det för länge sedan.

Klockan hade hunnit bli åtta när de anträdde sin färd mot Visby. Björn satte sig vid ratten. Då och då under kvällen hade han gett henne undrande ögonkast. Innan han vred om startnyckeln stannade han upp i rörelsen och såg på henne. Maria gav honom ett leende och han fortsatte prata.

"Om man vill bada vid Herta fiskeläge ska man ta av här", pekade han. "En liten bit in på den vägen finns brudstenen. En liten och ganska oansenlig minnessten med ett kors på."

"Varför heter den så?" Maria sneglade på honom för att försöka se om han bara hittade på.

"Det vågar jag nog inte berätta för dej, när jag tänker efter. Det är något väldigt sorgligt."

"Ett brudrov", gissade Maria. "Eller en kvinna som tog livet av sej för att slippa bli bortgift när hon älskade en annan eller för att livet var för jävligt i största allmänhet."

Björn skakade på huvudet. "Det sägs att bruden red ihjäl sej på väg till bröllopet."

"Där ser du, det är inte bra att ha för bråttom."

"Det kan lika gärna ha berott på hästen, den kanske trampade på en orm. Fast egentligen vet man inte vad som hände här. En tragedi för länge sen – en brud som dog när livet borde vara som vackrast."

Det kändes lättare att prata när de inte satt mitt emot varandra så att han såg hennes ansikte. Munnen var torr av nervositet. Maria repade mod.

"Jag har något att berätta för dej." När de orden var sagda fanns ingen väg tillbaka. "Jag vet inte hur jag ska börja. Men nu när vi ändå talar om bedrövliga saker är det väl bara att fortsätta."

"Du skrämmer mej. Tänker du göra slut?" Björn sa det med allvar, skämtade inte, hon hörde det. "Jag har känt det på mej, det är något du inte berättar. Något som gör dej ledsen. Jag ser det i vissa situationer, börjar ana mönstret när du inte släpper in mej. Som nu i kväll." Han tystnade tvärt.

Maria blev uppriktigt förvånad. "Det är inte du. Det är jag. Min rädsla. Jag älskar dej mer än du fattar, men jag blir rädd. Rädd för att behöva dej. Egentligen handlar det om mitt förhållande till min mamma. Det låter patetiskt, men tyvärr påverkar det min tillit till andra människor. Det är något jag kommer att få jobba med i hela mitt liv. Orkar du höra?" Hon såg oroligt på honom. "Det här kommer att ta tid." Så kom hela den omsorgsfullt gömda historien upp i ljuset. Björn lyssnade, avbröt då och då med en fråga för att kontrollera att han verkligen förstått.

"Jag trodde att om jag bara var lite duktigare i skolan, lite bättre på idrott, lite mindre till besvär skulle min mamma älska mej och ibland fick jag stormande bevis på hennes kärlek. Fick allt jag pekade på och höjdes till skyarna för att sen bli bortglömd som en trasig leksak. Jag kunde aldrig veta i vilket ögonblick det skulle svänga och klappen bli till en örfil och jag skulle överösas av anklagelser utan grund." Maria snyftade till. "En jul när Daniel och jag och pappa lagt ett stort pussel som var nästan klart förstörde hon det, slet loss alla bitarna för att hon inte hade fått vara med från början."

"Förlåt, vem är Daniel?"

"Min lillebror."

"Du har aldrig berättat att du har en lillebror!" Björn såg skakad ut.

"Hade. Han dog. Tog livet av sej." Maria ville inte prata om det, inte nu när hon skulle förklara. "När jag sa att vi hade frågat mamma om hon ville vara med fick hon ett raseriutbrott och tog mina julklappar, allihop, och gav bort dem till välgörenhet. Till andra barn som var glada och tacksamma. Sen försvann hon och var borta i en hel vecka utan att berätta var hon var. Det var som om hon behövde skaffa sej en anledning för att ha rätt att behandla oss illa. Det var vårt fel att hon inte kunde vara hemma under julhelgen. Efteråt har jag förstått att hon hade en älskare som väntade på ett hotell i stan."

Nu kunde Björn inte hålla inne med det han tänkte längre. "Det låter helt sjukt."

"Jag vet, men jag var ett barn och kunde inte veta vad som var sjukt eller friskt. Det är det man förväntas lära sej av sina föräldrar." Maria kände hur ögonen blev dimmiga av gråt. För en gångs skull var hon glad att Björn satt vid ratten. Det lät så fjuttigt när hon satte ord på det som skakat om hela hennes tillvaro. Rädslan och det ständiga hotet att förlora tryggheten. "Det där om julen var bara ett litet exempel. Jag vet att du tycker att jag har garden uppe, men jag har behövt ha det. Vi fick inte lov att låsa badrumsdörren. Det fanns ingenstans där man kunde vara i fred. En gång kom hon på mej med något mycket privat. Hon bara ryckte upp dörren. När hon märkte hur generad jag blev använde hon det som vapen. Hon sa att hon tänkte berätta det om jag inte lydde henne. I flera år använde hon det mot mej. Antydde precis så mycket att jag kunde förstå och bli generad. Gärna när mina kompisar var i närheten."

"Men din bror Daniel och du, pratade ni aldrig med varandra om det här?" frågade Björn.

"Daniel var svagbegåvad, som de sa, nivåsänkt. När de utredde honom hade han ett IQ på under 70. Mamma manipulerade honom hur lätt som helst. Om jag sa något drog hon det ur honom och sen blev jag bestraffad och han hennes älskling. Det värsta var när hon frös ut honom och lät sin kärlek flöda över mej. Jag var så svältfödd att jag inte ens försökte försvara honom. Jag visste att det när som helst var min tur att hamna utanför. Daniel tog livet av sej när jag gick min utbildning till polis."

"Förstår du att jag tycker att det är konstigt att du inte berättat att du har haft en lillebror när vi varit ihop i över ett år?"

"Jag kunde inte säga det utan att berätta resten." Maria blundade och försökte samla sina upprörda tankar. Det var nästan omöjligt att förklara hur det hade varit.

"Men din pappa då?"

"Du förstår inte hur stark hon är. Hur manipulativ. Hon slog pappa fler gånger än jag kan räkna upp, men han kunde inte slå tillbaka för då skulle hon ha polisanmält honom och visat upp sina märken och kanske ensam ha fått vårdnaden om oss."

"Han kunde väl ha gjort samma sak, anmält?" Björn var upprörd.

"Om det hade hänt nu för tiden ja, men då för trettio år sen skulle det ha blivit ett pilotfall. Han skämdes, du ska veta att han skämdes. Inför oss och inför alla andra när de började förstå. Men ingen gjorde något, ingen ingrep. Ingen ville se och jag skämdes för att berätta hur det var." Rösten blev ostadig. Maria kunde inte längre hålla tillbaka gråten.

"Min finaste älskling." Björn stannade bilen intill vägkanten för att kunna hålla om henne. "Min finaste, klokaste Maria."

"Jag har inte berättat allt för någon, inte ens för Krister för han ville inte höra. Det räckte att han såg vad han såg. De hatade varandra vid första ögonkastet, mamma och han."

"Vad skulle hända om vi hälsade på dem?" frågade Björn när Maria hämtat sig något.

"Du skulle tycka att hon var den mest charmerande och fantastiska kvinna du någonsin mött. Hon skulle få dej att känna dej smart och snygg och rolig. Du skulle börja tvivla på det jag berättat och börja tänka att jag överdrev tills du kände hennes hand lite för högt upp på ditt lår. Så tror jag att det skulle bli."

"Jag vill gifta mej med dej Maria, leva med dej och få barn med dej. Jag kommer aldrig att svika dej, aldrig."

Maria såg länge in i de gråblå ögonen och sökte trygghet. "Ja, fast jag är livrädd. Det känns så avgörande att lova att älska varandra för evigt."

8

Tidigt på lördagsmorgonen skakade Mirela fram på bussen mot Ronehamn. Hon såg ut över fältens växlande färgspel. Ibland var de röda av vallmo eller blå av blåklint, men oftast var de gula av raps. Dikesrenen kantades av hundkex, blåeld och någon lila blomma hon inte visste namnet på. När hon speglade sig i sidorutan ändrade ansiktet färg efter bakgrunden på ett skojigt sätt så att kinderna blev röda av vallmo, blå och gula eller bara asfaltsgrå. Hon var förväntansfull. Den värkande klumpen i magen hade nästan försvunnit. I tre veckor skulle hon få vara på kollo. En evighet av tid i frihet. De skulle bo på ett ställe som hette Gula Hönan. Bara det lät roligt. Fyra barn i varje barack och de skulle få bada, fiska och leka sådana lekar där alla får vara med. Organiserade lekar, brukade fröken kalla dem och Mirela älskade det ordet för det betydde att läraren delade upp lag och såg till att ingen blev utanför som när de skulle leka fritt.

Mirela fick resa alldeles ensam. Mamma hade kunder inbokade och kunde inte följa med. "Blir det bra det här?" hade hon frågat när de tog farväl på busshållplatsen och det var tydligt att hon var orolig.

"Det blir jättebra", hade Mirela svarat och kramat sin mamma hårt och länge.

"Och om pappa dyker upp så håller du dej i närheten av ledarna och ringer mej direkt, lovar du det? Du får absolut inte följa med honom i bilen, inte följa med honom alls." Precis då hade bussen kommit och mamma var tvungen att släppa Mirela utan att hon svarat. Fotot på pappa hade hon tagit fram under madrassen och stoppat ner i packningen när mamma inte såg. Hon försökte komma ihåg hans ansikte, hur det såg ut när han inte var allvarlig som på bilden. Men skrattansiktet hade försvunnit ur minnet, och rösten också. Asken med igelkottkäken hade hon stoppat i byxfickan för att ha den nära sig när allt var nytt och främmande.

Mirela hade aldrig varit i Ronehamn tidigare, men hon hade bett busschauffören att säga till när de var framme. Hon hade varit ängslig för att han skulle glömma bort det, men nu ropade han ut Gula Hönan i högtalaren och stannade intill vägkanten. Mirela sa tack för skjutsen, tog sin packning och gick av, väntade på att bussen skulle åka och gick sedan över gatan till det inbjudande gula huset som hade en stor vit veranda med krusiduller. Nästan som Pippi Långstrumps hus, tänkte hon och öppnade grinden mot äventyret.

"Du måste vara Mirela Lundberg. Jättevälkommen!" sa en söt mörk tjej som var nästan vuxen. "Jag heter Lena och det här är Markus. Vi är ledare på kollot. Jag är säker på att vi ska få mycket roligt tillsammans." Hon pekade på en stor kille som reste sig upp från ett av de vita borden i trädgården och kom fram mot dem. "Eller hur, Markus?" Lena log med hela ansiktet och Mirela log tillbaka och allting kändes enkelt och roligt. Markus sa också välkommen, men han var inte lika översvallande glad som Lena Hartman. Därför höll hon sig närmast Lena när de gick till baracken där Mirela skulle sova. Tre sängar var redan upptagna för det låg kläder och väskor på dem. Flickorna satt vid bordet och spelade kort. Mirela kände sig genast osäker. Leendet dog i en grimas. De andra satt med ryggen åt dem vid fönstret. De skulle inte tycka om henne, det visste hon med en gång.

"Du ska bo här med Towe, Alma och Maya", sa Markus.

"Ja, vilket trevligt gäng", skrattade Lena. "Det här är Mirela, er rumskompis. Det är en toppentjej från Hemse." Märkvärdigt att det kan låta så olika när man blir presenterad. När fröken sa Mirela kom det som en sorgsen suck och ett leende som inte alls var på riktigt. När Lena sa Mirela lät det nästan som hon var en superkändis, någon som alla borde se fram emot att få träffa. De tre flickorna vände sig mot Mirela och log och sa hej i mun på varandra. De avbröt till och med kortspelet och började från början för att hon skulle få vara med. När de spelat en stund sa Towe att Mirela hade ett vackert hår och att hon ville få prova att fläta det, för hon kunde fläta hår. Och Maya ville att de skulle bli kompisar på Facebook.

"Vi måste bestämma vad vår grupp ska heta, det ska vara ett djurnamn. För vi ska tävla mot de andra", sa Alma. "Vad tycker du att vi ska heta, Mirela?"

Det kändes ovant att bli tillfrågad och ännu konstigare att få vara med och bestämma en så viktig sak. Vågade hon föreslå igelkottarna? Rösten fick inte låta mesig. Hon tänkte på vilken röst de bestämmande i klassen brukade ha. Inte prata för fort, inte för pipigt. Hon hade noga iakttagit dem, lyssnat och härmat i smyg för att öva.

"Jag tycker ... igelkottarna. Det blir väl bra!"

"Igelkottarna blir jättebra", sa Alma och gav henne en kram. "Vi kan fixa till håret och se igelkottaktiga ut."

De började borsta och sätta upp varandras hår och Mirela kände självförtroendet öka för varje andetag. Stämningen var upprymd och när Lena tittade in och sa att det var samling hade ingen av dem lust att lämna baracken. Med armarna om varandra alla fyra gick de mot det gula huset. Matsalen såg gammaldags och mysig ut. En brasa sprakade i öppna spisen. De slog sig ner på stolar som stod i en ring.

"Det kommer flera barn, totalt blir ni tjugofyra stycken, men vi ville ha en samling redan nu så vi kan berätta för er som kommit vad som gäller", sa Markus.

Mirela räknade tyst för sig själv. De var tjugoen barn i matsalen. Tre barn saknades alltså.

Lena lät förtjust blicken svepa över dem. "I dag ska vi bara bekanta oss lite med varandra och hitta var vi ska bo. I morgon tar vi med oss kikare och går ner till naturreservatet för att se på fågellivet och är det fint väder badar vi."

"Den viktigaste regeln", sa Markus, "är att alla ska trivas. Mobbning är helt förbjudet och jag vill att alla ska hjälpas åt så att det här blir ett kanonkollo."

"Regel nummer två", fortsatte Lena, "är att ingen lämnar området utan att fråga ledarna om lov. Man får inte heller hoppa i bassängen utan lov." Markus och Lena fortsatte prata varannan gång och såg på varandra med skrattögon. De hade säkert övat på det, trodde Mirela. När de kommit till regel nummer sju om att inte kasta skräp knackade det på dörren och Lena reste sig för att öppna. Allas blickar vändes mot dörren. När Mirela såg vem som steg in fastnade andetaget i halsen.

"Får jag presentera Måns, en toppenkille från Hemse", sa Lena och höll upp hans arm i luften som om han precis vunnit guld i VM. "Du och Mirela kanske redan känner varandra?" Hon log brett och leendet som förut tillhört bara Mirela blev ett hånfullt flin som i en skräckfilm.

Måns himlade sig för att visa vad han tyckte om Mirela. Det undgick inte något av barnen och Mirela krympte ihop och skämdes. Nu var hon avslöjad. Lena och Markus som stod bredvid Måns märkte det inte. När de såg på honom gav han dem sitt charmigaste leende.

Mirela hörde knappt när Lena presenterade de olika grupperna. Pojkarnas hette Tigrarna, Pantrarna och Lejonen. Flickornas hette Kattungarna, Myrorna och Igelkottarna. Måns tillhörde Tigrarna. De var bara tre än så länge och Myrorna var tre men det skulle komma en flicka till, sa Lena. Plötsligt kände Mirela att hon måste på toaletten. Hon skulle inte klara att hålla sig många sekunder till. Kroppen kändes bortdomnad när hon reste sig upp. Med stela och knixiga rörelser gick hon över golvet sedan hon räckt upp handen och sagt sitt ärende. Måns härmade henne med larvig röst och fick en tillsägelse av Lena, som han ignorerade. Han härmade henne igen, det ekade bakom henne. Markus märkte inget för han flamsade med två av tjejerna som ville få bada i bassängen. I dörröppningen vände sig Mirela hastigt om för att se om Måns tänkte följa efter, men han hade fixerat Lena med blicken. Lena såg med ens osäker ut. Mirela insåg under bråkdelen av en sekund att Lena inte skulle kunna försvara henne. Kanske hade hon också blivit mobbad. Det fanns där i hennes ansikte, i den flackande blicken. I axlarna som drogs upp mot öronen. Det gjorde Mirela ännu mer rädd. Hon skyndade sig ut på toa, låste och försökte kissa så tyst som möjligt så att ingen skulle höra skvalet och tycka att hon var äcklig. Hon tvättade händerna. När hon skulle öppna dörren och gå ut vågade hon inte. Då skulle hon behöva gå över golvet igen medan allas ögon följde henne. Hon väntade. Hörde rösterna som närmade sig. Någon ryckte i toalettdörren, men hon svarade inte, öppnade inte. Utanför dörren hörde hon Maya fråga Måns om han kände Mirela eftersom de båda var från Hemse.

"Ja, för fan hon är helt jävla puckad och hennes miffo till morsa tror på andar och änglar och fan och hans moster." Måns måste ha gjort en rolig min för de skrattade hysteriskt där ute. Mirela ville inte höra, men hon hade ingenstans att ta vägen. "Hon talar med döda människor, klättrar på väggarna och fångar andar i påsar. Helt jävla sinnessjukt och så äter dom gettestiklar. Man gör det i landet dom kommer ifrån."

"Fy så äckligt", sa Maya.

"Ja, visst. Känner ni inte hur hon luktar? Det beror på gettestiklarna", sa Måns.

När det blev tyst och Mirela vågade sig ut för att gå till baracken mötte hon Lena. "Så bra att jag fick tag i dej", sa hon och log så att de vita jämna tänderna blänkte. "Det har uppstått ett litet problem som du kanske skulle kunna hjälpa till att lösa. Se inte så rädd ut, det är inget farligt."

"Vadå?" Mirela anade att problemet hade kommit med Måns.

"Jo, det är så att Mayas bästis bor i Myrornas barack och de undrar om du kan byta. Jag menar om det inte spelar någon roll för din del så vore det verkligen schysst. Vad säger du?"

"Okej." Det enda rätta svaret var okej. För om hon sa nej skulle alla tycka att hon var taskig och det skulle bli ännu värre än det redan var.

"Schysst kompis", sa Lena och skyndade sig i väg utan att höra resten av vad Mirela ville säga.

"Jag tänker ändå inte stanna här."

9

Maria Wern inspekterade packningen som skulle ut i bilen en sista gång och stoppade ner regnkläder åt båda barnen. Efter att frukosten var avklarad på söndagsmorgonen var det dags att fara till kollot i Ronehamn. De andra barnen hade kommit redan under lördagen. Emil och Linda skulle ansluta till gänget på eftermiddagen. Men först skulle det bli kaffe i syrenbersån hos Björns farfar och farmor som bodde på Ronehamnsvägen inte långt från Gula Hönan.

Severin Bergström var gammal militär och rak som en planka, till skillnad från sin fru Solvår som var mer åt det päronformade hållet. Båda var förbluffande vitala och rörliga fast de skulle fylla nittio respektive åttiosju år. Enligt Björn vägrade de all form av hemhjälp. Det var för dyrt och ska man ha en främmande människa i huset måste man städa först. Annars får man skämmas och vad är det då för hjälp? frågade sig Solvår och fick medhåll av sin make innan han bytte ämne.

"Det var på tiden att du stadgade dej, pojk", sa han. "Tänk att det skulle ske inom min livstid."

Björn bara skrattade. "När man ser er efter sextio år tillsammans kan man nästan börja tro på trollen. Den finns alltså – den livslånga kärleken?"

"Din farmor var tornsvala när vi möttes." Severin gav sin fru ett kärleksfullt ögonkast och la armen om henne. "Den vackraste tornsvala som någonsin häckat i kvarnen nere i hamnen."

"Vad är en tornsvala?" frågade Emil med munnen full av saffranspannkaka.

"En flyglotta. Severin och jag träffades under kriget. Jag flyttade från Norge när tyskarna kom. Tornsvalorna bevakade luften för att se om det kom främmande flygplan över vårt område. Vi skulle identifiera dem och rapportera i vilken riktning de flög." Solvår la handen på Severins lår, mest av gammal vana. "Första gången jag såg Severin var på Gula Hönan, det pensionat som hette så på den tiden. Det låg bara ett stenkast ifrån där det ligger nu. Det var dans. Han var officer redan på den tiden och så stilig att jag knappt vågade titta på honom. Jag var helt förfjamsad. Officerarna höll till på Hällebo – det som i dag är Gula Hönan. Jag gjorde mej ärenden dit, många ärenden, och på den vägen är det." Solvår fnittrade förtjust och lutade sig bakåt i hammocken. På avstånd hördes en gräsklippare sjunga en dov och brummande sång.

Maria kunde se varifrån Björn fått sina drag. Severin hade tjockt vågigt hår, mustasch och ögon som skiftade efter ljuset. Hon kom att tänka på Errol Flynn som han såg ut i *Slaghöken*, en vacker yta som kamouflerade en socialiserad psykopat och kvinnomisshandlare. Inte en skugga över Severin och hans sonson – men tanken på att det perfekta borde ha en baksida kom alltid smygande. En yrkessjukdom när man arbetat för många år som brottsutredare.

"Jag och Linda ska på kollo på Gula Hönan", sa Emil.

"Vad spännande. Våra gamla vänner kanske spökar där för att se till att ni sköter er ordentligt", fnissade Solvår.

"Såna tider." Severin älskade att tala om hur det var förr. Björn bytte en blick med Maria för att stämma av hur mycket hon orkade lyssna.

"Ronehamn var en av de största utskeppningshamnarna på den tiden", fortsatte Severin. "Handelspatronerna avlöste varandra. När jag växte upp var Rone ett blomstrande samhälle trots att järnvägen kom av sej och blev ett fiasko. Det gick ångbåtar till Stockholm. Folkrörelserna hade ett starkt fäste i bygden med frikyrkorörelsen, nykterhetsrörelsen och arbetarrörelsen. Stuveriarbetarna nere i hamnen organiserade sig. Men min far var soldat." Severins blick försvann i det förgångna och han verkade inte längre medveten om att de andra satt där. "Det fanns en konflikt mellan bönderna och handelsmännen. Bönderna fick handla på kredit med den kommande skörden som pant. Slog skörden fel kunde hela gårdar utmätas. Därför startades vid sekelskiftet Autsarve kooperativa handelsförening... till somligas förtret. Många av handelsmännen skickade vid den tiden sina söner till Tyskland för att de skulle lära sig mer om köpenskap. När andra världskriget bröt ut fanns det starka band till Tyskland. Vi var mest rädda för ett anfall från ryssarna. Attacken mot Finland 1939 kom som en kalldusch."

"Men hotet från tyskarna var väl i realiteten större?" invände Björn.

Severin höll med. "Med facit i hand är det mycket vi vet som vi inte ens kunde ana då. Tyskland var ett föregångsland, det skapades ordning och ekonomisk stabilitet i ett land med stor arbetslöshet och ekonomiskt kaos. Det var först när de tyska trupptransporterna till Finland syntes från Visby som hotet mot oss kändes på allvar."

"På Gotland har man alltid varit rädd för ryssen", sa Solvår. "Det finns till och med i gamla bröllopstraditioner. Man ska skrämma gästerna med att ryssen kommer. Då gömmer de sej i trädgården och sen lockar man in dem med den läckra bröllopsmaten."

Severin skakade på huvudet åt hustruns ovidkommande kringrörelser. Han ställde ner sin kaffekopp. Nu skulle det talas krig. "Vår beredskap var inte god i början, det ska gudarna veta. Men vi byggde skyddsrum vid Hus fiskeläge och kulsprutelägen kamouflerade av strandbodar som vi satte upp i rask takt. Ett stort antal soldater från fastlandet stationerades i Ronehamn. Flera byggnader rekvirerades för militära ändamål. Gula Hönan blev officersexpedition och skolan militärmatsal."

Solvår serverade dem mer kaffe och saft. Hon mindes också. "Jag gick på Röda korsets kurs i olycksfall och gasskydd. Samhället levde liksom upp i skuggan av kriget, människor som aldrig skulle ha mötts träffade varandra och blev förälskade. Kommer du ihåg den röda klänningen med liten vit spetskrage jag hade på mej när du kysste mej för första gången?"

Severin skrockade lätt generad och flyttade sig lite för att inte få solen rakt i ansiktet. "Naturligtvis älskling."

"Jag sydde den av ett gammalt sängöverkast med spets från ett örngott. Det var svårt att få tag i material under kriget, man fick vara uppfinningsrik. Klänningarna blev med nödvändighet kortare när tyget inte räckte till."

"Ja, den kanske var lite vågad", muttrade Severin. "Man kunde nästan ana knäna."

Solvår skrattade ett kvillrande skratt och blev nästan tårögd. "Det var ont om allting. Ändå gick det inte någon direkt nöd på oss. Jag måste få visa barnen ransoneringskupongerna vi hade på den tiden. Jag har sparat några."

"Vad är det?" sa Linda som suttit alldeles tyst och klappat katten som hoppat upp i hennes knä och somnat.

"Staten utfärdade kuponger, papperslappar man måste ha för att få handla, för att priserna inte skulle rusa i höjden. Maten skulle räcka till alla, inte minst till militären. Nästan allt var ransonerat. Kaffe, socker och mjöl, men också bensin och skor och tyg. Men mjölken var fri. Man fick ett personkort att visa upp när man handlade och kuponger varje månad. Men de räckte inte riktigt, jag var hungrig ändå."

"Man fick skarva i med en och annan rabbis eller fasan. Fisk kunde man alltid komma över om man hade en båt. Det brändes hemma", berättade Severin. "Det puttrade lite varstans här i stugorna. Så problem med spriten hade vi inte och svartslaktade lamm förekom i de bästa familjer. Det som sker i Rone, stannar i Rone. I stället för kaffe rostade vi cikoriarötter och malde."

"Om man var hungrig kunde man väl bara gå på restaurang?" Linda tyckte att hon hade lösningen där.

Solvår skakade på huvudet och skrattade medan hon bjöd runt kakfatet ännu en gång. "Man var tvungen att ha kuponger där med. Om man till exempel skulle ha en skinksmörgås gick det åt fyra kuponger. En för matfett, två för kött och en för bröd."

"Det låter som något Viktväktarna kunde ha hittat på", sa Maria.

"Jag skulle ha bytt mina fiskkuponger mot kuponger för tatueringstuggummi", sa Linda.

"Det var förbjudet att köpa och sälja kuponger, men folk gjorde det ändå – de handlade på svarta börsen, som man sa. På den tiden utredde polisen bedrägerier med ransoneringskuponger." Solvår såg menande på Maria. "De satt inte och smög i buskarna med alkoholmätare för att antasta hederligt folk som hade druckit gotlandsdricka."

"Får vi se på ransoneringskupongerna", svarade Maria diplomatiskt.

"Då måste vi gå in. Jag har dem i en låda i biblioteket." Severin tog tag i sin käpp och började gå inåt huset. Solvår följde efter med rullatorn.

Björn fattade om Marias arm. "Biblioteket är mer ett militärarkiv, om du skulle fråga mej. All väsentlig litteratur handlar om andra världskriget."

Solvår som pratat på under hela den mödosamma färden från bersån till huset och uppför trappan blev plötsligt helt tyst när hon kommit in i hallen. Sedan gav hon upp ett gällt skri. Björn skyndade fram för att se och Maria följde tätt efter.

"Mina blommor! Mina vackra orkidéer och min porslinsblomma!"

På golvet i biblioteket låg två trasiga krukor. Jorden hade runnit ut och blandats med glasbitar från fönstret där vinden blåste in med en frisk fläkt från havet. Skrivbordslådorna var utdragna. Severin störtade fram med käppen i näven. "Min myntsamling! De fräcka jävlarna har stulit min värdefulla myntsamling – ett livsverk!" Han blev eldröd i ansiktet och långt ner på halsen. Maria befarade att han skulle få en hjärtsmäll.

"Rör ingenting!" Varsamt förde Maria dem ut ur rummet. "De som bröt sej in kan ha lämnat spår. När var ni i biblioteket senast?"

Solvår sjönk ner på en stol i köket. "Mina orkidéer, mina vackra", upprepade hon gång på gång. "Vi såg inte vad som hänt när vi gick ut och mötte er."

"Jag har inte varit här sen i går kväll. De måste ha gjort det när vi såg på teve, Solvår. Det borde ha hörts när rutan krossades. Men om teven var på kanske vi inte hörde något. Eller kom de när vi sov? Visst vaknade du av ett konstigt ljud i natt, Solvår? Men inte kunde vi ana att det var främmande människor i vårt hus."

"Det måste vara främmande människor som brutit sej in. Nyckeln till ytterdörren ligger i stuprännan. Alla våra grannar och vänner vet det." Solvår pekade ut platsen.

"Hur har du det med vapnen, farfar?" Björn gick ut i hallen och kände på vapenskåpet. Det var låst. "Ibland blir du sittande här vid skrivbordet med din gamla Walther. Drömmer dej bort. Har du alla vapen ordentligt inlåsta?"

10

Tidsschemat för dagen hade spruckit. Maria hade velat visa barnen Uggarde roir, ett mäktigt bronsåldersröse på heden, och sedan skulle de ha tagit ett dopp vid Herta fiskeläge och ätit matsäck. Men för Björns farfar och farmor var inbrottet det mest omtumlande som hänt dem på ett decennium. De behövde prata. En patrull stationerad i Hemse kom för att säkra spår. Fönsterrutan hade krossats med en sten, den låg under skinnfåtöljen bredvid kakelugnen. Det fanns inga skoavtryck på den välansade gräsmattan utanför.

"Vem kan ha gjort det?" frågade Solvår för minst sjunde gången och gungade från sida till sida med händerna knäppta i knäet. Katten hade flyttat över till hennes famn, den kände väl på sig att hon behövde tröst.

"En amatör", sa Maria. "Proffs använder verktyg. De sätter fast en sugpropp på glaset, en vanlig av gummi som man rensar avlopp med, och sen skär de nästan ljudlöst ut rutan. De har verktyg så att de kan lyfta av dörrar, dyrka upp lås. Men det här är gjort av någon utan yrkeserfarenhet. Kanske en drogmissbrukare som behöver snabba pengar."

Severin hade hämtat sig något, men andningen var fortfarande ansträngd. "Det är säkert slöddret som håller till borta hos Renate. Takläggarna. De drar från plats till plats och lånar nycklar. Om jag får tag på uslingen som har gjort det här dräper jag honom." Han visade med händerna hur han tänkte ta stryptag.

"Då kommer du i fängelse!" sa Linda och spärrade upp ögonen.

"För en nittioåring kan livstids fängelse inte bli ett särskilt långt straff." Severin såg ut att begrunda möjligheten.

"De skulle säkert spärra in dej på en psykogeriatrisk klinik och ge dej lugnande och lavemang", sa Björn med ett retsamt blänk i ögonen. "Hade de som bröt sej in haft nycklar skulle de inte ha slagit in rutan. Vi finns i krokarna en stund till om ni behöver oss." De skulle kanske hinna med ett snabbt dopp i alla fall innan barnen skulle till kollot, men det fick bli här, de skulle inte hinna till Herta som det var tänkt.

Bortom den lilla sandstranden i Rone fanns en grind. Där öppnade sig Ålarve naturreservat. Stranden blev flikigare längre bort med små öar utanför som en miniskärgård lagom för en barkbåt. Bitvis var vattnet så grunt att man kunde vada ut till Langårds sydspets. Där fanns det ett gammalt stenkummel från 1800-talet som landmärke för sjöfarare förr i tiden. Havet skiftade i ljust lila, strandängen blommade i gult och högt upp på himlen kretsade en havsörn.

Maria hade valt att ta en promenad i ensamhet medan de andra badade. Hon hade lyckats berätta för Björn, hela sanningen om den barndom hon kämpat för att hålla på avstånd. Den fula sanningen om ett oälskat barn. Fast det var egentligen inte hela sanningen. Pappa hade alltid funnits där som en stilla viskning i orkanens brus.

En flock skarvar lyfte som en stor svart vinge på en osynlig signal. Det sägs att den svarta fågeln betyder olycka, men Maria trodde inte på skrock. Skarvar måste vara väldigt sociala varelser som kan samsas så många i samma träd. Maria tog upp kikaren och följde havsörnen som seglade långsamt över vattnet i jakt på byte. De vitkindade gässen höll till i vassruggarna. Det kändes bra i själen att vandra och låta tankarna fara som de ville. Längst bort på stigen skymtade Maria ett trädäck med grill. Det kom några gående. En kvinna med långt vågigt hår sköt en rullstol framför sig med en yngre kvinna i. Mor och dotter? Rollerna borde ha varit ombytta, tänkte Maria när de kom närmare. Den äldre kvinnan böjde sig ner. Hon försökte lyfta stolen. Rullstolen verkade ha fastnat i den mjuka marken. Maria skyndade fram för att se om hon kunde hjälpa till. Rullstolens däck var dåligt pumpade och hade grävt sig ner.

"Det är vackert här", sa Maria när de med gemensamma krafter lyckats få upp rullstolen på jämnare mark. "Jag ska tillbaka åt samma håll som ni. Jag kan ta stolen, den verkar gå tungt."

Den gamla kvinnan gav henne ett tacksamt leende. Hon var vackert åldrad med slät hals och fina rynkor. Det fanns ett glitter i de runda ljusblå ögonen och ett sorgset drag kring munnen. "Jag heter Lovisa Rondahl och det här är min dotter Agneta. Hon blev så här efter en drunkningsolycka." Den äldre kvinnan smekte sin dotter över håret. "Du skulle se hur vackert det är här när triften blommar och hela stranden lyser rosa mot det mörkblå havet i solnedgången. Det är så vackert att det värker i hjärtat." Lovisa stannade till och hämtade andan. Maria kom på sig med att ha gått lite för raskt.

"Vi hade inbrott i natt", fortsatte Lovisa. "Det var så otäckt. Jag hörde att det var någon som rumsterade på bottenvåningen. Men jag trodde att det var Agneta som vände sig i sängen, den knakar förskräckligt. Sen lät det som att hon tappade ett glas i golvet. Hon kan inte gå upp själv. Det var ingen risk att hon skulle göra sej illa på det krossade glaset och jag var fruktansvärt trött efter en lång dag så jag lät det vara. Vill hon något viktigt ropar hon. Och sen på morgonen när jag kom ner i köket såg jag att källardörren stod öppen och där nere hade de krossat en ruta och gått in."

"Hade de fått med sej något av värde?" frågade Maria när hon berättat om inbrottet hos Severin och Solvår.

"Min lilla änglatavla. Egentligen ett inramat bokmärke sen min mamma var liten. Den hade affektionsvärde för mej, men var inte dyrbar för någon annan. Sen saknades det pengar i min plånbok.

Fyrtio kronor var allt jag hade hemma. Jag använder inte kort. Det är för krångligt att förstå sej på hur man ska göra. Jag tar ut pengar på banken där jag får prata med en riktig människa. Då vet man att det blir ordentligt gjort och att man är överens. Hade jag haft kort i min plånbok med kredit vet ingen människa hur svårt jag skulle ha blivit satt i skuld. Fönstret kommer att bli dyrt att laga."

"Har du polisanmält det?" Maria öppnade grinden och vinkade till Björn som försökte lära Emil att stå på händerna i vattnet. Det förundrade Maria att de kommit i alls. Det var nog inte mer än sexton grader i havet.

Lovisa skakade på huvudet. "Jag har inte kommit mej för. De stal bara fyrtio kronor och ett bokmärke."

"Men någon bröt sej in", sa Maria och erbjöd sig att ta hand om anmälan.

Gula Hönans pensionat hade fått sitt namn efter en vägkrog som legat där på 1700-talet, med byggnaden som en ruvande höna längs färdvägen. Snickarglädje och glasveranda gav huset dess charm. Under de skuggande träden satt matgäster vid vita cafébord och njöt av husets läckerheter.

"Syrenglass från husets egen trädgård. Det vill jag att vi ska ha på vår bröllopsmiddag", viskade Björn i Marias nacke när hon läste menyn. "Där inne finns det vackra matsalar med takmålningar. En trappa upp har vi ett rum med en kakelugn och ett stort flerfärgat glasfönster mot havet och en skön dubbelsäng..." Han såg på henne och krökte ögonbrynen medan han visslade Mendelssohns brudmarsch. "Om vi ska ha barn ihop tar jag mitt ansvar och gör dej till en ärbar kvinna."

"Jag är en ärbar kvinna", sa hon med spelad indignation.

"Jag vet... men ändå."

Linda kom springande mot dem med andan i halsen. "Det finns en pool och en minigolfbana och Lena är där borta vid husen där vi ska bo." Maria följde efter. Bortom pensionatet fanns flera baracker och framför dem löpte långa rader med odlingar i pallkragar. Vita lakan fladdrade i vinden. På trappan till ett av husen satt en flicka med långt mörkt hår hopkrupen med armarna om knäna. Hon lyfte upp huvudet och Maria kände en ilning i mellangärdet. Det var blicken. En desperation i de kornblå ögonen som kastade Maria tjugofem år tillbaka i tiden ... Eller övertolkade hon för att hon de senaste dagarna tänkt så mycket på sin egen barndom?

"Vad heter du?"

Först såg det inte ut som om flickan tänkte svara. Hon satte håret bakom örat och studerade en leverfläck på sin arm, sedan tog hon ett djupt andetag. "Mirela. Jag är här på kollo."

"Är något på tok?"

"Jag har tappat mitt hårspänne, ett rött."

"Kan jag hjälpa dej? När hade du det senast?"

"Jag hade det på mej när jag kom hit och nu är det borta."

Mirela tog fram sin igelkottkäke ur asken när Maria Wern gick för att ta farväl av sina barn. Det kändes ännu mer ensamt nu när Emils mamma hade frågat hur det var. Maria var faktiskt den enda som hade frågat. Den enda som såg att något var på tok. Det var både skönt och skrämmande på samma gång. En bit bort stod Måns med en ring av tjejer omkring sig. Han berättade en rolig historia och fick dem att skratta och han såg så där gullig ut på ögonen som han kunde göra när han ville bli omtyckt. Mirela kunde varje nyans av spelet, varje gest och varje tonfall som tillhörde hans repertoar. De andra flickorna skulle ha blivit hennes vänner, men han tog dem ifrån henne. Mirela strök försiktigt över igelkottkäken och önskade att han skulle förvandlas till en vårtig padda. Läste en besvärjelse med alla fula ord hon kunde komma på. Sedan gick hon in i huset för att leta efter Lena. Hon tog av sig skorna i hallen och tassade på lätta fötter upp på övervåningen. Lena var den enda vän hon hade på kollot. En vän som fick lön för att vara snäll – ett jobb var det.

Det var tyst i korridoren. Dörren till Lenas rum stod på glänt. Det skulle vara så skönt att bara få sitta bredvid Lena en stund och småprata. Mirela smög fram till dörren och kikade genom springan. Lena jämrade sig högt och Mirela backade förskräckt från dörren och lutade sig sedan fram igen för att se vad som hände. Markus låg ovanpå henne. Han gjorde illa henne. Hon jämrade sig igen. Det hördes att de brottades för hon stönade. Mirela försökte repa mod för att hjälpa Lena ur underläget. Men precis då lyfte Lena på huvudet för att kyssa honom. Hur obegripligt var inte det? Täcket guppade som om en kanin blivit instängd i mörkret och hoppade för att ta sig ut i ljuset och plötsligt förstod hon vad de gjorde. De knullade. Måns hade berättat precis hur det gick till och det var äckligt och hemskt synd om Lena och väldigt konstigt att någon människa gjorde det frivilligt. Som att äta varandras snorkråkor ungefär. Mirela förstod att de inte skulle bli glada att se henne. Tyst försvann hon ut den väg hon hade kommit. *Jag vill vara död*, tänkte hon.

11

En hel vecka hade barnen varit på kollo utan att höra av sig hem. Maria hade varit på väg att ringa dem flera gånger, men rekommendationen var att föräldrar skulle låta bli att ta kontakt. Om det var något viktigt skulle personalen kontakta hemmet och man kunde på nätet läsa vad barnen skrivit i en dagbok.

När hon skulle hem från jobbet på fredagskvällen satt det en bukett röda rosor fasttryckta under vindrutetorkarna på bilen. Det fanns inget kort som visade vem de var ifrån. Hennes första tanke var att Björn velat överraska henne. Hon ringde upp honom för att säga att hon var på väg och tackade för de vackra rosorna. Men han hade inte gett henne några blommor. Maria gick tillbaka in i polishuset. Pia i receptionen var kvar. Hon talade med en kvinna som saknade sin hund. När hon blev ledig visade Maria upp buketten.
"Har han varit här igen?"
"Nej, inte vad jag vet. Inte här inne. Eller kanske när jag var på lunch." Pia lovade att vidarebefordra saken till Hartman som bett att få veta om mannen fortsatte stalka Maria.

Under helgen fortsatte Björn och Maria med sina bröllopsförberedelser. Häst och vagn måste bokas. Björns frack behövde kemtvättas och han måste köpa en ny skjorta eftersom det var vinfläckar som inte gick bort på den gamla. Det borde ha varit ren glädje. Men Björn återkom hela tiden till den långe mörke mannen som Emil kallat vampyr. Maria kände att det började gå henne på nerverna.

Hon behövde lugn och ro när det var helg för att orka med galningarna under arbetsveckan.

"Du måste vara försiktig, Maria. Du måste se till att hela tiden ha folk omkring dej."

"Släpp det där. När det gäller stalkers brukar de sluta upp om man inte svarar dem eller ger dem något tecken tillbaka, säger vår expert. Vi kan inte förstöra hela helgen med att älta det där."

På söndagskvällen var det nära att urarta till ett gräl. Björn hade insinuerat att rosorna kanske var från Per Arvidsson, Marias före detta. "Det kanske finns fler hemligheter?"

Maria övervägde en kort sekund att hälla en kanna gräddsås i huvudet på honom, men tog sitt förnuft till fånga. Det skulle ha varit synd på den goda såsen.

"Är du svartsjuk?" Hon la sina händer runt hans kinder och såg rakt in i hans själ.

"Ja, lite", suckade han. "Det är svårt att inte tänka på er tillsammans. Hur ni hade det när ni var ihop, du och Per. Du berättar ingenting och egentligen vet jag inte om jag vill veta. Ni jobbar ihop..."

"Det är du och jag nu. Det är dej jag älskar och dej som jag ska gifta mej med. Och jag lovar. Per Arvidsson skulle aldrig knö fast en bukett röda rosor på min bil. Det vore helt artfrämmande för honom. Han vårdar bilar. Om du kände honom skulle du fatta det. Och Ek skulle vara för snål."

"Jag älskar dej. Men ibland tappar jag självförtroendet och tänker att du är för bra för mej och att du snart kommer att avslöja mej."

"Vad är det jag ska avslöja?" Maria lutade sig fram och kysste honom lätt på munnen.

"Den som visste det? Antagligen är jag perfekt."

De avslutade middagen i soffan med varsitt glas vitt och ostbricka. Vinets pärlande smak påminde om gammaldags doftande rosor och mormor Vendelas kryddburk och allt kändes tryggt och gott och varmt när de tätt omslingrade gick upp i sovrummet.

När de älskat kröp Maria intill Björn. Hon kysste honom och la sig till rätta för att sova. "Jag tror att jag är lycklig", sa hon. "Just nu är jag lycklig. Det känns så och jag önskar att jag kunde hålla kvar den känslan och stänga oron ute."

Björn kysste henne i nacken. "Jag älskar dej." De släckte lampan. Maria blev allt tyngre, alltmer avslappad. Det kändes som hon just hade somnat när telefonen gav till en gäll signal. Maria hann kasta en blick på klockan innan hon tog upp mobilen. De hade sovit högst ett par timmar. 01:17. Maria tryckte mobiltelefonen intill örat, med ens klarvaken. "Vem är det? Är det du pappa?" Hon tyckte att det var hans röst. "Vad är det som har hänt?" Hon kunde inte minnas hur många gånger hennes mamma hotat med att ta sitt liv. Varje gång pappa samlat sig till ett avslut och tänkte lämna henne hade hoten kommit. Maria hade långa perioder väntat på ett nattligt samtal, men det hade aldrig kommit.

"Pappa, jag hör dej inte. Kan du tala högre?"

"Monica är död." Hon hörde honom dra efter andan. "Ambulansen har varit här, men de fick inte liv i henne. Jag kom hem..." Hans röst bröts och blev sedan knappt hörbar igen. "Jag visste inte hur. Jag försökte med hjärtåterupplivning, men jag gjorde kanske fel. De sa att jag skulle dra ner henne på golvet från soffan och ge hjärtmassage. Hon var tung, så ofattbart mycket tyngre när hon var medvetslös och inte hade någon styrsel i kroppen. Det tog tid. För lång tid om hon levde ens då. Hon var varm. Men jag kände ingen puls."

"Pappa, pappa..."

"När jag kom hem... Det var kaos. Allting var utrivet ur lådor och skåp och ytterdörren stod på vid gavel. Jag hade varit hos grannen och spelat kort. Hon låg död i soffan när jag kom in. Hon hade din inbjudan i handen, inbjudan till ditt bröllop." Han skrattade ett ihåligt och glädjelöst skratt som fick Maria att rysa. "Inte ens den stunden i centrum kunde hon unna dej, om hon så skulle dö för att få vara huvudperson."

"Säg inte så, pappa. Jag kommer till dej så fort jag kan, med nästa flyg."

"Nej, Maria. Huset är en brottsplats. Polisen är här."

"Varför? Vad har de sagt? Tror de att hon har blivit mördad?"

"De tror att hon har blivit rånad. Eller att hon upptäckte en tjuv som slog ner henne. Jag får inte röra något och jag måste hålla mej anträffbar." Han harklade sig besvärat. "Jag undrar om jag kan få komma till dej, finns det en säng över någonstans eller en luftmadrass på golvet?"

"Det finns alltid plats för dej. Meddela vilket plan du kommer med så hämtar jag dej vid flygplatsen."

Maria vände sig mot Björn som satt sig kapprak upp i sängen med ryggen mot sänggaveln.

"Jag hörde", sa han. "Vad gör vi nu?"

"Jag vet inte." Maria kröp in i hans famn. "Jag fattar det inte. Jag fattar inte att hon är död. Hon hade inbjudan i handen. Och jag som inte ville bjuda henne ... Även om hon var en dålig mamma, så var hon min mamma. Jag kanske skulle ha kunnat göra mer för att vi skulle ha haft en bättre relation."

"Nej, inte utan att gå under själv", sa Björn. "Det är inte ditt fel Maria, det här är ingenting du kan rå över." Han strök henne över håret, vaggade henne i sin famn tills de båda föll in i en ytlig och orolig slummer.

På morgonen gick Maria till jobbet och försökte koncentrera sig på arbetet fram till klockan elva då Brunos plan skulle landa. Flera stölder hade senaste veckan rapporterats från Rone socken. En ny anmälan om inbrott hade kommit med morgonposten. Anmälan var skriven på vanligt hederligt brevpapper med en nästan oläsbart darrig skrivstil och undertecknad av en Heinz Meyer. Maria slog på namn och ort på Eniro och fick fram ett telefonnummer. Det dröjde sju signaler innan någon svarade. Maria förklarade sitt ärende och gjorde sitt bästa för att komplettera anmälan. Heinz Meyer var född 1918 och Maria räknade ut att han just fyllt nittiotvå, nästan samma årgång som Björns farfar.

"Du hade alltså inbrott i ditt skjul natten mellan söndag och måndag för en vecka sen, har jag uppfattat det rätt?" frågade hon. Sedan det första inbrottet hos Severin hade det hela utvecklat sig till en stöldvåg och prioriterats upp.

"Man blir förbannad! Det är väl bara att ni kommer hit och burar in hela patrasket? Alla vet att det är ligisterna som bor hos Renate. De reser runt och lägger om tak och hon håvar in pengarna och de kör bil som blådårar. Jävlar om jag haft kvar mina krafter, då skulle de ha fått sej en omgång."

Maria var inte säker på att Heinz hörsel var den bästa, därför talade hon långsamt och tydligt. "Vad har blivit stulet?"

"Ja, de bröt sej in i skjulet, det har jag ju redan skrivit. Fönsterrutan var krossad. Det var glasbitar överallt. Hur ska jag nu komma till affären när de har tagit min cykel? Jag har feber och mår inte bra och ingen mat skulle det finnas hemma om inte grannen hjälpte mej. Det är för jävligt."

Nittiotvå år och cyklar till affären, det lät som en riktig krutgubbe. Björn brukade säga att hans farfar var en dynamitgubbe. Det måste vara tillgången på färsk fisk i Rone som gav långa hälsosamma liv. Heinz hörde verkligen illa, fast han ville inte låtsas om det. I stället pratade han på utan avbrott, för att det inte skulle märkas att han missuppfattade saker och ting. Något han hade övat upp till perfektion, tänkte hon med viss beundran. Han hade onekligen en viss charm. Det bästa vore att skicka någon till Rone för att ta upp anmälan på plats. Maria lovade att återkomma till Heinz och gick sedan för att söka upp sin chef. Tomas Hartman satt med de andra i personalrummet. Maria såg honom genom dörröppningen, men precis när hon skulle ta steget in i rummet tog Erika Lund tag i hennes arm.

"Det fanns inga främmande fingeravtryck på chokladkartongen du fick av den där vampyrtypen. Plasten är avtorkad. Skumt eller hur?"

"Han har lämnat blommor också. Jag tror att det var han. De satt fastklämda innanför vindrutetorkarna på min bil. Det måste vara han. Men det fanns inget kort."

"Man ska passa sej för vackra män." Maria såg direkt att det fanns något mer Erika ville säga. Så väl kände hon sin kollega.

"Och ...?" Maria befarade att hon skulle säga något om Per Arvidsson, men det handlade om något helt annat.

"Och jag undrar om du har tänkt på att skriva äktenskapsförord. Huset du ärvde av Vega är värt fem miljoner. Om han drar om en månad är hälften hans. Har du tänkt på det? Du har ett stort hjärta Maria, vill alla så väl, men ibland är du lite – obetänksam." Hon sa inte naiv, men det var så hon menade. De hade pratat om de här sakerna tidigare och Erika tyckte att Maria borde vara mer försiktig med tillit när det kom till ekonomiska värden i stället för det känslomässiga engagemanget. "Anta att han är en solochvårare", sa Erika. "Två och en halv miljon rent är ingen dålig summa pengar."

"Jag orkar inte höra mer, Erika. Lägg ner." Maria sköt undan henne och steg in i personalrummet. Något i hennes ansiktsuttryck fick dem alla att tystna och blickar vändes mot henne.

"Maria, vad är det?" sa Ek.

"Min mamma dog i natt. Nej, jag orkar inte prata om det, inte nu." Hon vände sig till sin chef. "Tomas, kan jag få ett par ord med dej utanför."

Tomas Hartman reste sig genast upp, fyllde på en kopp kaffe åt Maria och tog med sin egen. De gick mot hans rum.

"Jag beklagar, jag beklagar verkligen, Maria. Vad kan jag göra för dej?" Han drog händerna genom sitt lockiga grå hår på det sätt han brukade när saker körde ihop sig. Det var semestertider, turistinvasionen var nära förestående. Ingen fick ta ledigt utöver de beviljade semesterdagarna.

"Jag behöver ledigt från elva i dag och i morgon vill jag fara till Ronehamn. Jag vet att det inte är mitt jobb, men jag skulle vilja kolla upp en anmälan. Det gäller stöldvågen."

"Vad har du för arbete att sätta i händerna på Ek i stället?"

"En stöld på vårdcentralen i Hemse förra veckan. Ett kuvert med sextonhundra kronor som har försvunnit från personalrummet. De ville inte göra anmälan på nätet utan tala med en riktig polis. Många är väldigt upprörda. Sköterskan jag pratade med var orolig för att semestervikarierna skulle känna sej anklagade. Det kan ju lika gärna ha varit någon ordinarie som passat på att stjäla när det kommer nytt folk, eller någon utanför personalen. Alla är misstänkta så de ville ha någon utifrån som håller i det. Enligt den säkerhetsansvarige fanns det någon i personalrummet hela tiden. De städade i skåpen."

"En nyfiken fråga", sa Hartman. "Varför vill du till Ronehamn?"

"Jag behöver berätta för mina barn att deras mormor är död och finnas för dem under dagen om det kommer frågor. Jag känner mej trygg med att din dotter är ledare på kollot, det är inte det. Men min mors död är inte helt okomplicerad."

"Det blir som du vill." Han reste sig upp och gav henne en farbroderlig kram. "Du får med dej Arvidsson till Rone, jag hoppas det är okej?"

"Det hoppas jag med", sa Maria och såg att han förstod vad hon menade.

12

Bruno Jakobsson såg ut att ha åldrats tio år över en natt. Axlarna sluttade framåt. Visst gick han mer böjd? Överrocken fladdrade löst på den smala kroppen. Maria skyndade sin far till mötes och kramade honom länge.

"Maria, min älskade flicka. Mitt barn. Jag är så ledsen att det här skulle hända." Brunos röst var hes av rörelse. Medan de väntade på resväskan berättade han de senaste nyheterna.

"Monica ska obduceras, säger de. Vad ska det vara nödvändigt för? De som bröt sej in har antagligen slagit henne i huvudet, fast det syntes inget märke. Inget blod. Polisen sa att jag skulle hålla mej anträffbar, de tror väl inte att jag...?"

"Det är så det går till, obduktion är rutin när någon dör hemma. Ingen anklagar dej, pappa." Maria tog honom under armen när de fått resväskan. De gick genom vänthallen mot bilen. "Kunde du se om något saknades, om de som rånade mamma fått med sej något?"

"Jag vet inte. Ambulansen kom och polisen. Jag hann inte se efter."

"Grannarna då... de har inte sett någon gå in i ert hus?"

"Inte vad jag vet. I natt har jag bott över hos Knutsson. Aldrig någonsin trodde jag att Monica skulle dö så här. I en trafikolycka, kanske. Hon körde som en vettvilling, körde om och räknade kallt med att andra skulle flytta sej. Många gånger har jag trott att vi skulle krocka och jag har oroat mej för att hon skulle ta sitt liv, men inte att hon skulle bli rånad och ihjälslagen. I vårt hem! Det fanns inte i min tankevärld."

"Kan hon ha retat upp någon, skaffat sig en dödsfiende? Om hon gjort något riktigt fult mot någon. De grälar och grälet urartar..."

"Du ska veta att det fanns stunder när hon provocerade mej så att jag balanserade på gränsen till vad jag kunde klara av. Det har varit så nära att jag slagit henne." Bruno sjönk ner på passagerarsätet. Maria satte sig vid ratten och de började rulla mot staden under tystnad. De passerade rondellen vid Norrgatt och svängde av mot lasarettet och in genom Norderport.

"Det är vackert här med ringmuren och vallgraven och havet som jag bara hann få en skymt av", sa han och det skar Maria i hjärtat när hon tänkte på att han aldrig varit på Gotland, aldrig hälsat på. Som om han kunde läsa hennes tankar sa han:

"Du ska veta att jag längtat efter dej och mina barnbarn. De känner väl knappt igen mej. Jag är uppriktigt ledsen för att livet blev som det blev. Jag kunde inte gå emot henne. Hon skulle ha ställt till ett helvete. Bara du vet vilken ofattbar energi och uppfinningsrikedom hon hade. Ibland var hon fanimej inte mänsklig!"

"Jag vet pappa, jag vet, du behöver inte... Livet är inte slut, du har ännu chansen att lära känna Emil och Linda. Jag har pratat om dej hela tiden, du finns för dem och de har fått födelsedagspresenterna och julklapparna du skickat i smyg." Maria visade med stolthet på det gula huset. "Här bor jag."

Efter den branta Rackarbacken hade de stannat utanför Norra Murgatan 14. De gick in genom porten i det gula planket. "Jag tänkte att du kan bo i gästhuset. Då kan du vara med oss eller rå dej själv så mycket du vill. Om du packar upp och gör dej hemmastadd så ordnar jag något att äta."

Maria fräste ihop en bondomelett på gårdagens pyttipanna och skar ihop en sallad. Hon hade ingen inspiration till något mer upplyftande än så. De motstridiga känslorna tog all kraft och blev till en förlamande trötthet. Sorgen kom över henne. Längtan efter den mamma hon behövt, men aldrig fick ha en normal relation till. Saknaden när barnen var små och hon ville få dela glädjen och omsorgen om barnen med någon som älskade dem lika mycket som hon själv. Vreden över en barndom full av svek och manipulation. Minnen hon hållit tillbaka vällde fram utan att hon kunde stoppa dem.

Hon såg sin far komma gående över gården. Böjd och förbrukad. Vem skulle han ha blivit i en lycklig relation med en annan kvinna? Ofrivilligt hade Maria tvingats lyssna när de vuxna grälade. Mammas alla otrohetsaffärer. På något otroligt sätt lyckades Monica alltid lägga över skulden på någon annan. Jag kan ju inte lita på dej, hade hon sagt till Bruno. Hur ska jag kunna lita på att du inte bara sticker om jag berättar att jag knullar andra män? Det är klart att jag håller det hemligt, för barnens skull. Du borde också tänka på barnen ibland och i stället stötta mej när jag försöker hitta lite glädje i livet, då kanske jag skulle bli en bättre mamma. Det är klart jag måste skaffa mej bekräftelse på annat håll när jag inte får någon hemma. Jag tar ansvar för vår relation och hur jag mår i den. Jag ser mina behov, det gör inte du. Logiken haltade så att man blev yr, men det hjälpte inte att försöka överbevisa Monica, för inget var någonsin hennes fel.

Är längtan efter tydliga regler för rätt och fel en av anledningarna till att jag blev polis? En längtan efter sanning och rättvisa i en kaotisk tillvaro? Maria anade mönstren i sitt eget liv. Med en annan uppväxt kanske hon skulle ha kunnat förlåta männen hon älskat för deras misstag, och sedan kunnat gå vidare. Andra människor klarar det, att förlåta i stället för att ha nolltolerans mot svek. Per Arvidsson hade blivit förförd av sin före detta fru och efteråt ångrat det bittert. Mycket bittert. Han hade vädjat, bönfallit Maria – men det hade inte gått att fortsätta.

Maria väcktes ur sina tankar av Bruno, som försiktigt knackade på rutan i ytterdörren för att anmäla sin ankomst. Fortfarande var han inte hemtam nog att bara kliva på.

"Så fint du har det. Du har verkligen lyckats skapa trivsel omkring dej. Fick du det här huset som gåva av den gamla damen utan vidare?"

"Ja, tant Vega tyckte väl att jag behövde det. Jag var inneboende hos henne. Vi blev nära vänner, någon jag kunde komma till med mina bekymmer och berätta roliga saker för också. Hon testamenterade huset till mej fast hon var Hartmans moster. Jag saknar henne mycket. Det kändes lite konstigt att jag fick ärva huset och inte Tomas, men han krävde att jag skulle ta emot det när det var hennes sista vilja."

Bruno slog sig ner vid det dukade bordet. Han petade med gaffeln i omeletten, men kom sig inte för med att äta något.

"Det är en sak till", sa han dämpat.

"Vad är det?" Maria började skaka inombords när hon såg allvaret i hans ögon. Han tänkte berätta något han hållit inne med.

"Du har en bror i livet." Bruno släppte besticken och armarna föll tungt ner utefter sidorna. Han mötte hennes blick med ännu en vädjan om förlåtelse för att han valt den enklaste vägen, att lyda Monicas förhållningsorder. "En halvbror."

"Så det var sant." Maria blev torr i munnen. "Hon nämnde det en enda gång och jag trodde att det var lögn."

"Han är sju år äldre än du, uppväxt i Tyskland hos sin farmor. Men han talar hyfsat bra svenska. Hans pappa betalade en privatlärare för att undervisa honom. När Monica och du bröt kontakten sökte hon upp sin son i stället. Det gamla vanliga mönstret. Eftersom du var ond var han plötsligt god. Hon har varit och hälsat på honom i Frankfurt flera gånger. Han har varit i Sverige en gång och hälsat på oss. Han är väldigt lik din mor, förbluffande lik, på många sätt."

"Har du något foto med dej?"

"Inte här."

"Vet han om att hon är död?" Maria kände spänningshuvudvärken komma. Det var svårt att samla tankarna. En bror. Det var alltså sant.

"Nej, jag har inte fått tag i honom. Jag har bett polisen hemma om hjälp. Jag vill att han ska få höra det innan det blir rubriker om rånmord. Han läser kanske svenska nyheter på nätet."

"Hurdan är han? Vad gör han? Har han familj?" Maria kände att hon ville veta så mycket som möjligt för att kunna förhålla sig till att hon plötsligt fått en bror. Hennes värld var uppochnervänd.

"Han har ingen familj vad jag vet. Det sista jag hörde är att han är i byggbranschen, har egen firma. Han har samma charm och fördelaktiga utseende som din mamma. Lång, vältränad, mörk. Vad kan man mer säga? Väldigt mycket karl, precis som din mamma var väldigt mycket kvinna. Karisma. En sån som drar allas blickar till sej i rummet. En ledartyp man ska passa sej för att komma på kant med." Bruno tänkte efter. "Du ska nog akta dej för honom. Jag vet inte varför jag säger så... en känsla bara."

"Vad heter han? Sa du det? Jag hinner inte med." Maria fattade tag om sin pappas båda händer. Det kändes som om hon höll på att förlora fotfästet.

13

Ella Funke satte sig klarvaken upp i sängen och tog på sig glasögonen. Samma mardröm som alltid. I sömnen hade hon drömt om de tider när kriget hotade vid gränsen. Hon hade varit åtta år och irrat runt i huset. Nya rum hade öppnat sig, märkliga utrymmen där hon aldrig hade varit. Skrämmande rum med fuktdrypande stenväggar där döden bodde. Det fanns en tunnel till ett förbjudet rum.

Drömmen var svår att skaka av sig. Det var då, när hon bara var en liten flicka, som mörkrets tid hade kommit och inget mer skulle bli sig likt. Faster Ingeborg hade varit hos henne under de dagar föräldrarna hälsade på släktingar på fastlandet. Hon reste sig och gick fram till fönstret. Samma fönster med samma gardin nu som när hon hade stått och spanat efter dem 1944. Längtat efter att de skulle komma hem och att allt skulle bli som vanligt igen. Faster Ingeborg var sträng. Man fick inte smutsa ner det vita förklädet, då blev det dask. Man skulle sitta stilla annars kunde det bli en hurvling. Man fick inte skratta högt och inte under några omständigheter ta en skorpa i skafferiet ens om man var hungrig för då kunde man bli inlåst i mörka skrubben. Faster Ingeborg berättade inga sagor. Hon sjöng inga sånger och hon tyckte att Ella var för stor för kramar och dalt.

För varje dag föräldrarna var borta skärptes oron, som om Ella hade kunnat ana vad som väntade. Ingeborg satte kryss över dagarna som gick i almanackan på väggen. Långsamt åt kryssen upp rutorna. Höststormen ven in över land, vågorna reste sig frustande och svartblå. Den 24 november skulle föräldrarna komma med morgonbåten. Dagen var inringad med röd anilinpenna. Klockan 05.59 den 24 november 1944 torpederades Gotlandsbåten S/S Hansa på sin väg från Nynäshamn. Två av de åttiosex personerna ombord klarade sig, men inte Ellas föräldrar. De följde med i djupet. Det var en sovjetisk u-båt som avlossat torpeden och ännu i dag hade Ella inte fått någon förklaring till varför det skedde. Somliga ansåg att det var en vedergällning för tyskvänligheten. En markering när Sverige inte höll på sin neutralitet. Andra menade att det berodde på att de väpnade eskortbåtarna tagits bort för att förtydliga neutraliteten. Som åttaåring visste Ella att det var ett personligt straff. Hon var ett ondskefullt och avskyvärt barn, det hade Ingeborg sagt, och därför måste föräldrarna dö. Hon hade sig själv att skylla.

Ella plockade bort ett gulnat blad på pelargonen i fönstret och smulade sönder det i sin hand. Förra söndagen hade hon haft en känsla av att någon smugit omkring i trädgården tidigt på morgonkvisten. Hönsen blev oroliga och kaninerna hade krupit långt in i sina burar. Hon hade sett dem genom köksfönstret i ljuset från utomhusbelysningen och när hon gick ut på trappan hade hon hört hönsen kackla och hon kunde nästan svära på att hon sett en flickunge med långt mörkt hår. Eller var det inbillning? Björkens krona hängde ner alldeles där håret fladdrade förbi och i mörkret såg stammen ut som en kropp.

Ella ryckte till av ett ljud. Det lät som ett skott. Helt nära. När hon kommit i träskorna gick hon fram till fönstret, drog upp rullgardinen med en snärt och stirrade ut i natten. En grå dimma låg mellan träden och svepte in fiskeläget och hamnen i en ljusare nyans. Hon väntade och spanade ut i mörkret. Det kom någon springande. En flicka. Vad kunde hon göra ute mitt i natten? Lika snabbt som hon blev synlig var hon försvunnen igen, som en vålnad från det förflutna. Ella såg på klockan. Hon var närmare två. Vad var det för en smäll hon hört? Hon drog på sig morgonrocken över flanellnattlinnet och snurrade upp sin långa raka fläta till en kringla i nacken. De flesta damer i hennes ålder hade kort och lättskött hår, men tanken på att gå till en frisörska, att en annan människa skulle behöva ta i hennes osmakliga kropp, bar emot. Ella gick ut i hallen och tog fram ficklampan ur lådan i byrån. Hon låste upp ytterdörren och stängde den sedan nogsamt efter sig.

Vinden låg på från havet och dimman fortsatte att välla in i stora vita vågor. De små bodarna i Hus fiskeläge framträdde gradvis när hon kom närmare. Längre bort kunde hon skymta silon och fiskfabriken som mörkare skuggor i det grå. Det var svalare än Ella hade trott och hon ångrade sig genast. Hon vred på huvudet för att se om hon var ensam. Vad skulle hon ut och göra, gamla tokan? Om det verkligen var någon som sköt borde hon i stället hålla sig inne och gömma sig i ett fönsterlöst rum i källaren. Grusvägen ner mot fiskeläget var hal av fukt. En kyla som kröp in på bara kroppen. Hon skulle just vända om när hon såg byltet på marken mellan de gamla fiskebodarnas stenkroppar. En människa som fallit omkull. Först då blev hon riktigt rädd. Inte ville hon bli inblandad i något.

Ella såg sig omkring i diset men kunde inte upptäcka en levande själ. Hon tog mod till sig och gick fram till mannen som låg på marken. Med förskräckelse såg hon vem det var. Kläderna kände hon igen fast ansiktet var bortvänt. Heinz Meyer! Hon hade känt honom sedan hon var barn.

I Heinz Meyers utsträckta hand fanns en träpåk. Ella satte sig mödosamt ner på knä för att se efter om han andades. Hon kände ingen luftström mot sin öppna handflata, ingen puls. Hans blåblus var mörk av blod. Hon böjde sig över honom för att se hans ansikte som lyste kritvitt i det kalla månskenet. Heinz var död. Hon hade hört ett skott. Säkert var han skjuten och den som skjutit honom fanns antagligen i närheten. Redo att döda igen? Ella såg på sina blodiga händer och torkade i förskräckelsen av dem på morgonrocken.

Varför hade ingen annan hört skottet? Det var mörkt i strandbodarnas fönster. Gamle Elis Rondahl brukade bo i sin bod på sommaren precis som Heinz. Hans träskor stod utanför dörren. Hon måste försöka väcka honom så att han larmade polisen. Hon knackade på rutan, bankade på dörren. Den var olåst. Hon öppnade dörren någon decimeter och slog sedan igen den med en hård smäll.

"Är det någon där?" sa Elis med knarrig stämma. Ella förmådde inte stanna kvar. Hon sprang, stapplade, snubblade fram så fort benen bar henne. Ingen fick se henne här. Hon kände paniken komma, den välbekanta rädslan för att behöva ha med människor att göra.

Ytterdörren hade hon lämnat olåst när hon gick ner till fiskeläget, det upptäckte hon nu. Hon skakade av köld och anspänning. Det var helt obegripligt att hon kunnat vara så slarvig efter den våg av inbrott som varit i Rone. Hon låste om sig och kände ytterligare fyra gånger efter att det verkligen var låst. Sedan tvättade hon sina händer och skrubbade dem rena från blod, skrubbade tills de sved. Ändå kändes de inte rena. Hon vågade inte tända lampan. Ingen fick se att hon var vaken. I mörker satte hon på kaffepannan. Hennes händer visste vad de gjorde. Det var en trygg rutin vad som än hände i livet. Det var fegt att inte ringa polisen. Hon var en usel människa och förbannade sig själv, men modet svek. När hon tänkte på att polisen skulle ställa frågor, kanske komma hem och rota runt, klarade hon det inte. Hon tänkte på grannarna, på vad de skulle säga. Kanske skulle de göra sig ärenden och komma de också. Snoka i det de inte hade något att göra med.

Ella öppnade fönstret lite på glänt för att höra om vinden från havet kunde föra med sig ljudet av röster nere från fiskeläget. När hon skärpte hörseln till det yttersta och höll andan tyckte hon sig höra en mörk mansröst, men hon kunde inte uppfatta orden. Försiktigt smuttade hon på det heta kaffet. Heinz hade blivit skjuten. Det var svårt att ta in. Hans cykel hade blivit stulen förra veckan. Hon hade hört det när hon var och handlade på Broanders livs. Lovisa hade varit där för att köpa potatis medan Agneta väntade utanför i permobilen. Ella hade hört när hon talade med kassörskan om Heinz cykel som stulits ur skjulet och om inbrottet hos Severin. Lovisa sa att det varit inbrott hos dem också. En änglatavla hade blivit stulen. Hade Heinz gett sig ut för att klara upp brottsligheten på egen hand? Det skulle vara likt honom. Han hade alltid hållit sig för sig själv och utkämpat sina egna strider. Ella var övertygad om att han levt till nittiotvå års ålder av ren vrånghet. Och nu var han död. Om hon inte tvekat, utan gett sig av så fort hon hört skottet brinna av, skulle hon ha kunnat rädda hans liv då?

Ella sörplade i sig kaffe och lät minnet söka sig bakåt i tiden. Heinz var en av de tyska soldater som flytt undan Röda armén när ryssarna segrade i Baltikum. Med båt hade tyskarna tagit sig över havet till Ronehamn. I maj 1945 var det, ville hon minnas. Fartygen hade väckt stor uppståndelse i hamnen när de kom in. De tyska soldaterna hade anfallits av ryska plan under flykten. Ett svenskt plan som kom norrifrån var nära att bli nedskjutet, hade Heinz berättat. Tyskarna hade gjort klart skepp och riktat sina vapen mot himlen när de såg det svenska planet och upptäckte sitt misstag. De nästan ettusen tyska soldaterna släpptes i land. Heinz var sårad och fördes till krigssjukhuset i Lärbro som många av de andra. En av tyskarna avled på kajen. Han fick en hjältes begravning i Ronehamns kyrka. Ella hade inte varit med på begravningen som alla talade om, men hon hade som barn stavat sig igenom texten i tidningen. En krans med de svenska och tyska färgerna på banden nedlades på hans grav. Salut med två salvor sköts för att hedra den soldat som fallit på sin post, en Stabsgefreiter från Koblenz. En svensk major höll tal och folket i Rone hyllade honom med blommor. Severin Bergström hade varit med. Elis hade varit förbannat arg. Tyskarna avväpnades inte, de fick generöst med mat och de behövande fick omedelbar hjälp på krigssjukhuset i Lärbro. Det som gjorde Elis arg var orättvisan. Var fanns vi när de judar som flydde tyskarna ville komma innanför våra gränser? Så mycket för vår neutralitet. Ella hade aldrig vågat sova över hos Lovisa när Ingeborg arbetade i Hemse. Hon hade varit lika rädd för Elis som för Severin. Hans lynnighet var värre än det stora mörka huset med sina kusliga hemligheter. Hans ansiktes obegripliga skiftningar när ingen annan vuxen fanns i närheten.

Nu hördes sirener på långt avstånd. Ella gick över till vardagsrumsfönstret för att se blåljusen gnistra förbi bakom husen intill vägen. Ambulans och polis. Nu skulle Ronehamn vakna. Först nu ... när det var för sent. Precis i den stunden slogs Ella av en ny tanke som fick henne att spritta till och fara ur köksstolen. Tänk om mördaren fanns gömd i hennes eget hus? Dörren hade ju varit öppen.

14

Juli 1945

Stormen slet i fartyget, kastade det som en leksak i de isblå vågorna som blivit förskräckande höga. Det knakade oroväckande, gnisslade och kved i skrovet. Samuel var olidligt sjösjuk. Det var länge sedan han hyst en känsla som kunnat mäta sig med rädslan. Det var inte förrän nu, när sjösjukan tvinnade hans tarmar, som rädslan antog en underordnad roll. Illamåendet fick honom att tänka på döden som något i det närmaste önskvärt. I korta välsignade stunder lyckades han domna bort, däremellan slets han mellan feberdrömmar, sjösjuka och en skrämmande verklighet där han var en av de få överlevande som Röda armén i januari samma år befriat från Auschwitz. I drömmarna fanns stanken från koncentrationslägret där som ett outplånligt minne. Två minuter på avträdet där de suttit packade lår vid lår i en lång räcka av fjölar som ändå inte förslog. Två minuter på morgonen, två minuter på kvällen. Den som uträttade sina behov på annan plats och annan tid blev dödad eller förd till straffbaracken vilket också var liktydigt med döden. Det hände att det skedde i byxorna, också det en del av förnedringen. Fångdräkten hade burit tydliga spår efter förra fångens träck när han tvingades ta den på sig. En protest skulle ha lett till ytterligare misshandel. Det som gjort att han överlevt var förmågan till anpassning och en osannolik tur. Om man nu kan tala om tur när det handlar om att bli utsatt för en mildare grad av utstuderad ondska. Turen att bli förd till Bergen-Belsens uppehållsläger, stjärnlägret. Lägret för judar av betydelse som i bästa fall skulle kunna bytas ut mot tyska fångar. Lite mer mat, lite bättre behandling under en tid innan lägret utvecklades till ett svältläger och han förflyttades till ett annat block där varje dag var en kamp för livet. När Bergen-Belsens fångar befriades av britterna låg tusentals obegravda lik staplade i högar runt lägret, det hade stenhuggaren, hans reskamrat, berättat. Samuel hade varit nära att svälta till döds, men hade blivit förflyttad till Auschwitz. Selekterad åt höger till en transport i boskapsvagn. För dem som leddes åt vänster väntade en dödsmarsch i vinterkyla. Samuel hade upplevt en tid av hårt arbete, misshandel och svält i Auschwitz innan befrielsen kom. Så svår att han tvingades till den yttersta förnedringen för att överleva. De sista dagarna hade han blivit utplockad till Sonderkommandot för att sköta arbetet i gaskammare och krematorium. Han hade tvingats att leda sina egna i döden – utan att kunna rädda någon. Det mest djävulska av alla påfund. De tyska soldaterna gav order om avrättningarna, men det var fångar som utförde arbetet. Lyda eller dö. Han hade tänkt på Rut och valt att leva. Från ett helvete till ett annat, men han hade överlevt de tolv dagar som var kvar före befrielsen. En spillra av honom hade överlevt och var på väg mot Ronehamn.

Fartyget gungade och krängde. Samuel mådde illa och frös så att han skakade. Hostan rev genom den utmärglade kroppen och gav honom kväljningar. Kläderna var blöta av svett. Febern hade antagligen sjunkit. Han hostade rosslande och kände tyngden i bröstkorgen. Torkade sig med näsduken, rädd att det skulle finnas blod på den. Men det var bara en varig upphostning. Stenhuggaren i kojen bredvid vände sig rastlöst av och an, antagligen hade Samuel väckt honom med sin hosta. Skeppet krängde i vågorna. Hängkojerna svängde. Med stor möda lyckades Samuel ta sig upp utan att slungas in i väggen. Han måste få tag på torra kläder. Resväskan fanns någonstans borta i mörkret. Det stod Samuel Israel Stein på den. Det visste han utan att titta. Han hette inte Israel och kvinnorna som fått namnet Sara ritat på sina resväskor hette sällan Sara. Det var en judisk stämpel av dem som inte hade judiska efternamn. Så att de kunde särskiljas. Precis som med den röda J-stämpeln i passet.

Om han bara hade tagit hoten på allvar och flytt medan tid var skulle livet ha sett annorlunda ut... en ständigt återkommande tanke. Under kristallnatten den 9 november 1938 krossades framtidsdrömmarna med fönsterglaset i Samuels fars butik. I oktober året därpå förklarades alla judiska pass ogiltiga och fick lämnas in till polisen. Sedan hade han fått ansöka om ett nytt. Det hade stämplats med ett rött J på begäran av Sverige och Schweiz eftersom länderna befarade för stor konkurrens av akademiskt skolade flyktingar. Det var den officiella förklaringen.

En ny hostattack fick Samuel att tappa andan. Han tryckte näsduken mot munnen. Många av de 151 koncentrationslägerfångarna i transporten till Gotland led av tbc.

"Hur är det? Mår du inte bra?" Stenhuggarens röst hördes knappt över båtens egna ljud och stormen stegrades som om den ville förgöra dem.

"Om jag inte överlever, vill du hugga en sten till mitt minne då? En vanlig enkel sten vilken som helst som du hittar på en åker, med mitt namn?"

"Är det så illa?" Stenhuggaren satte sig halvvägs upp med armen som stöd för sitt huvud.

"Det måste finnas en sten så att Rut kan hitta mej om jag inte längre lever. Vi skulle ses i Ronehamn när kriget var slut. Lägg den vid vägen så att hon kan hitta den."

Det var fortfarande natt. Månljuset strilade in genom ventilen och lyste upp det karga utrymmet under däck. Havet hade mojnat till milda gungande rörelser. Stenhuggaren snarkade ljudligt och Samuel sjönk själv motvilligt i dvala. Han spjärnade emot för drömmarna speglade det helvete han lämnat, upprepade i bisarra sekvenser rädslan och plågorna han genomgått. Till en början var bilderna lockande, för att lura honom att släppa taget om verkligheten och falla i sömn. Han kände Ruts armar runt sin kropp när hon tryckte sig mot hans rygg. En vana i huden från en annan och lyckligare tid. Han vände sig mot hennes leende ansikte i drömmen och för en gångs skull förvandlades hon inte till stoft. Rut. Hur mycket hade han inte längtat.

Han förflyttades ännu längre bakåt i tiden till första gången de möttes. Redan ute på gatan hade han lagt märke till henne. Det långa vågiga mörka håret. Den fantastiska figuren och ögon som fångade honom direkt. Hon steg in i guldsmedsaffären med en ballerinas raka hållning och lätta steg för att köpa en present till sin storasyster Sara som bodde i Sverige på en ö som hette Gotland. Han hade nästan tappat målföret och hon hade skrattande upprepat sin fråga. Hon bar själv en vacker medaljong med en lilja ingraverad och han undrade försiktigt om hon hade tänkt sig något liknande. Det tyckte hon var en lysande idé.

Han hade lagt ner sin själ i arbetet och hon var mycket nöjd när hon hämtade smycket veckan därpå. Och ännu stoltare blev han när hon valde att själv bära smycket han tillverkat. Systern skulle få förlagan. Saras man skulle snart komma och hälsa på och då kunde systern få medaljongen till sin födelsedag.

Nästa gång de råkades stod hon bakom disken och sålde konfekt på ett litet konditori. Det regnade och han sökte skydd. Hon bar inga ringar. Det la han särskilt märke till när hon stoppade ner de utsökta pralinerna i papperspåsen som förvandlades till aska i hans hand. Aska från krematorierna. Och han såg perrongen där de arbetsföra skildes från de dödsdömda, kvinnor med barn som fördes direkt till gaskammaren och han skrek för Rut var en av dem. Skrek tills han väcktes av stenhuggarens trygga röst och sakta blev medveten om var han befann sig. Han var på skeppet Prins Carl på väg mot Gotlands nordöstkust. Rut kunde fortfarande vara vid liv. Hon måste vara vid liv, annars skulle allt förlora sin mening och kampen och förnedringen vara helt förgäves. Hon hade burit hans barn under sitt hjärta.

15

Maria Wern skrev en lapp till sin far och la den på köksbordet. Förklarade att hon måste ge sig av tidigare än beräknat och bad honom ta för sig av frukosten. Björn hade rest till fastlandet redan under gårdagskvällen för att rycka in några dagar för en kollega som blivit sjuk. Brandtekniker fanns det inte för många av. Det hände av och till att han behövdes på annan ort. När det inte fanns något att utreda arbetade han på rullande schema som de andra brandmännen.

Det var nyheten om ett skottdrama i Ronehamn som drivit Maria ur sängen redan klockan sex på morgonen. Hon hade inte kunnat sova och hade därför knäppt på radion, hört vad som hänt och sedan ringt upp Hartman.

"Det stämmer, det är Heinz Meyer som har blivit skjuten. Han som anmälde sin cykel stulen", sa han.

"Jag ger mej av till Rone nu."

"Arvidsson ska med till Ronehamn", påminde han. "Du kan hämta upp honom vid Kruttornet. Erika och Ek är redan på plats i Hus fiskeläge."

Det gick vita gäss på vågorna när Maria nådde Visby hamn. En solig morgon med friska vindar. Hon satte på bilradion. Väderleksprognosen talade om fortsatt värmebölja till glädje för tidiga semesterfirare. Bönderna ville ha regn. Maria Wern hade också önskat regn, då är marken mjuk och det är lättare att säkra spår.

Hon ringde upp Ek som befann sig i Ronehamn.

"Inte är det självmord, det är uteslutet", rapporterade han.

"Vapnet?"

"Saknas, än så länge." Hon hörde Erikas röst i bakgrunden.

"Vi lämnar Visby nu." Maria stannade till vid parkeringen intill Kruttornet för att plocka upp Arvidsson.

"Vad kan oddsen vara på att man lever till nittiotvå års ålder, överlever ett krig och sen blir skjuten i fredstid?" sa Per när han steg in i bilen. Det röda håret glänste nytvättat i solljuset och skäggstubben framträdde lika tydligt som de mörka ringarna under ögonen. Att bo i innerstaden under turistinvasionen kräver sin man. De Visbybor som hade möjlighet hyrde ut sin lägenhet till turister och flyttade ut på landet under sommaren. Men Per framhärdade i innerstaden.

Maria försökte sig inte ens på en gissning. I stället berättade hon om anmälan hon tagit emot av Heinz angående den stulna cykeln. "Han tyckte att vi skulle bura in drägget hos Renate, sa han. Hartmans gissning är att mordet har med inbrotten att göra. Heinz Meyer kanske gav sig ut mitt i natten för att stoppa dem."

"Vem är Renate?" Arvidsson letade fram penna och papper ur handskfacket. "Hur är det med anhöriga till farbrorn?"

"Det finns ingen annan mantalsskriven på samma adress. Inga barn enligt personregistret, men han kan ändå ha nära och kära som behöver underrättas." Maria gav Arvidsson en snabb blick. Det var skönt att han höll sig till jobbprat. "När det gäller Renate antar jag att det är hon med korvkiosken. Hon säljer korv på sommarhalvåret och hyr ut rum. Vad hon gör på vintern redovisas inte i någon högre grad för skattemyndigheten." Maria var nära att nämna att Severin, hennes blivande mans farfar, också hade pekat ut takläggarna hos Renate som troliga gärningsmän i stöldhärvan. Men något höll henne tillbaka. Hon ville inte prata med Per om Björn, ville inte prata om bröllopet för att Per inte skulle känna sig besvärad eller försöka övertala henne att låta bli. Det var bäst så, för dem båda.

Per sneglade på henne.

"Tänker du på bröllopet?" frågade han rakt på sak. Efter alla år kunde han läsa av minsta skiftning hos henne.

Maria tog ett djupt andetag och blåste långsamt ut luften medan hon tänkte på hur hon skulle lägga orden för att tydligt visa att det var Björn hon valt att leva med. Om Per hoppades på något annat skulle det bara göra honom mer illa. Hon ville inte plåga honom med sin kärlekslycka. "Bröllopet blir av, men vi kanske får skjuta på det. Som du vet dog min mamma alldeles nyligen. Vi måste klara av begravningen först och vi väntar på obduktionsresultat. Hon dog hemma. Brott kan inte uteslutas."

"Menar du att hon blev mördad?" Per lät bestört. "Tror du att hon blev mördad?"

"Jag vet inte, men allt var kaos när pappa kom hem och hittade henne. Någon hade öppnat alla lådor och dragit fram saker. Krossat glas. Jag vet inte vad jag ska tro." Maria skakade på huvudet, hon ville inte prata mer om det. "Polisen i Uppsala utreder. Jag kan inte göra någonting. Nu koncentrerar vi oss på det som hänt i Ronehamn."

Per satt tyst en stund, verkade vänta in henne. Slutligen sa han: "Jag tror aldrig jag hört dej prata om din mamma, vet du det?"

"Jag tänker inte göra det nu heller, släpp det Per. Jag vill fokusera på jobbet, det jag kan göra något åt."

"Okej, men om du behöver prata är jag en vän... bara en vän", tillade han.

"Tack." De fortsatte genom Hemse under tystnad. Sedan berättade Maria att barnen var på kollo i Ronehamn och att utvecklingen den senaste veckan oroade henne. "Ska jag ta hem dem tycker du?"

Området kring fiskeläget var avspärrat. En nyfiken skara hade samlats utanför trots att klockan ännu inte var sju på morgonen. Jesper Ek satt på en bänk och samtalade med en äldre man i svart kostym. Erika stod bredvid och lyssnade, men gick Maria och Per till mötes när hon fick syn på dem.

"Vi flyttar kroppen nu", sa hon. Maria såg den vinröda liksäcken på marken och ambulansen som väntade. "Det kommer en läkare från rättsmedicin redan i eftermiddag."

"Är det något du kan säga redan nu?" frågade Per fast han visste att Erika ogärna uttalade sig i ett så tidigt skede.

"Heinz Meyer är skjuten rakt framifrån i hjärtat på nära håll. Kulan har gått genom kroppen och satt i husväggen intill. En 9 mm parabellum, det är jag ganska säker på. Han måste ha dött omgående. Utgångshålet var..." Hon visade ett par centimeter mellan tummen och pekfingret. "Jag överdriver inte. Vi håller på att gå igenom fiskeläget. Strandboden där borta tillhörde Heinz." Erika pekade mot vattnet. "På somrarna sov han oftast där, säger grannen i boden bredvid, Elis Rondahl. Det är mannen som Ek just talar med. Elis och Heinz har tydligen varit ovänner sen mars 1946 när Heinz kom hit till Ronehamn från krigssjukhuset i Lärbro", tillade hon med en besynnerlig min. "De talade inte med varandra överhuvudtaget. Vi har tillvaratagit gubben Elis kläder för att se om det finns krutstänk på dem. Det han har på sig nu är söndagskläderna."

"Elis Rondahl måste vara närmare nittio år han med", konstaterade Arvidsson en bit på avstånd. "Kan han ha blivit senil och galen nog att leva ut sina aggressioner efter mer än sextio års fiendskap?"

"Det får ni väl ta reda på själva. Jag har inget mer att komma med just nu", sa Erika. "Jag följer efter ambulansen till stan."

Ek reste sig upp från bänken när Maria kom. Tacksam för att bli avbytt. Det var i alla fall den känslan hon fick. I viskande ton sa han: "Elis hör dåligt och talar uråldrig gotländska. Allt jag fått fram är att han och Heinz varit ovänner sen de träffades på stenåldern för att Heinz var fisförnäm och inte tog emot en pris snus när han blev bjuden. Sen mars 46! Fattar du hur långsint han är?" Ek blåste i väg den osynliga arbetsbördan från sin handflata som en slängkyss. "Han är din."

Efter en timme av tålamod visste Maria lite mer. Elis hade en dotter som hette Lovisa och en handikappad dotterdotter, Agneta. Det var dem Maria hade träffat som hastigast vid naturskyddsområdet. Elis bodde vanligtvis hos Lovisa. Föregående natt hade han sovit i sin strandbod och vaknat av ett skarpt ljud. Ett skott, hade Maria föreslagit.

"Nej, inget skott. Det var någon som bankade på dörren. Jag ädslar mej upp och går ut och får se Heinz liggande på marken... Hu vale va blod!"

"Hörde du skottet?"

Nej, det hade Elis inte gjort. Det förtydligade han igen. Det som väckt honom var att någon knackat på dörren, det höll han envist fast vid. Dimman hade vällt in från havet och inte förrän Elis stod nästan uppe på Heinz kropp, som låg på marken mellan de äldsta fiskebodarna, hade han upptäckt honom.

"Vad skulle jag göra då? Jag har ingen mobiltelefon – det är för smått att se siffrorna." Därför hade Elis stödd på käppen skyndat hem till Lovisa så fort de gamla benen bar honom och bett henne ringa polisen. Han hade ingen uppfattning om tider eller stunder. Och såvitt Maria förstod hade han egentligen glömt bort varför han varit ovän med Heinz från första början, det hade mest blivit så av gammal vana. Heinz var ju tyst och begrep inte vad man sa på den tiden. Marias fråga, baserad på uppgiften från Ek att det skulle ha handlat om snus, verkade komma som en överraskning för Elis. Men gubben betraktade det ändå som en rimlig anledning till gruff.

"Nu sitter man här i bästa kostymen, redo för Heinz begravning", sa han och strök med handen över de välpressade byxorna. "Om det nu blir något kalas. Jag vet inte om han hade några släktingar alls."

"Men du har Lovisa", sa Maria tröstande när en liten tår letade sig nerför den gamle mannens kind. Han verkade ändå sakna sin gamla ärkefiende. "Du måste ha varit en ung pappa."

"Det skedde i osame."

"Osame?" Maria hängde inte riktigt med.

"Av misstag, vet ja. Jag var arton år. Svea var sexton, vi fick skriva till kungs för att få gifta oss. Hon dog strax efter kriget i tbc. Hon blev smittad av en luffare."

Maria ställde några avslutande frågor om inbrotten i Rone samhälle, men Elis visste ingenting. Själv hade han inte blivit av med något, men han visste att Heinz hade en pistol med sina initialer inskurna. Själv hade han aldrig ägt någon. Han hade inte rört vid ett vapen sedan kriget. Bara frågan hetsade upp honom till den grad att Maria befarade att han skulle drabbas av ett slaganfall, så hon valde att inte fortsätta. I samma stund kom Ek. Han vinkade henne till sig, utom hörhåll för Elis. Det märktes tydligt att han hade något av avgörande betydelse att berätta.

"Vi har hittat hylsan. Den låg i gräset sju meter från kroppen."

"Och..." Maria smittades av ivern.

"Hylsan är tillverkad 1939."

16

Maria Wern tog en klunk av det nybryggda kaffet och lyfte blicken från sina anteckningar. Från sin plats vid det vita cafébordet såg hon ut över Gula Hönans grönskande trädgård. Emil och Linda plaskade med de andra barnen i bassängen. Hon hade tagit dem avsides och berättat att mormor var död. Ingen av dem hade gråtit, men de hade kramat henne och frågat om hon var ledsen och hon hade sagt som det var, att hon inte visste säkert. Maria var tveksam till att låta dem vara kvar med tanke på vad som hänt i Rone, men Lena Hartman hade garanterat att de aldrig lämnades ensamma. De gjorde allt i grupp. Ändå fanns oron där. Men Visby under turistsäsongen var inte heller särskilt lugnt, speciellt inte under Stockholmsveckan när bratsen från Stureplan kommer med pappas kreditkort i handen och tror att de står över lagen och äger staden. Tills vidare hade hon gått med på att de fick stanna.

Maria smakade på syrenglassen, lät den långsamt smälta i munnen. Den var ljust lila och smakade verkligen syren. Hon visste inte att syren gick att äta. Allt går att äta – en gång, brukade Hartman säga och den här glassen var nog värd att dö för. Maria spanade mot grinden i väntan på att Arvidsson, som talade med Lovisa Rondahl, skulle komma. Det drog ut på tiden. När Per dök upp skulle de gemensamt besöka Renate Back. Korvkiosken nere vid hamnen, där Renate brukade arbeta, var stängd i dag på grund av begravning stod det. Ingen verkade vara hemma i Renates hus när Maria tittade in i den vildvuxna trädgården.

Maria hade parkerat polisbilen på vändplatsen vid Renate Backs hus och sedan promenerat bort till Gula Hönan för att få luft. Det skulle vara bra om de fick tag i Renate så fort som möjligt. Maria hade ramnumret på Heinz försvunna cykel i sina anteckningar och en lista på andra föremål som försvunnit. Severins myntsamling var säkert värd några tusenlappar. Då och då dök det upp annonser i tidningen om inköp av gamla mynt, inte till samlarvärdet utan prissatt efter silverhalten i mynten. Mynten från andra världskriget var gjorda av nickel och gav därför inte ett nickel, hade Severin sagt och samtidigt ondgjort sig över de samlarobjekt som gick förlorade i smältugnarna för att silvret skulle utvinnas. Lovisa hade blivit av med fyrtio kronor och en tavla med en ängel på. Pers viktigaste uppgift var att ta reda på om Elis, trots sin egen utsago om vapenvägran, blivit av med en pistol. Och vad det gällde Severin behövde frågan om han blivit av med ett vapen ställas igen.

Maria anade en rörelse bakom träden. Det var flickan som suttit på trappan, hon som hette Mirela. Hon satt med ryggen lutad mot trädstammen och kikade fram lagom för att möta Marias blick. Det fanns något skräckslaget och plågat i den där blicken som borrade sig rakt in i Marias medvetande. Flickan satt med en bok i sitt knä.

"Hej", sa Maria med sin mjukaste röst för att inte skrämma barnet. "Vad läser du?"

"*Momo eller kampen om tiden*", svarade Mirela så tyst att Maria knappt hörde vad hon sa. Därför reste hon sig långsamt upp och gick fram.

"Jag älskar den boken", sa Maria. "Jag har läst den flera gånger."

"Emil sa det. Du är hans mamma va? Han är schysst."

"Så bra att han sköter sej." Maria satte sig ner bredvid flickan som inbjudande makade sig lite åt sidan. "Trivs du på kollot?"

Mirela tvekade. Värderade Maria med blicken. "Nej, jag vill inte vara här."

"Vad är det som inte är bra?" frågade Maria och tänkte samtidigt på Emil och Linda. Fanns det mindre bra saker som de inte berättade?

Mirela ryckte på axlarna, men svarade inte. Den där blicken fick Maria att tänka att det var någon som gjorde flickan illa. Var hon osams med någon? Nej, Maria kände på sig att det handlade om något mycket värre.

"Är det för att du längtar hem till någon eller längtar du bort härifrån?"

"Bort härifrån. Men det går inte för min mamma vill inte att jag ska komma hem för hon är inte hemma. Hon har åkt till Stockholm med en kompis."

"Vem är det du vill komma bort ifrån?" Maria strök henne över håret för att trösta. Förtvivlan lyste ur flickans ögon.

"Det går inte att säga, det går bara inte."

"Försök, jag pratar gärna med ledarna om du vill det?"

"Nej, det får du inte!" Mirela såg rädd ut. "Du får inte prata med dom, lova att du inte gör det? Du måste lova!"

"Vad är det som inte får berättas?"

"Ingenting." Mirela drog sig inom sitt skal.

"Och din pappa?"

"Han ... det går inte att förklara. Vi bor inte ihop med honom. Han har inte hand om mej. Det går inte bra." Mirela såg ut som hon skulle börja gråta när som helst. "Får jag följa med dej hem?" viskade hon. "Snälla."

Maria tog ett djupt andetag. Magkänslan sa henne att hon måste svara ja, förnuftet sa givetvis nej. "Kan vi ringa till din mamma tillsammans? Då kanske hon kan säga hur länge du behöver vara här. Du kanske inte måste stanna hela tiden om hon kan hämta dej tidigare."

Mirela tvekade först och nickade sedan. I samma stund kom Arvidsson in genom grinden. Maria gjorde en avvärjande rörelse. Han fick vänta.

När de tjugo minuter senare gick mot Renates hus frågade Arvidsson vad det var frågan om. Han hade fått vänta en evighet och hade han vetat hur länge Maria skulle tala i telefon hade han åtminstone kunnat få en kopp kaffe. Samtalet med Mirelas mamma, Aurora, hade varit krystat och resulterat i just ingenting. Det hade blivit fel, hon hade tagit Marias fråga som en anklagelse. Maria hade nästan slagit knut på sig för att lirka med henne.

"Mirela har alltid haft svårt att få vänner. Det är ingen skillnad om hon är borta eller hemma", hade Aurora Lundberg sagt, och sedan tydligt låtit Maria förstå att hon var inne och klampade i deras privatliv och att hon fortsättningsvis skulle låta bli att lägga sig i.

"Vad handlade det där om?" frågade Per igen när han inte fick något svar.

"Jag pratade med en liten flicka som ville hem!"

"Borde inte ledarna ta tag i det? Det är väl deras jobb? Vi utreder ett mord. Vad är det du håller på med, Maria?"

"Jag vet inte, jag kanske överreagerade." Det handlar om min egen barndom, tänkte hon, min egen önskan att någon vuxen skulle ha sett hur vi hade det hemma och reagerat. "Jag vet faktiskt inte, Per, men jag gav henne mitt telefonnummer."

"Var det så klokt?"

"Det vet man inte förrän efteråt." Maria kände sig alltmer osäker. Per berättade om förhöret med Lovisa Rondahl. Som Maria misstänkt var Elis inte helt klar och redig. De senaste åren hade han med ålderns rätt blivit glömsk och blandade ihop saker. Enligt Lovisa hade han inte alls gjort vapenfri tjänst och suttit i fängelse. Motviljan mot vapen hade kommit på sjuttiotalet då han gått med i fredsrörelsen.

"Har Elis visat tecken på aggressivitet? Sa hon något om det?" undrade Maria.

"Dessvärre, ja. Han vänder på dygnet i perioder och blir paranoid och tror att Lovisa stjäl hans pengar eller att Agneta gör det. Att hon bara låtsas att hon inte kan gå och sen smyger ut och stjäl om nätterna. Han har inte slagit någon av dem, men han blir rasande arg och omedgörlig. Han tror att Heinz gräver gångar under fiskeläget på nätterna där han samlar lik." Per suckade tungt. "Man vet inte vad som väntar en när man blir gammal."

"Då lyckades han hålla ihop sej ganska bra när jag talade med honom. Han var svävande och vag, men inte direkt vilse. Han vidhöll att någon bankat på dörren. Men det första som sviker brukar vara korttidsminnet. Vad hemskt att han tror att Agneta stjäl."

"Lovisa har skött sin dotter själv, hela tiden. Hennes man stack. Han orkade inte med ett handikappat barn. Han skaffade en ny familj på fastlandet. De har ingen kontakt."

"Vilken arbetsbörda Lovisa har med både sin far och sin dotter." Maria funderade. "Vill hon ha det så? Kan hon få hjälp?"

"Gubben vägrar att ta emot hjälp från någon annan. Han är betydligt lugnare när han får ha det som han är van", sa Per.

"Hur länge ska hon orka? Jag skulle vilja höra med Hartman om han kan plocka in Elis för en sinnesundersökning", sa Maria. "Om han är paranoid och galen kanske det var han som sköt."

"Finns det krutstänk på kläderna har vi honom. Jag frågade Lovisa men hon kände inte till att han skulle ha en pistol."

"Han kan ju ha gömt en sen kriget, vem vet", funderade Maria. "Eller lånat Heinz pistol."

"Vad i helvete!" utbrast Per och Maria studsade till av hans oväntade utbrott. De hade kommit fram till polisbilen som stod parkerad på vändplatsen i anslutning till Renate Backs uppfart.

"Vad är det?" Maria blev förskräckt. Per var inte den som brusade upp i onödan.

"Det är fan det fräckaste jag har varit med om sen jag blev polis!"

17

Arvidsson läste högt:

"Du har parkerat fel din sakrans byfåne. Det borde vara dödsstraff på det, men du slipper undan med böter… den här gången. Felparkering kostar 200 kronor. Betala kontant i korvkiosken vid hamnen. Jag menar allvar!

Det är undertecknat *Renate*." Han grimaserade. "En självutnämnd lapplisa. Man undrar vad skatteverket säger om såna extrainkomster."

"Det är första gången vi fått en polisbil lappad, eller hur?" sa Maria. "Moms eller inte moms, det är frågan?" Hon synade pappersbiten. På baksidan fanns en inköpslista: *2 liter mjölk, bruna bönor, fläsk, havregryn, ägg, fiskpinnar, toapapper, Billypizza original.* "Hon är sparsam med pappret, Renate, när hon använder båda sidorna."

"Innan vi knackar på skulle jag vilja se mej om lite." Per började gå mot huset, ett kråkslott med klar förbättringspotential. Eller ett charmigt hus där det fanns möjlighet att sätta sin personliga prägel på fastigheten, som det så vackert brukade stå i mäklarannonserna. Ett ruckel således. Längre ner i trädgården fanns ett skjul. Bakväggen var uppstöttad med en planka för att den inte skulle rasa ut i det knähöga gräset och under den gistna dörren kröp det fram en vilsen höna. Mellan utedasset och något som verkade vara en vedbod låg vedträn staplade. Bråte av alla slag var det enda Maria kunde se när hon gnuggat bort det värsta kalkdammet från rutan, och där stod en uråldrig cykel. Hon öppnade dörren och kontrollerade ramnumret. Det överensstämde med Heinz anmälan om den cykel han fått stulen. "Vi går in", sa Maria. Det fanns tydligen ett och annat att prata med Renate om. Maria gick uppför trappan och knackade på, men ingen öppnade. Ringklocka saknades. Hon kände på dörren. Den var öppen. De kom in i en mörk hall med en osannolik massa bråte. "Ska det göras husrannsakan här får vi hålla på till efter jul", viskade hon till Arvidsson som just tog ett stort kliv över en hög med gummistövlar, en kattbur, två spadar och en slipmaskin.

Inifrån huset hördes dragspelsmusik. Det kändes inte som att det var någon idé att ropa hallå och försöka överrösta musiken. De följde ljudet. I köket vid en röd diskbalja stod en mager man endast iförd kalsonger och blommigt förkläde. Han vaggade till musiken medan han spettade loss fastbrända rester av bruna bönor ur en stekpanna med en osthyvel. Stanken av klorin nådde deras näsborrar med kraft och fick Maria att tänka på badhus.

Hon harklade sig så högt hon kunde. "Vi söker Renate Back."

Mannen vände sig om med ett godmodigt leende och skruvade ner volymen på radion. Huvudet var stort och runt, han bar tjocka glasögon och verkade för övrigt inte vara ett dugg generad över sin aparta mundering. "Va?"

"Renate. Vet du var hon finns?" upprepade Maria, medan hon konstaterade att hennes egen mamma haft ett snarlikt förkläde någon gång på sjuttiotalet. Hon fick en känsla av att mannen hade någon sorts förståndsmässigt handikapp. Det tog tid när han tänkte. Rörelsemönstret och minerna var på ett rörande sätt desamma som Marias lillebror Daniel hade haft.

"Roger, kom hit!" gastade klorindiskaren högt och oväntat och Maria backade ett steg i blotta förskräckelsen. Ett brummande läte hördes från rummet intill. En bjässe till karl med håret i hästsvans, stora vaxade mustascher, rutig skjorta och cowboyboots blev snart synlig i dörröppningen på andra sidan det stora lantköket. "De vill träffa Renate", fortsatte mannen i förklädet när den storväxte stigit in i köket. Sedan försvann han ut genom dörren innan Maria hunnit fråga vad han hette.

Mannen som hette Roger såg på Maria och Per med rynkad panna. "Skyll er själva. Renate är inte på sitt bästa humör i dag."

"Det stod ett anslag på korvkioskens fönster att det var stängt i dag på grund av begravning." Per antog en passande min. Det hade varit en handskriven lapp där också.

Roger flinade och kliade sig på hakan. "Hon brukar skriva det när hon är för bakis för att arbeta. Kunderna visar förståelse då. Ingemar som diskar här sprang ner och satte upp lappen åt henne. Det är hans uppgift att sätta upp Renates meddelanden."

"Folk undrar inte vad som händer om hon är på begravning varje tisdag? Var finns hon just nu?" frågade Maria och tänkte att det förklarade att de fått en böteslapp på polisbilen. Ingemar kanske inte kunde avgöra vilka bilar som var lämpliga att lappa och vilka som inte var det.

"På dass... vi får se om hon tänker komma ut." Roger såg inte ut att hysa någon större förhoppning om saken. "Vad vill ni Renate? Gäller det ett jobb?"

Maria hade god lust att svara ja för att se vart det skulle leda. Takläggning? Svartsprit? Häleri? "Vi är från polisen." Hon visade sin legitimation.

"Å fan", sa Roger. "Det var som fan", sa han sedan. "Ska ni hämta Ingemar? De har ringt från gruppboendet, eller hur? Han vill inte vara där. Han kommer hit så fort de förlorar honom ur sikte."

"Han var lite underligt klädd." Per försökte behärska ett leende.

"Inte alls. Ingemar har bacillskräck och då är klädseln väl genomtänkt."

"Jag hänger inte riktigt med", sa Maria.

"Han diskar allt i klorin, i massor av klorin sen han fick höra talas om kolibakterier, såna i bajs, ni vet. Men det finns en hake – om diskvattnet med klorin skvätter på kläderna blir det fula blekta fläckar. Därför jobbar han i bara filsingarna."

"Det låter genomtänkt." Per lutade sig mot köksbänken och fick något kladd på byxorna, sannolikt bruna bönor, men valde att ignorera det. "Varför kommer han hit?"

"Renate träffade grabben på bussen till Hemse och han följde med henne till Rone bara. Han får bo och äta här om han diskar och dammsuger och sätter upp lappar. Så har de kommit överens. När det gäller Renate ska det inte vara kontrakt och sånt tjafs som myndigheter håller på med, ett handslag duger. Alla kan dra sitt strå till stacken. Kan han diska och dammsuga och trivs med det måste det vara bättre än att peta med pärlplattor och hänga i rökrummet på det där boendet. Här behövs han på riktigt och får vara en i gänget. Ibland hjälper han till att bära takpannor när vi lägger om tak. Han är starkare än han ser ut."

"Bor du också här?" Per var lite osäker på Rogers roll i det hela.

"Jag tillhandahåller hushållsnära tjänster mot mat och husrum fast på ett annat sätt än Ingemar, om du förstår vad jag menar." Hans blinkning var tydligare än klartext. "Renate vill ha en riktig karl och jag är en riktig karl, helt enkelt. Sen blir det väl ett och annat externt arbete ibland, vi har inget kontrakt Renate och jag." Roger gick före dem ut ur huset.

"Men det är väl några som betalar hyra?" Maria hade hört att Renate Back hyrde ut rum till takläggare.

"Walter och Per-Arne, Renates kusin från Sveg. Walter träffade jag på båten från fastlandet. Vi tog några öl, han behövde ett jobb i Rone och på den vägen är det."

Renate hade låst in sig på utedasset. I väntan på att hon skulle komma ut i det fria frågade Maria Roger om cykeln.

"Inte en aning om hur den kom hit", sa han med uppriktig förvåning. "Vet inte vems den är, faktiskt."

"Det är Heinz Meyers cykel."

"Menar ni tysken?" Roger la av ett asgarv. "Ni skulle se honom cykla, det är en syn det. Han har en mössa med utvikta öronlappar, sommar som vinter, och kör på mittlinjen för att inte ramla av vägen. Han både ser och hör dåligt och det går så långsamt att man tror han ska välta vilken sekund som helst. Elis tös, Lovisa, har pratat med honom om färdtjänst, det hörde jag i affären. Men han vill inte ligga samhället till last och vara till besvär. Jag ska säga dej: Han är inte annat än till besvär när han ger sej ut i trafiken. En dag kommer han att bli påkörd, tro mej."

"Heinz Meyer är död." Maria såg Rogers min av bestörtning när ordens mening gick upp för honom. "Visste du inte det? Han blev skjuten i natt nere i fiskeläget." Maria blev förbryllad. Rone var ett litet samhälle där de flesta kände varandra. Ryktet borde ha gått.

Roger såg tvivlande ut. "Det är inte sant!" Han såg ut att fundera. "Renate sa att hon hörde utryckningsfordon i natt, men jag hörde ingenting. Jag somnar så fort jag lägger huvudet på kudden och sover tills Renate skriker åt mej att gå upp. När man har ett fysiskt tungt arbete får man god sömn som bonus."

"Vilka av er var här i huset från midnatt till klockan två?" frågade Per och knackade försiktigt på dörren till utedasset utan att få svar.

"Ingemar, Walter, Renate och jag. Per-Arne har sovit i stan. Vi åt bruna bönor och fläsk till kvällsmat, spelade kort och såg på teve och sen gick vi och la oss vid elvatiden. Renate var duktigt packad. Det var hennes födelsedag i går och vi hade glömt bort den och då blev hon ledsen och behövde dricka för att bli glad, men det blev bara värre."

"Det brukar kunna bli det", sa Arvidsson.

"Så vi gick ut och nackade höns. Det skulle ändå göras. Vi satsade en femtilapp var på hönorna och sen mätte vi med tumstock vems höna som sprang längst utan huvud. Renates vann och då ville hon fira segern."

"Är det så ni brukar fira födelsedagar?" undrade Maria.

"Nej, på min födelsedag grävde vi en skyttegrav där vi satt och åt ärtsoppa med militärhjälmar. Det var satan så mysigt."

Per hissade upp ögonbrynen, knackade på dassdörren igen och fick en argsint grymtning till svar. Sedan öppnades dörren av ett levande lik i högklackade skor och åtsittande svart klänning och yllekofta. "Vad vill ni?" kraxade Renate yrvaket och kisade mot solen med ögon kladdiga av gårdagens maskara. De ostyriga röda korkskruvslockarna var samlade i en bred hästsvans med hjälp av en grönprickig sjal. Hyn var gråblek. Trots värmen drog hon yllekoftan tätare om kroppen, sökte något att sätta sig på och landade på huggkubben som av blodspåren att döma hade använts att nacka hönor på. Yxan stod lutad bredvid. Maria övervägde om de skulle höra henne nu eller vänta tills hon kvicknat till.

"Tyskgubben är död!" sa Roger. "Skjuten! Och polisen undrar om det är hans cykel som står här."

"Jag hittade cykeljävlen slängd i ett dike förra veckan och tog med den hem, jag visste inte att det var hans", fräste Renate irriterad.

"Men du har inte anmält till polisen att den var upphittad?"

"Jag orkar fan inte städa upp efter alla jämt." Renate lutade huvudet i händerna för att slippa ljuset som tårade hennes ögon.

Maria försökte få svar på ytterligare frågor, men det var som att vada i hårdkokt gröt. De kom ingen vart. Renate var måttligt glad åt Marias löfte att återkomma senare. Ingemar hade stuckit sin väg i rädsla för att bli hämtad och Walter och kusinen från Sveg var ute på jobb. Per och Maria gick mot grinden när en skåpbil svängde in på vändplanen och ställde sig bredvid polisbilen. En kille i tjugoårsåldern steg ur och hälsade artigt. "Jag kommer angående annonsen om den antika herrcykeln. Finns den kvar?"

18

På hemvägen stannade de på torget i Hemse för att köpa korv. Per var hungrig och pratsam medan Maria mest ville hem till sin pappa. Framför dem i kön till Jacobs kiosk väntade ett par i fyrtioårsåldern på sin beställning. De var mitt uppe i ett gräl och märkte inte att de fått sällskap. Maria uppfattade snart att de hette Fabian och Caroline.

"Det är ju själva fan att du inte kan göra något rätt, Caroline!" Mannen, klädd i en ljus och ganska skrynklig linnekostym, tog ett steg bakåt och såg föraktfullt på kvinnan. Svetten pärlade i hans nacke. Maria antog att Caroline var hans fru. Avhyvlingen fortsatte: "Måns rum ser ut som helvete, det skulle det inte göra om du städade upp lite oftare. Det är fan äckligt. Hur ska jag kunna ta hem kunder när huset ser ut som en jävla soptipp? Du är så värdelös, så helt jävla värdelös på allt du gör."

"Men Måns släpper ju inte in mej", svarade hon med ynklig röst. Den exklusiva klänningen hängde löst på kroppen som om hon nyligen tappat vikt. Naglarna var långa, röda och välmanikyrerade. Förlängningen av det blonderade håret skymtade som en mörkare tova i nacken.

"Var inte så jävla ynklig. Jag orkar inte med dej. Var fick han pengarna ifrån? Har du gett honom elvahundra kronor?"

"Måns har inte fått några pengar av mej." Hon ryggade tillbaka med armarna hängande efter sidorna och såg upp på honom med vädjan i blicken.

"Står du och ljuger mej rakt upp i ansiktet?" Fabian tog ett hotfullt steg mot Caroline som kröp ihop ännu mer. "Om du inte hade varit så ful och dum i huvudet kunde du kanske ha skaffat ett eget jobb i stället för att slösa bort mina pengar. För sista gången Caroline, var har Måns fått pengarna ifrån?" Han måttade en örfil. Maria fångade upp hans arm i slaget. Hon var så arg att hon fick uppbåda hela sin viljestyrka för att inte koppla ett grepp och slänga ner honom på asfalten. Fabians ögon blixtrade till av ursinne, bråkdelen av en sekund var han nära att slå till Maria i stället. Hon stirrade honom stint i ögonen medan hon tog fram sin polislegitimation och tryckte upp den i hans rödmosiga ansikte.

Fabian vände på huvudet. "Jävla fitta!" fräste han åt sin fru. "Du kommer inte undan."

"Rör du henne åker du in för misshandel!" Per tornade upp sig som en mur mellan Fabian och Caroline. "Legitimation, tack."

"Vad fan är det här för jävla diktatursamhälle?"

"Jag vill se din legitimation eftersom jag överväger att göra en anmälan", sa Per. "Motsätter du dej det, tar vi med dej till Visby nu."

Fabian gjorde motvilligt som han blev tillsagd. Korvbrickorna anlände och paret gick tysta mot sin bil.

"Vilken jävla idiot", sa Maria när de lämnade Hemse. "Måns... Jag tror att deras son är med på kollot i Rone. Jag såg en skymt av dem i söndags. Måns hade glömt att få med sej badkläder." Maria var för arg för att få ner en enda bit av korven och Arvidsson tryckte i sig både den och sin egen korv med mosbricka och gurkmajonnäs fast han annars höll sig till hälsokost. "Jag gav Caroline mitt kort när du tog upp personuppgifter. Tänk att ha barn ihop med en sån dåre. Har du lagt märke till att män som är översittare aldrig väljer storväxta eller vältränade kvinnor? De är nästan alltid korta och spröda."

"Hon borde lämna honom direkt", sa Per och bet ihop käkarna

med en smäll. "Även om han inte slår henne, menar jag. Psykisk misshandel kan vara lika illa som att få en snyting. Att dagligen få höra hur värdelös och ful och otillräcklig man är kan knäcka den bästa."

Maria anade att han talade om sitt förhållande till Rebecka, en kärlekssaga som slutat i fullskaligt krig. "Det är inte så lätt när man har barn ihop."

"Så sant. Undrar om han skulle ha slagit till henne om du inte gått emellan."

De satt tysta den sista biten till staden. Maria tänkte på Mirela som vädjat om att få följa med henne hem. Det kändes som ett svek och ändå hade hon inte rätt att plocka med sig flickan när hennes mamma tyckte att hon skulle vara kvar på kollot.

Per erbjöd sig att ta hand om avrapporteringen till Hartman och pappersexercisen så att Maria kunde åka hem till sin pappa. Alltid lika inkännande och schyst. Hon skyndade sig förbi gatumusikanter och torghandlare vid Östercentrum, övervägde att köpa med sig en flaska portvin från Systembolaget, men avstod även om det skulle ha varit trevligt att få bjuda pappa på något han tyckte var gott. Hon ville hem. Kanske kunde hon blanda sangria av Vegas hemgjorda plommonvin.

Porten i det gula planket stod öppen. Maria öppnade brevlådan och plockade upp en tidning och några räkningar innan hon steg in i trädgården. Där fann hon sin far på träsoffan under gråpäronträdet.

"Hej pappa!" Brunos ansiktsuttryck skrämde henne. "Vad är det?" Han svarade henne inte omedelbart. Maria satte sig ner bredvid honom, la sin hand på hans och såg att han var mycket blek. "Har det hänt något när jag var borta? Har polisen i Uppsala ringt?"

Bruno skakade på huvudet. "Han var här!" Maria kände hur pappans händer darrade.

"Vem?" Maria kunde inte ens gissa.

"Din bror var här. Han bultade på porten och jag min idiot öppnade. Han hade sökt oss i Uppsala, men huset var tomt så han antog att vi rest hit. Han vet ju inte hur sällan... Din adress var inte svår att få fram. Han var rasande arg. Skulle ha pengar. Jag sa att jag inte hade något att ge honom. Ett par tjugolappar och några mynt var allt jag hade i plånboken. Dem kastade han tillbaka på mej."

"Vet han att mamma är död?" Maria la armen om sin pappa. Kände att han darrade i hela kroppen fast kvällen var varm.

"Jag försökte säga det men han lyssnade inte. Han ville tala med Monica och jag sa att hon inte var här. Jag ville berätta men det gick inte när han stressade mej. Det är knappt att jag fattar det själv ännu, att hon är död. Jag skulle få tid på mej till i morgon att skaffa fram 428 000 kronor annars skulle han... komma tillbaka. Han skrämmer mej, Maria. Jag orkar inte med det här. Jag förstår inte varför han kommer till mej."

"Varför skulle du ge honom 428 000 kronor? Han ska förstås ha ut sitt arv efter mamma, men om han inte ens vet om att hon är död... Jag förstår inte alls. Han får väl lugna sig tills bouppteckningen är klar. Hade ni något äktenskapsförord?"

"Vi hade inget skrivet. Jag har frågat en god vän som är jurist. Han har rätt att få ut sitt arv efter Monica direkt eftersom han är ett särkullbarn, men jag vet ärligt sagt inte om det finns så mycket att få. Huset är belånat. Bilen är en rishög och jag vet att Monica hade andra lån."

"Och han skulle komma i morgon... och då skulle du ha pengarna i beredskap, bara så där?"

"Han ville ha en postväxel. Maria, jag vet att jag är en ynklig stackare, men jag vågar inte vara kvar här. Jag orkar inte med bråk, inte just nu."

De åt kvällsmat ute under päronträdet, en snabbt hopslagen sallad av vad kylskåpet hade att bjuda. Kyckling, vattenkastanjer, kidneybönor och grönsallad med vinägrett. Sangrian fick vänta till ett annat tillfälle. Bruno behövde först och främst lugn och ro.

Maria hade en lösning att föreslå. "Du skulle kunna bo på Gula Hönan några dagar. Jag skjutsar dej dit nu i kväll. Då kan du hålla ett öga på barnen åt mej, och de har någon att vända sej till. Det är en trygghet för mej, samtidigt som jag vet att du har folk omkring dej när jag arbetar."

"Men om han kommer hit i morgon?" frågade Bruno ängsligt.

"Då pratar jag med honom. Om det är som jag tror, att mamma lånat pengar av honom, så måste vi kunna reda ut det."

"Var försiktig, Maria. Finns det ingen som kan vara hos dej?"

"Björn kommer hem i morgon bitti. Det är lugnt. Jag kommer till Rone i morgon."

"Men du arbetar ju i morgon. Ska du dit i tjänsten? Jag hörde på radio att en man blivit skjuten i Ronehamn."

"Det är sant, det är därför det känns lugnare om du finns hos barnen. Min bror skulle aldrig kunna gissa att du är där."

"Jag tycker inte om tanken på att du är ensam i ditt hus i natt", sa Bruno när de plockade in disk efter maten. "Jag tycker verkligen inte om det."

19

När Maria installerat sin far på Gula Hönan och kramat om sina barn fick hon syn på Lena Hartman som gick av och an i skymningen under träden och pratade i sin mobil. Maria vinkade för att få uppmärksamhet och Lena avslutade samtalet och kom henne till mötes. "Har du en stund?"

"Absolut." Lena såg forskande på henne. Antagligen trodde hon att det gällde barnens säkerhet efter mordet på Heinz Meyer.

"Mirela vill följa med mej hem. Jag tror att det finns någon här som hon är rädd för." Det är inte att bryta ett förtroende, tänkte Maria. Hon hade inte lovat Mirela att hålla tyst. För Mirelas egen skull behövde Lena veta hur det var. Maria hoppades att Lena skulle ha en förklaring, men hon hade inte märkt något särskilt."Mirela tyr sej mer till mej än till Markus. Hon har inte riktigt någon att vara med, flyter mest omkring." Lena rynkade pannan och tänkte efter. "I början bytte hon barack, men det var frivilligt. Det var en av de andra flickorna som bad om det. Men jag frågade och det var okej. Jag vet inte om det kan ha hänt något där."

"Hur fungerar Markus med barnen?"

"Han är helt underbar, verkligen!" Lenas ögon lyste när hon talade om Markus. Maria anade att de kunde vara mer än bara kollegor? En känsla bara. Hartman hade kommit att gilla Lenas pojkvän Loke. Hade de gjort slut? Maria kände att hon inte hängde med.

När Maria satte sig i bilen för att köra tillbaka till Visby hade det börjat dra ihop sig till åskväder. Först kom ett par ordentliga knallar och sedan ett störtregn som vindrutetorkarna knappt orkade hålla undan.

När hon passerade Severins och Solvårs hus såg hon att ett fönster stod på vid gavel. Hon stannade bilen och försökte ringa för att slippa gå ut i hällregnet, men ingen svarade. Hon fällde upp sitt paraply. En blixt sågade sig genom den mörkgrå himlen och sedan ännu en. Regnet fortsatte med oförminskad kraft och lera stänkte upp på byxbenen. Hon ringde på. Ingen kom och öppnade. Hon kände på ytterdörren. Den var olåst. En isande känsla av att något hänt dem kom över Maria och hon skyndade in. Från övervåningen hördes musik och glada skratt, sannolikt från teven. Hon ropade hallå och klampade uppför trappan med tunga steg för att de skulle höra att hon kom. Det var mörkt i övre hallen, endast teven gav ljus. Severin och Solvår satt stilla i varsin fåtölj med ett bord dignande av godsaker mellan sig. Ingen av dem rörde sig. Ansiktena var vända mot teven. Hon kunde bara se baksidan av deras huvuden. Maria befarade det värsta och tog tre långa kliv fram till dem. Ljuset från teven kastade grå skuggor i deras ansikten. Ögonen var slutna och kropparna slappt tillbakalutade.

"Hallå! Vakna!" Ingen av dem rörde sig. Maria kunde inte se om de andades när ljuset från skärmen fladdrade över deras bröstkorgar. Hon hittade en strömbrytare och tände lampan i taket. När nästa åskknall skakade huset följt av två kraftiga blixtar stängde hon av teven, drog ur sladden och böjde sig över Severin. "Hallå, det är Maria."

Hans ögonlock rörde sig och Solvår sprattlade till när hon vaknade i sin fåtölj. "Så du skräms, flicka!"

"Så ni skräms! Dörren är olåst och ett fönster står öppet. Har ni inte märkt något av åskvädret?"

"Man sover så skönt när det regnar", sa Solvår förnöjt och stoppade in en chokladpralin i munnen.

Severin lyfte asken och bjöd Maria.

"Jag stänger fönstret i tvättstugan på nedre botten", sa hon och försvann fort nerför trappan för att slippa ta en bit ur den kletiga chokladkartongen. När hon kom upp hade Severin rest sig och gått fram till fönstret. "Det var tusan vilket oväder. Väderprognosen hade fel som vanligt. Inte ska du väl fara hem i så dåligt väglag. Du kan bo över här i gästrummet hos oss."

"Björn kommer med båten i morgon bitti. Jag lovade att hämta honom så att han hinner hem och duscha före jobbet." Det var ett argument som höll. Maria hade absolut ingen lust att sova över. Hon såg fram emot att få samla tankarna i lugn och ro kring det som hänt den senaste tiden. Om det inte hade varit för fönstret som stod öppet skulle hon inte ha stannat till alls.

"Det var för fruktansvärt, det vi hörde om Heinz." Solvår reste sig och gick fram till Maria och fattade om hennes båda händer.

"Det är helt obegripligt", sa Severin. "De säger att han blev skjuten, är det sant?"

Maria nickade. Hon förstod att det skulle ta betydligt längre tid att komma härifrån än hon tänkt. "Ni har känt honom länge", sa hon.

"Sen krigsslutet. Han var tysk", sa Severin och gjorde en gest mot soffgruppen för att Maria skulle slå sig ner. "Heinz kom hit i maj 1945 på flykt undan Röda armén. Han var skjuten i axeln och fördes till krigssjukhuset i Lärbro. När skadorna läkt återvände han till Ronehamn. Sen dess har han bott här på ön. Han har alltid levt ensam. Det är konstigt för det är en fin karl. Han bor precis bredvid Ella Funke."

"Men det förstår du väl, Severin, att Maria inte kan veta vem Ella Funke är." Solvår vände sig till Maria med en förklaring. "Ella Funkes föräldrar omkom i Hansaolyckan 1944 och Ingeborg, hennes faster, flyttade in i huset för att se efter den stackars flickungen. Ella var bara åtta år när föräldrarna dog. Ingeborg hade inte heller något sällskap, gifte sej aldrig."

"Det talades om henne och Heinz, de var ju båda ogifta och bodde grannar." Severin höjde på ena ögonbrynet på samma sätt som Björn brukade göra.

"Fast det var nog inget", inflikade Solvår. "Bara rykten. Hade de velat få ihop det så var de ju lediga till äktenskap båda två. Men det tog sej aldrig. Hon dog i mitten av femtiotalet i tbc. Sjukdomen kom och gick. Hon opererades flera gånger. Ella skötte både henne och hemmet tills Ingeborg drog sitt sista andetag."

"Berätta mer om Ella", bad Maria som kände att hon började bli nyfiken.

"Hon är ful som stryk och smått debil!" var Severins omedelbara åsikt.

"Nej, så ful är hon då rakt inte", protesterade Solvår. "Lite egen är hon, folkskygg. Har aldrig varit gift."

Severin verkade ha blivit illa till mods av att tala om Ella. "Det är något med den kvinnan som retar gallfeber på en", sa han med eftertryck.

"Men Severin! Så får du inte säga!" Solvårs kvittrande norska accent blev mörk och sträng. En sida av Solvår som Maria inte sett tidigare.

"Men det är sant. Hon arbetade som brevbärare innan hon gick i pension. Det är något underligt med henne. Jag vet inte vad det är. Hon säger aldrig ett ont ord och ändå känner man sej anklagad på något sätt. Hon snokar och tiger och glor på en med sina sura små ögon."

Maria tyckte att de började komma väl långt från ämnet och påminde dem försiktigt. "Hade Heinz några fiender?"

Solvår svarade utan betänketid. "Elis Rondahl och Heinz var ovänner. Men det var en sorts respektfull fiendskap där var och en höll sej på sin kant."

"Deras osämja handlade om politik. Elis är socialist, i sin ungdom var han med och organiserade arbetarna i hamnen. Heinz var ärkemoderat, men med åren blev båda tämligen grå", sa Severin och drog på munnen åt sitt eget skämt. "Jag har inget ont att säga om Heinz, inte om Elis heller. Det är förbannat tråkigt att de har hållit på som de gjort."

"Vad arbetade Heinz med?" undrade Maria.

"Han var pianostämmare", sa Solvår. "Ibland vikarierade han i Rone kyrka som organist. En gudabenådad talang. På kvällarna när fönstret mot gatan stod öppet kunde man höra pianomusik från hans hus. Det var precis som en skivinspelning med Charlie Norman. Men han ville aldrig göra något av sin begåvning fast han kunde ha gjort karriär. Han ville inte ens spela till dans på Gula Hönan." Solvår gungade med huvudet från sida till sida och Maria förstod att det fanns en melodi där inne som bara hon kunde höra.

"Det var inte för att han var högfärdig", sa Severin. "Han var snarast blyg och tillbakadragen. Han tyckte inte om folksamlingar, eller hur Solvår?"

"Nej, det gjorde han verkligen inte och han ville aldrig vara med på fotografi. Jag har bara sett honom arg en gång. Riktigt arg. Det var en murvel från tidningen i stan som skulle göra ett reportage om Ronehamn för några månader sen. Han tog ett kort på Heinz utan att fråga om lov. Då trodde jag att gubben skulle stampa sönder kameran för honom."

"Det minns jag", sa Severin. "Han var rasande, men fotografiet kom i tidningen i alla fall." Han rättade till glasögonen på näsan medan han såg ut att fundera. "Tror ni att det är Elis som skjutit honom så har ni fel. Han hatar allt vad vapen heter. Ett tag var han till och med vegetarian och följde någon indisk vishetslära precis som Beatles. Han har haft många idéer under årens lopp. Den värsta är att han inte vill följa med och jaga rabbis."

"Och du är helt säker på att han inte har något vapen?" Ek hade kontrollerat att Elis Rondahl inte hade något vapen registrerat. Men det kunde ändå finnas saker i gömmorna som inte redovisats. Trots att gubben blivit vapenvägrare.

"Elis skulle aldrig sätta ett eldvapen i sin näve. Inte sen sjuttiotalet då han var med och fredsdemonstrerade." Severin verkade vara helt övertygad om den saken.

Maria tänkte på vad Björn sagt om Severins vapen, att han brukade ta fram dem på kvällarna när han satt vid sitt skrivbord och drömma sig tillbaka till kriget. Severin hade sagt att alla hans vapen fanns inlåsta, och de hade kontrollerat skåpet tillsammans. Men hon måste ändå ställa frågan igen. "Är du säker på att du inte har blivit av med en pistol, Severin? Tänk efter noga. Kanske inte nu på senare tid, men vid något tidigare tillfälle."

Han skakade på huvudet medan han tänkte efter.

Maria gav sig inte. "Även om det är något gammalt, som det inte blivit av att registrera är det viktigt att få fram det nu, ifall det skulle vara pistolen vi söker", lirkade hon.

"Vad var det för en pistol han blev skjuten med?" frågade Severin och hans ögon lyste av nyfikenhet.

"Det får jag inte berätta", sa Maria. "Men om du vet något är det viktigt att du säger det nu. Har du blivit av med något vapen?"

"Nej." Severin himlade sig och skakade på huvudet.

"Jag kom på en sak som Severin berättade", sa Solvår med en blick på sin man. "Det var en lång mörk man i affären och frågade efter Heinz i förra veckan."

"Han frågade inte efter Heinz", rättade Severin. "Han visade ett foto som liknade Heinz som han såg ut i sin ungdom."

"Han den mörke mannen kallade honom något annat, men du sa att det liknade Heinz."

"Var det en polis?" frågade Maria och kom i samma stund på att Heinz levde förra veckan.

Solvår förekom sin man igen. "Nej, det sa han väl inte. Vad sa han att han hette, Severin?"

20

Juli 1945

Samuel ryckte till och for upp från sin koj. Väntade på slaget som skulle utdelas om han inte var kvick nog till uppställningen. Uppställning – ordet som präntats in under år av misshandel och svält. Uppställning! Fem och fem på led för att bli räknade. Rädslan för att svimma och riskera att sorteras in bland de svaga. Eller för att plockas ut bland de slumpmässigt valda till hängning medan den lilla orkestern av judar tvingades att spela herrefolkets marscher. Uppställning. De kunde förbli stående i timmar, en kollektiv bestraffning för att någon brutit mot reglerna. Tio slumpmässigt utvalda till hängning för att någon försökt fly. En son som tvingades hänga sin egen far, en far som tvingades döda sin son. Inte vända bort blicken, inte svimma och bestraffas. Hunger och törst, en förlamande trötthet. Viljan att leva hade tvingat honom att arbeta i gaskamrarna, för en extra bit bröd, lite tjockare soppa, för att överleva. Han hade sett de döda som lastades av tågen efter flera dygn utan mat och vatten i boskapsvagnarna. Känt stanken av exkrement och död. Röken från krematoriet, från gropen de grävt när krematoriet inte räckte till. Kvinnor med döda barn i sina famnar. Han mötte deras ögon varje natt i drömmen och vaknade av sitt eget skrik. Ännu hade han inte vant sig vid lyxen att få krypa ihop i fosterställning. Tjugo–trettio centimeters utrymme var vad de haft. Kroppen la sig av vana orörlig i sidoläge för att de andra nio skulle få plats på britsen. I drömmen var han fortfarande en fånge som inte kunde lämna det förflutna.

Ljudet Samuel vaknat av var stenhuggarens jämmer. Han väntade orörlig sittande på sin koj i några minuter innan han vågade fråga hur det var.

"Min dotter." Den storvuxne mannen skakade av gråt. Samuel steg upp med näsduken tryckt mot munnen och satte sig bredvid honom på britsen. "Hon var gravid när vi fördes till dödslägret i Bergen-Belsen." Stenhuggarens röst var bara en viskning. "Det låg döda över allt, fläcktyfusen härjade, människor sändes ut på dödsmarscher. De delade på oss. Jag kunde inte skydda henne, inte barnet."

"Lever hon, överlevde din dotter?" Samuel ville helst inte fråga, men det skulle ha varit okänsligt att låta bli. Stenhuggarens svar stegrade hans egen rädsla för vad som kunde ha hänt Rut.

"Jag hade hört talas om den blonda besten, *SS-Aufseherin* Irma Grese, redan i Auschwitz."

Samuel hade också hört om henne. "Hon samarbetade med doktor Mengele, var hans älskarinna."

"Irma Grese kom till Bergen-Belsen samtidigt som vi. Jag såg henne med piska och höga läderstövlar. Hon njöt av att plåga kvinnorna. Hon var inte mänsklig." Stenhuggaren knöt sina händer så knogarna vitnade.

Samuel ville be honom sluta, ville inte höra. Han hade hört ryktena. Det sades att hon band ihop benen på en kvinna som skulle föda och ännu värre saker.

"Jag letade bland de döda, men jag fann inte min dotter. En kvinna från vår grannby sa att hon sett Rakel bli förd till sjukhusbaracken. Det är ovissheten som plågar mej mest." Stenhuggaren lutade huvudet i händerna och drog ett darrande andetag. "Men din Rut kan vara vid liv?"

"Jag hoppas det", sa Samuel. "Hon väntade vårt barn."

Gryningsljuset letade sig in i hytten och smutsade de ljusgula sängkläderna med sitt grådaskiga sken. Samuel Stein vaknade med ett ryck ur feberdrömmarna och lät långsamt verkligheten ta plats. Skeppet krängde i stormen och vågorna fick skrovet att kvida. Han kände ett diffust illamående. Hostan rev genom kroppen och fick honom att kasta upp i hinken bredvid kojen. Stenhuggaren sov tungt. Samuel kämpade mot en ny hostattack och såg på sina händer. De långa smidiga fingrarna med sina välskötta naglar hade kroknat av skadade senor och vanställts av infektioner i nagelbanden. De hade läkt, men ärren och stelheten fanns kvar. Händer som före kriget utfört de mest delikata arbeten i guld, händer som spelat piano inför en hänförd publik och som smekt hennes kropp. Han såg på sina händer och undrade om de någonsin mer skulle få röra vid Rut. Han hade varit helt besatt av hennes lena hud, hennes fylliga bröst och munnen med dess vackra amorbåge. Bara en skiftning, ett enda blänk i de grå ögonen hade kunnat få honom att darra av åtrå. Med en slinga av det mörkbruna håret hade hon kittlande svept över hans mandom. Andlöst vacker i sin nakenhet. Han hade inte kunnat stå emot passionen, fast han var gift och hade en nyfödd son. Samuel hade inte alls varit mogen att stadga sig när det hände. Frauke var cellist, avancerad och målmedveten för sin ålder. Hon hade förfört honom efter en konsert då de båda var berusade av framgången och publikens jubel och hon hade blivit med barn. Släkten krävde att han skulle ta sitt ansvar och han hade ingått äktenskap med henne. När han ett år senare berättade om Rut, tog hon pojken och flyttade till sina föräldrar i Schweiz. Han hade givit henne det mesta han kunde i kontanter, men farsarvet hade han insatt på ett konto i Bern. Någonstans i feberdrömmen hade Frauke funnits som en anklagande skugga. Deras sista samtal var tydligt för honom nu när han vaknade. Hans ord och hennes svar.

"Det jag känner för Rut kan jag aldrig känna för dej. Det är henne jag älskar, henne jag vill leva med." Han hade känt sig som ett kräk när Frauke började gråta hejdlöst. En förtvivlad gråt som övergick i iskall vrede.

"Dina låga begär sätter du framför det som är hedersamt och rent. Vår kärlek. Ditt barn. Du har förbrukat mej och slänger bort mej som en värdelös slampa. Jag hatar dej. Din son och hans barn kommer aldrig att få veta av dej. Om du går till henne nu... lyssnar du på vad jag säger? Om du lämnar mej nu kommer du att vara död för dina efterkommande för alltid."

"Rut väntar mitt barn." Han sa det för att hon skulle förstå att det inte fanns någon väg tillbaka. "Hon har rest till Sverige, till en fiskeby som heter Ronehamn. Hon väntar mej där när kriget är över. Om min son vill träffa mej finns jag där." Det var som att slita hjärtat ur kroppen, att välja bort sin son för att i en oviss framtid få leva med kvinnan han älskade. Men han hade aldrig tvekat.

"Jag svär vid allt heligt. Himlen är mitt vittne. Efter ditt satans svek..." Frauke spottade honom rakt i ansiktet."... kommer du aldrig att få träffa din son igen."

21

Kvällen var sen. Maria kände tröttheten som ett järnband över pannan. Vägen mellan Ronehamn och Visby kändes oändligt lång. Ovädret fortsatte med oförminskad kraft, väldiga åskknallar dånade och blixtar fräste över den mörkgrå himlen. Regnet vräkte ner mot bilens rutor och vägbanan försvann bitvis under vatten. Maria sänkte hastigheten. Det kröp i henne av trötthet och hon fick nypa sig i underarmen för att hålla sig vaken. Tankarna kretsade kring mordet på Heinz Meyer. Men hon hade svårt att koncentrera sig. I morgon skulle hans hus vid fiskeläget och strandboden gås igenom noggrant i hopp om att hitta en förklaring till varför han blivit så brutalt nedskjuten. Området kring strandboden hade genomsökts, men någon pistol hade man inte funnit. Kanske hade mördaren slängt den i havet. Det var tänkbart att Heinz Meyer blivit skjuten med sitt eget vapen och att de skulle finna tecken på inbrott även i huset. Området var avspärrat och polisen höll vakt i väntan på att teknikerna skulle göra sitt. Ammunitionen var från 1939. Per Arvidsson skulle knappast vänta på svaret från SKL. Om hon kände honom rätt skulle han söka på nätet tills han visste var hylsan tillverkats. När det gällde vapen och pyroteknik var han imponerande kunnig. Maria undrade vad han gjorde nu. Det var inte hans barnvecka, så antagligen satt han hemma vid datorn och sökte information, för han var väl knappast ute och sprang i regnet. Eller också låg han i soffan och smuttade på en whisky medan han lyssnade på gamla jazzsångerskor som fått göra sorti när teven kom för att de inte fungerade i bild. Särskilt svag var han för den mulliga Mildred Bailey.

När Maria passerat travbanan utanför Visby blev det mörkt. Gatubelysningen slocknade och fönsterrutorna längre fram mot staden gapade svarta och tomma. Strömavbrott. Bara bilens ljus hjälpte henne hitta fram i stadens mörker. Hon parkerade på gatan utanför sitt hus. Små fladdrande ljuspunkter började synas i fönstren när grannarna tände stearinljus. Hon längtade plötsligt efter Björn och ringde upp innan hon klev ur bilen. Efter sju signaler svarade han, men rösten hördes knappt för discomusik och sorlande röster. Maria fick skrika godnatt, men hörde inte vad han svarade. Sedan kom ett sms. *Puss och godnatt.* Hon hade trott att han skulle ringa upp så att de kunde prata en stund. Hon ville berätta för honom att hon hade fått en bror. Men telefonen var tyst. Hon suckade. Ville han parta loss fick han göra det. Hon litade på honom, men kände sig ändå besviken.

Regnet fortsatte att hälla ner. Maria orkade inte leta efter paraplyet i bilen. Det ångrade hon när det tog en evighet att få nyckeln att passa först i porten i planket och sedan i ytterdörren. Av gammal vana tryckte hon på strömbrytaren i hallen, men inget hände. Hon låste dörren om sig. Hon var frusen och blöt och det skulle ha varit gott med en kopp te. Maria gick fram till vardagsrumsfönstret och kikade ut på gatan. En kvinna med hund stretade fram i regnet. I det svaga ljuset tyckte hon sig känna igen Liv Ekdal. Björns före detta hade på ett oroväckande sätt börjat ta promenader förbi huset på Norra Murgatan sedan Björn flyttat in. Björn hade berättat att hon flyttat för att ha närmare till arbetet som socialsekreterare. Själv var Maria inte lika säker på att det var hela anledningen, så mycket närmare hade det ju inte blivit. Hon litade inte på Liv.

Maria tände värmeljus i badrummet och tappade upp ett bad. Medan hon klädde av sig funderade hon över den främmande luk-

ten i huset. Det luktade inte illa, tvärtom. En väldigt god doft av...
herrparfym... något med kryddor och mysk. Hon steg ner i det
varma vattnet och blundade, men kunde inte slappna av. Doften
hade känts tydligast i hallen. Här uppe på övervåningen kändes den
bara svagt. Hade Björn skaffat nytt rakvatten? Nej, det borde hon ha
märkt när de skildes åt. Sedan dess hade han inte varit hemma...
eller hade han? Plötsligt anade hon en rörelse utanför badrumsdörren. Hon stelnade till och lyssnade. Det var svårt att uppfatta andra
ljud när regnet slog mot taket. Ljuslågorna darrade till i vinddraget
och Maria slappnade av. Det är så lätt att se märkliga skuggor i
eldsljus. Men doften? I samma stund fick hon syn på något som
fick henne att rusa upp ur badet och låsa dörren om sig. Locket till
toalettsitsen var uppfällt som efter en man som stått upp och pinkat.
Bruno hade inte varit uppe på övervåningen. Maria hade varit på
toa innan hon skjutsade honom till Ronehamn. Hon fällde alltid ner
locket. Någon hade varit i huset efter att hon lämnat det... eller var
i huset just nu. Mobiltelefonen låg nere i jackfickan. Maria nappade
åt sig den korta sidenmorgonrocken och drog den hårt om kroppen samtidigt som hon till sin fasa såg den röda skivan på dörrlåset
långsamt vridas om till grönt och dörren sakta öppnas.

"Vem är det? Vad vill du?" Hon sökte efter ett tillhygge, något att
försvara sig med, men fann ingenting.

"Förlåt att jag är oartig och stör, men jag börjar få lite ont om tid."
En lång och muskulös man med bakåtstruket mörkt hår och blänkande svarta ögon höll upp dörren för henne. Mannen hon skymtat i
vardagsrumsfönstret. Han som frågat Emil om hon hade ett ärr efter
en kniv, vampyren? "Vi kanske kan talas vid nere i vardagsrummet?"

"Vad vill du mej? Vem är du?" sa hon prövande när han fattade
hennes hand och ledde henne nerför trappan i mörkret. Nu kändes
doften tydligt.

"Det vet du", sa mannen med tysk brytning.

"Du är min bror?" Maria tänkte inte visa att hon var rädd. "Hur kom du in?" Hon tänkte febrilt och var säker på att hon inte hade glömt att låsa om sig.

"Jag lånade Brunos nyckel utan att fråga honom om lov. Ingen fara, han ska få tillbaka den när jag pratat färdigt med dej." Walter la armen om henne och förde henne mot soffan i vardagsrummet där han släppte taget när hon sjönk ner. Själv satte han sig i fåtöljen mitt emot och tände ljusen i de blå glaslyktorna på bordet med sin tändare. Nu kunde Maria se hans ansikte tydligare. Han hade mammas livfulla ögon och höga kindknotor. Hakan var fyrkantigt maskulin och ansiktet mycket blekt. Den vita skjortan lyste i det blåaktiga skenet från ljuslyktorna.

"Om du hade ringt först skulle jag ha skyndat mej hem och du hade sluppit vänta." Hon lät betydligt mer avspänd än hon kände sig.

"Om jag hade ringt först hade du inte velat träffa mej, eller hur?" Hans röst var en dov morrning.

"Varför säger du så?" Maria undrade vad han ville henne. Det hade känts bättre om hon fått chansen att klä på sig. Hon mindes vad Bruno sagt om pengarna. Var det pengar han ville ha?

"För att du hatar mej!" sa han långsamt och sträckte ut handen för att lyfta upp hennes haka så att hon inte kunde vika undan med blicken. "Du har alltid hatat mej, eller hur?" Hans granskande blick fick ett nytt uttryck av förvåning. "Gör du det?"

Maria skakade sig loss ur greppet. "Det är inte sant! Jag har inte vetat om att du fanns förrän nu. Det tar en stund att vänja sej vid tanken på att man har en bror."

Han rörde vid en slinga av Marias hår som slitit sig ur den lösa knut hon satt upp innan hon steg i badet. "Är du säker på att du inte minns mej? Jag var elva år och du var fyra när din mamma kom till Tyskland för att träffa oss. Vi gick till en lekplats. Av Monica hade jag fått en morakniv. Jag höll den i handen och kollade på den vassa eggen medan jag gungade dej högt och du ville ha mer fart.

'Mera, mera', skrek du. 'Högre!' Jag gick runt gungan för att se ditt söta glada ansikte. Du skrattade och i nästa stund tappade du taget och ramlade. Rakt mot mej. Kniven träffade din mage. Det blödde. Jag fick en örfil. Pappa lämnade kvar mej på lekplatsen ensam. Jag trodde i flera timmar att du var död. Jag fick aldrig mer träffa dej. Monica sa att jag skar dej med flit. Den sommaren förändrades mitt liv. Kvinnan som jag trodde var min mamma, min tyska mamma som pappa levde med, ville inte veta av mej sen ni varit där. Jag blev lämnad hos min farmor Frauke. Vet du varför?"

"Nej", sa Maria lamt. Det fanns en glödande vrede i Walters ögon som skrämde henne.

"För att den främmande kvinnan som hette Monica, din och min jävla morsa, förförde min far och lät min tyska mamma få veta det. Pappas fru ville inte se mej mer efter det. Hon ville inte bli påmind om hans svek. Jag fick byta skola, byta liv, och hamnade hos en ensam och bitter gammal kärring i Frankfurt som blivit övergiven av sin man. Min farmor."

"Men visst har du träffat Monica sen dess?" Maria var uppriktigt förvånad. På Bruno hade det låtit som att de haft en nära relation de senaste åren.

"För drygt tio år sen dök hon upp i mitt liv igen. Min far, som blivit en främling för mej, dog året innan i cancer. Han sa förlåt och tyckte tydligen att det borde räcka som ursäkt för min torftiga uppväxt. Jag sa att jag förlät honom, men jag tror inte att jag har gjort det egentligen."

"Men Monica kom flera gånger", fyllde Maria i. Walter måste få tala till punkt, så att hon visste var hon hade honom. Sedan kunde hon berätta att Monica inte längre var i livet.

"Hon kom och jag lät mej tjusas och förledas som alla andra. Jag visste inte hur mycket jag längtade efter en mamma, efter en familj. Det alla andra tar för givet. Hon visste precis hur hon skulle spela sina kort. Du om någon känner henne."

Maria nickade allvarligt. "Lånade du ut pengar till henne?"

"Jag gjorde allt för henne. Satte min firma i skuld. Hon var ständigt i knipa och jag räddade henne. Gång på gång. Tills jag såg mönstret och märkte att jag blivit lika blåst som alla andra i hennes närhet." Han suckade uppgivet. "Jag skrämde säkert skiten ur din pappa, men jag blev så arg när han inte kunde säga var hon är. Monica är skyldig mej 428 000 kronor. Jag har inget papper på det. Får jag inte in dem på mitt skattekonto den här månaden så är det adjö med mitt företag."

"Det pappa försökte säga till dej är... att Monica är död." Maria tog ett djupt andetag och väntade in hans reaktion.

"Du ljuger!" Han fattade hårt om hennes handled. "Det är inte sant. Det kan inte vara som du säger. Jag kommer precis från Uppsala, jag träffade henne i söndags. Säg som det är att hon har stuckit med pengarna!"

"Du gör mej illa." Maria försökte att slappna av och inte kämpa emot när hon såg in i Walters vansinniga blick, rädd att han skulle gå över gränsen och slå till henne på riktigt. "Mamma är död. Har du inte hört nyheterna om kvinnan som blivit nedslagen i sin bostad i Uppsala? Pappa hittade henne död. Allt var kaos. Lådor och skåp var öppna och innehållet utstrött över golvet och dörren stod på vid gavel."

Walter släppte sitt grepp. Lutade sig bakåt och drog händerna genom håret och blundade. "Hon gjorde det själv."

"Hur menar du?"

"Jag bad om mina pengar och hon drog ut varenda lådjävel för att visa att hon inte hade några pengar gömda hemma." Walter öppnade ögonen och stirrade som om han plötsligt såg i syne. "Hon var helt galen! Krossade glaset hon druckit ur med flit. Bara slängde det rakt in i väggen."

Maria tvekade. De satt tysta en stund. "Det bästa du kan göra är att kontakta Uppsalapolisen och säga att du var där. De har försökt nå dej. Dina fingeravtryck finns säkert överallt."

Han riste till i kroppen. "Jag rörde henne inte. Jag dödade henne inte. Du får inte tro det!"

Maria visste inte vad hon skulle tro. Just nu gällde det att hålla honom lugn. Att få tillbaka nyckeln och få honom att lämna huset. "Varför trodde du att jag hatade dej?"

Walter såg på henne. Han sträckte sig fram och höll upp ljuslyktan närmare hennes ansikte, smekte henne över kinden och brast sedan ut i ett vanvettigt skratt som fick Maria att krypa ihop i försvar.

"Glöm det." Han reste sig upp.

"Jag vill veta!" Maria kände att det var viktigt.

"Hon sa att jag vanställt din kropp. Hon sa att du inte ville ha kontakt och att det minsta jag kunde göra för dej var att respektera det. Jag är förtvivlat ledsen. Jag ville aldrig skada dej."

Maria öppnade en glipa i morgonrocken för att visa det knappt synliga ärret på magen. "Det finns inget att förlåta. Du kunde inte hjälpa det, du var bara elva år och jag minns det knappt."

"Nu ser jag att det var en lögn. Allt är en förbannad lögn!" Ett kort ögonblick trodde Maria att han skulle börja gråta. Just då såg hon barnet i honom och reste sig ur soffan för att hålla om honom.

"Du är min bror, jag är din syster och det är sant." Hon sträckte armarna mot honom och han fattade hennes händer. Kysste dem.

"Tack", sa han och rösten var mycket behärskad. "Det var bra att vi fick talas vid ensamma. Du och jag."

"Hur visste du att jag var ensam hemma?"

"Jag såg när du skjutsade din man till hamnen och han steg på båten."

"Gjorde du?"

Walter svarade inte, la bara nyckeln han tagit av Bruno på bordet. "Vi ses."

"Var det du som skickade blommor och choklad? Har du sökt mej på jobbet?"

"Ja."

Maria kände sig helt utmattad. Innan hon hann fråga efter hans telefonnummer hade han slagit igen ytterdörren. Först nu tillät hon sig att känna hur rädd hon blivit. Hon måste prata med Björn och berätta vad som hänt. Det var nästan midnatt. Hon sms:ade, men det kom inget svar. Hon uppfattade en hastig rörelse utanför fönstret, tryckte ansiktet mot rutan och såg en mörk gestalt, en kvinna försvinna utmed gatan.

22

När mobilen ringde för väckning hade Maria knappt sovit en blund. Hon tog en snabb dusch och sedan en kopp svart kaffe. Bredde en smörgås. Minnen från barndomen trängde sig på. Det till en början iskalla duschvattnet hade fått kroppen att minnas en liten flicka som gråtande krupit ihop när hennes mamma som bestraffning stängt in henne i duschen och spolat med iskallt vatten. Inte en minut, inte två – kanske en kvart eller längre, i ett utbrott av fruktansvärd vrede. Maria kunde inte minnas att hon gjort något dumt. Utbrotten kom utan anledning och gick över lika hastigt och omotiverat. Monica livnärde sig på Marias förtvivlan och behov av att bli tröstad. Det var så kravet för närhet såg ut, som vuxen kunde Maria formulera det i ord, men barnet hade inte kunnat det.

Maria tänkte på Walter. Hon ville lära känna honom samtidigt som han gjorde henne orolig. Han var skrämmande lik Monica. Han hade den där blicken som fick en att krypa ihop och bekänna. De starka känslorna fick henne att förlora aptiten. Smörgåsen kändes omöjlig att få ner. Maria såg på klockan och skyndade sig ut i bilen för att möta Björn nere vid hamnen. Hon längtade efter att få hålla om honom och känna att allt var bra och att hon var älskad.

Hon svängde av mot hamnstationen, parkerade och steg ur bilen. Han stod utanför entrén och väntade, vände blicken mot henne när hon kom gående från parkeringen, men ansiktet sprack inte upp i ett stort leende som det brukade. Hon såg undrande på honom och gick de sista stegen fram. Öppnade sin famn för att krama om honom, men han besvarade inte kramen utan lät sig bara stelt omfamnas.

"Vad är det?" frågade hon och kände rädslans vassa nålar sticka under huden.

"Jag tycker att du ska berätta för mej vad det är!" Hans blick var mörk, men det fanns också en oro. Käken var strängt sammanbiten.

"Du skrämmer mej, vad är det som har hänt?" De hade kommit fram till bilen och Björn satte sig ner på passagerarsätet fram med en duns.

"Vi får ta det i kväll. Jag hinner inte nu. Skjutsa mej direkt till brandstationen."

"Men älskling, du måste säga vad det är. Jag blir rädd när du inte släpper in mej. Jag vet inte vad jag har gjort."

"Vi får ta det sen i kväll." Han vände sig demonstrativt mot fönstret. Hon kände att han var rasande, men hon förstod inte varför. Tyckte han att hon jobbade för mycket?

"Vi är mitt uppe i en mordutredning. Jag vill inget hellre än att vara hemma hos dej och barnen, men just nu är det svårt."

"Är det?" Han vände sig häftigt mot henne. Rösten dröp av sarkasm och ögonen var onaturligt blanka och förbittrade.

"Snälla älskade, berätta vad det är." Barndomens tvära kast mellan kärlek och hat, närhet och utfrysning gjorde henne sårbar och liten på det sätt hon bara kände i nära relationer. När han var så arg gick det inte att berätta om Walter, eller om något annat som var viktigt. Därför satt de tysta hela vägen. Han steg ur bilen utan att se på henne, utan att röra vid hennes utsträckta hand. Hon satt kvar i bilen så länge hon kunde se en skymt av honom, hoppades att han skulle vända sig om och komma tillbaka och säga att allt var bra, att det var ett misstag.

Maria fortsatte mot Ronehamn medan tankarna forsade omkring. Hade Björn tröttnat, träffat någon annan? Vad var det hon borde förstå av hans tysta vrede? Hon hade fått en konstig känsla efter deras korta samtal. Den otäcka känslan låg över henne som en tyngd när hon passerade Gula Hönan och svängde av från samhället ner mot fiskeläget. Heinz Meyers hem avvek inte från bebyggelsen i övrigt om man bortsåg från avspärrningsbandet. Det var ett litet hus på en liten gräsplätt likt de andra små husen av trä. Det lyste där inne. Erika var säkert redan i full gång. Maria bytte ett par ord med aspiranten som vaktade avspärrningen innan hon lyfte på bandet och steg innanför. Erika mötte henne på trappan och höll fram ett par gummihandskar. "Fast just dina fingeravtryck börjar jag känna igen vid det här laget", sa hon och himlade sig.

Maria gav henne ett leende fast det satt långt inne. Det var tydligt att Erika hade en del att säga. Maria hoppades att det bara gällde jobbet.

"För det första", sa Erika. "Ammunitionen till vapnet är från Tyskland, enligt Arvidsson. Av hylsbotten kan uttydas att ammunitionen tillverkades för tyska krigsmakten av DWM, Deutsche Waffen- und Munitionsfabriken, vilket framgår av den tyska tillverkarkoden ASB39. 39 står för 1939." Erika tog på sig glasögonen och läste från det papper som legat på hennes skrivbord på morgonen med en hälsning från "det ofrivilliga nattskiftet", sa hon. "Så här skriver han. *Vidare ses att den centralt placerade tändhatten saknar tändspetsintryck. En patron av detta slag var försedd med en helmantelkula.*" Erika vek ihop bladet. "Längst ner har Per skrivit ett citat på latin: *Si vis pacem, para bellum* och en översättning. *Om du vill fred, bered dig för krig.*"

"Vad menar han med det... att det inte finns någon fred om man inte är beredd att försvara den?" frågade Maria.

"Det är inte Per Arvidssons devis utan Vegetius som levde på 300-talet efter Kristus. Frågan är alltså vem som i dag har tillgång till ammunition från andra världskriget." Erika visade in Maria i Heinz pedantiskt städade hus. De slog sig ner vid köksbordet. Maria förundrades över den hemtrevliga miljön. Välskötta röda pelargonior i fönstret. Nytvättade gardiner som doftade gott av gröna äpplen, från sköljmedlet antog hon. Kopparkastrullerna på hyllan över spisen blänkte och på golvet syntes inte ett dammkorn. "Över nittio och ingen hemtjänst, man kan inte tro det är sant", sa Erika begrundande. "Från det ena mysteriet till det andra. Vi har en preliminärbedömning från rättsläkaren. Håll i dej nu, för det här är helt osannolikt."

"Jag håller i mej."

"Om jag förstår dina och Pers anteckningar från förhören rätt så var Heinz skottskadad i axeln när han kom till Sverige 1945 och han fördes till krigssjukhuset i Lärbro."

"Ja, det sa både Severin och Elis."

"Enligt Per berättade Lovisa Rondahl samma sak, jag utgår ifrån att de har rätt. Men åsikterna går isär om vilken axel han sköts i. Heinz har sedan dess inte röntgats på sjukhus. Jag bad att få ut hans journal. Men han har ingen. Han har aldrig legat på sjukhus, inte sen kriget. Så för en jämförelse tog jag bilen upp till det gamla krigssjukhuset i Lärbro och där fanns journalanteckningarna kvar. Heinz Meyer kom den 8 maj 1945 till sjukhuset med en skottskada i vänster axel. Man kunde på röntgen också se att han tidigare brutit höger ben. Jag hittade ingen anteckning om när han skrevs ut. Krigssjukhuset är ett museum nu och jag hade en osannolik tur som fick tag på de här uppgifterna."

Maria kände huvudvärken pressa på och försökte skärpa sig fast det hade börjat flimra framför ögonen. "Vad kom rättsläkaren fram till?"

"Att den mördade som kallat sig Heinz Meyer aldrig har brutit ett ben eller blivit skottskadad i en axel. Det kan inte vara samma person som steg i land 1945 och fördes till sjukhuset. Den mördade mannen vi har i vårt kylrum är någon helt annan som har stulit Heinz Meyers identitet. Var så god, utredningen är din."

"Vi vet alltså inte ens vem det är som blivit mördad?" Maria fastnade med blicken i Erikas bruna nästan triumferande ögon och kände sig för ögonblicket som en dator som hängt sig.

"Fanns det något annat rättsläkaren kunde säga?" frågade hon medan hon försökte samla tankarna.

"Åldern verkar stämma. Den döde, för enkelhets skull kanske vi ska fortsätta att kalla honom Heinz tills vi har ett annat namn på honom, hade en utläkt tbc. En pågående lunginflammation. Rökare. Inga egna tänder. Det ser ut som att han skurit sig på höger underarm eller tagit bort en tatuering. Möjligen kan det vara en gammal brännskada. Han hade ett ärr."

Maria började få sina aningar, men behöll dem en stund till för sig själv. "Hur långt har du hunnit här i hans hem?"

"Dörren till skjulet är uppbruten, det måste ha varit så han blev av med cykeln som Renate hade tagit hem. Jag har tagit ett varv runt huset och hittat en krossad ruta. Samma förfarande som hos Severin Bergström och Lovisa Rondahl, en sten genom fönstret och sen av med fönsterhakarna. Här har inbrottstjuven gått in genom ett källarfönster. Det är så litet att jag aldrig skulle kunna ta mej in på det viset. Men kanske du?" sa Erika med en gnutta avund i rösten.

"Nere i strandboden hittade vi inget som gjorde oss klokare. Ingen av grannarna i Hus fiskeläge har haft inbrott. Ingen pistol, ingen ammunition."

Maria reste sig och började gå runt i huset. "Sängen är bäddad här, antagligen sov Heinz i fiskeläget."

"Det tror jag med, det ser ut som att han rusat ur bädden nere i boden. Täcket låg på golvet. Han kanske hörde ett ljud och om han tidigare fått cykeln stulen och haft inbrott i sitt hus..."

"Alla säger att han var en enstöring", sa Maria. "Han hade varken familj eller nära vänner." Hon placerade händerna på ryggen för att inte röra vid det vackra pianot. "Anmälan av den stulna cykeln var handskriven. Stilen var lite darrig och gammaldags. Vi borde kunna hitta hans namnteckning på andra ställen, i deklarationen eller annat... för att få veta när han bytte identitet. Till Ronehamn kom Heinz Meyer i flock med de andra skadade tyska soldaterna. Hur noga minns man ett ansikte som bara fladdrat förbi när det gått tio månader? Någon man bara sett en enda gång? Jag gissar att han bytte identitet på sjukhuset eller på väg tillbaka till Ronehamn."

"De var en mängd soldater som fördes till sjukhus. Bara hans tyska kamrater kunde ha känt igen honom, inte folket i Rone", reflekterade Erika.

"Och sen levde han här i nästan sjuttio år som Heinz Meyer", tänkte Maria högt och ryckte till när mobilen ringde. Det var Per Arvidsson.

"Jag har försovit mej. Lovisa Rondahl ringde precis. Det var något hon glömt att berätta i går. Kan du ta det? Hon verkade angelägen." Per harklade sig nyvaket. "En sak till. Heinz Meyer hade licens på en Luger."

23

Redan i bilen till Ronehamn hade Maria skickat ett sms till Björn. *Jag längtar efter dej. Kram.* Men han hade inte svarat. Oron skavde. Hon flyttade bilen till parkeringen vid Gula Hönan. Därifrån var det inte långt till huset där Lovisa Rondahl bodde med sin dotter, ett välskött sekelskifteshus i trä med veranda och en frodig rabatt med löjtnantshjärtan, förgätmigej och blå viol. Trädgårdsgången var asfalterad och en rullstolsramp ledde upp mot köksdörren på husets baksida. Permobilen stod parkerad utanför. Maria uppfattade en snabb rörelse bakom köksgardinen och där stod Lovisa på trappan och välkomnade henne. Det långa vitlockiga håret låg utslaget över axlarna. Hon såg ut som en liten älva i sin tunna ljusblå sommarklänning.

"Det är inte min mening att besvära", började Lovisa och såg ängsligt på Maria. "Men polisen, han som heter Arvidsson, sa att jag skulle höra av mej om jag kom på något mer om Heinz. Även om det rörde sånt som var gammalt", sa hon tvekande och visade in Maria.

"Jag lyssnar gärna. Vi tar emot alla tips vi kan få." Maria slog sig ner i kökssoffan och såg sig om i det hemtrevliga köket medan Lovisa satte på kaffe. Ett stort fat med hembakade kakor landade på bordet; drömtårta, nöttoppar, kejsarkronor, goran, eklöv med pärlsocker, chokladdoppade kokoskakor och flera andra sorter som

Maria inte visste namnet på. Ett överdåd så typiskt för ön. Tolv sorter till vardagsfrämmande och tjugo till fest. De småpratade om ovädret under gårdagen, priset på potatis och veckans teveprogram tills Lovisa hade satt sig ner i lugn och ro.

"I natt låg jag och funderade på gamla tider", sa hon och smuttade på det heta kaffet. "Jag sa till han, Arvidsson, att Heinz inte hade några anhöriga. Men sen blev jag osäker för jag mindes en sak som hände när jag var flicka. Kriget var över. Det var i slutet av april '46. Jag hade just firat min tionde födelsedag så jag vet det säkert. Det jag minns... det som var märkligt när jag tänkte på det i natt, var en tant med resväska. Hon väntade på bussen till stan och hon grät. Jag hade aldrig sett henne förut och har inte gjort det efter det heller. Hon var mycket vacker och mycket ledsen. Det var tidigt på morgonen, bara vi två där. Jag frös, men hon måste ha frusit ändå mer. Hennes kläder var våta och skrynkliga och jag tyckte synd om henne och delade mitt äpple med henne. När hon tog emot äpplet vågade jag fråga hur det var. Hon pratade bara tyska, men jag förstod ändå ganska bra. *Mein Mann Heinz will mich nicht treffen. Er will nicht die Tür öffnen.* Han vill inte ens öppna dörren. Jag förstod att hon sovit på trappan, utanför hans dörr. Han hade inte släppt in henne på hela natten, ville inte veta av henne. Jag har inte berättat det här för någon. Det kändes som ett förtroende och jag var rädd för att pappa skulle bli ännu mer vrång på Heinz om han fick veta. Det räckte som det var." Lovisa såg osäker ut. "Det är länge sen nu, men jag minns det tydligt. Fast det kanske inte spelar någon roll längre." Hon log urskuldande och sträckte fram kakfatet. "Det är ju förfärligt att Heinz har blivit skjuten. Här i Ronehamn. Vi har varit väldigt förskonade från brottslighet. Vem tror ni kan ha gjort det?"

Maria kände spänningen krypa i kroppen, det Lovisa berättade stärkte rättsläkarens bedömning. Heinz Meyer var någon annan. Om fru Meyer skulle ha sett hans ansikte skulle hon direkt ha avslöjat att det inte var hennes man. Därför hade han inte kunnat släppa in henne. "Polisen har ännu ingen misstänkt för mordet på Heinz. Just nu försöker vi få in tips. Har du någon tanke på vem eller vilka det skulle kunna vara?"

"Någon utifrån. I alla fall inte någon härifrån Rone. Här känner alla varandra. Någon av Renates takläggare, kanske. Det dyker upp nya skumma personer där hela tiden. De är utlänningar nästan allihop. På försommaren var det två grabbar från Vilnius och i vintras var det två från något afrikanskt land och nu är det en tysk och en tokig stackare från ett gruppboende i Hemse som bor där och så fästmannen hennes, Roger. Fast det konstiga är att Renate också har haft inbrott. Det sa hon när jag träffade henne i affären. Har ni varit hemma hos patrasket?"

"Jag har varit hos Renate." Det var en nyhet för Maria att hon också haft inbrott. Det var inget hon hade anmält. "I bostadshuset eller i kiosken?"

"I huset, men Roger lagade fönsterrutan som var krossad med en gång. Han är en händig karl och han ser bra ut, det är värsta sorten."

"De som är händiga eller de som ser bra ut?" Maria kunde inte låta bli att dra lite på mun. Det kom så oväntat bittert.

"De som är för bra för att vara sanna, är inte sanna." Lovisas släta vackra ansikte rynkades ihop så att hon såg ut som de sjuttiofem år hon faktiskt var.

Maria mindes att Lovisas man hade försvunnit när hans dotter blev handikappad efter drunkningsolyckan. Han hade tröstat sig med en ny kvinna och ett nytt komplikationsfritt liv. "Jag antar att du talar av egen erfarenhet."

"Så är det och så blev det", sa Lovisa. "Från en sak till en annan. Det ringde en polis som hette Tomas Hartman. Han sa att pappa eventuellt skulle utredas för demens. Det blir väl på Sankt Olof då? Vet du, jag tror inte jag kan få med mej honom dit. Jag tror det är stört omöjligt. Och var gör jag av Agneta under tiden om jag ska skjutsa honom till stan? Det går inte. Jag klarar inte av det."

"Det ska du inte behöva ta ansvar för. Jag ska prata med Hartman och se till att det ordnar sej på bästa sätt", sa Maria. "Var finns Elis nu?"

"Pappa är väl nere i strandboden. Det var en annan sak jag inte heller berättade för den andre polisen, han som hette Arvidsson. Det var för svårt att prata om det med en gång. Men jag har funderat i natt och för att ni ska förstå pappa bättre måste jag säga som det är. Det handlar inte om det där med snuset som Heinz inte tog emot. Det var inte därför de blev ovänner. Det är den officiella förklaringen. Den verkliga sanningen har vi hållit inom familjen. Det är så vi gör i Rone. Man ska inte riva upp det som är gammalt och glömt."

"Berätta. Jag lyssnar." Maria lutade sig fram över bordet för att höra. Lovisas röst hade sjunkit till en viskning. "Heinz sa till mej att det var pappas fel att Agneta nästan drunknade. Pappa skulle passa henne när hon badade. Till mej sa pappa att han var där hela tiden, men att han förlorade henne ur sikte. Men Heinz hävdade att pappa inte fanns där när han kom ner till stranden. Pappa kom ut från sin strandbod efter att Heinz hade kastat sig ut i vattnet för att rädda Agneta. Ord stod mot ord. Pappa sa att Heinz hittade på för att hans räddningsinsats skulle lysa som en ännu större bedrift. Men jag vet inte, jag har aldrig riktigt vetat vad jag skulle tro. Heinz sa det inte till någon annan. Tonade ner sin egen roll i räddningsaktionen. Men pappa har hela tiden känt sej anklagad. Jag kan tänka mej att han var i boden och tog en sup."

"Stod det om drunkningstillbudet i tidningen?" Maria funderade på om det kunde finnas något foto från den tiden. "Vilket år var det?"

"Jag minns inte om det stod i tidsen. Det var kaos. Det tog en evighet innan ambulansen hittade hit. Agneta var fem år – det är fyrtiofem år sen."

"Det måste ha varit fruktansvärt." Maria hade inte svårt att hitta till känslan när hon tänkte på sina egna barn. Inget får hända dem, inget. Året borde alltså ha varit 1965.

"Om jag bara hade låtit bli att åka till stan den dagen eller om jag tagit Agneta med mej", sa Lovisa dämpat. "Hon hade epilepsi som barn. Efter drunkningsolyckan fick hon en svår hjärnskada med förlamning och svårigheter att förstå som följd och epilepsin har hon kvar."

"Det var inte ditt fel. Man måste våga lämna barnen ifrån sej. Fast när en sån sak händer är det klart att man vänder och vrider på det som inträffat. Hur var kontakten mellan dej och Heinz?"

"Pappa tålde inte att se honom, och jag undvek honom jag med. Det var aldrig något öppet bråk mellan dem. De undvek varandra."

Maria hörde ett ljud från rummet bredvid. "Hör Agneta vad vi säger?"

"Hon hör, men hon förstår inte så mycket. Korta enkla meningar. Hon uppfattar mer med känslan, läser av hur jag mår. När jag är orolig, blir hon det med. Hon förlorade förmågan att tala med ord, men jag förstår för det mesta vad hon menar."

Lovisa fick ett nytt uttryck i ansiktet. Ögonen smalnade och hon svalde hårt ett par gånger, sen sa hon knappt hörbart: "Ibland har jag tänkt att det var som Heinz sa, att pappa gick upp till strandboden och tog en sup eller vad tusan han nu gjorde och Heinz blev ensam med barnet. Jag vet inte om Heinz försökte dränka henne eller rädda henne? Hur ska jag någonsin få veta det?"

"Kan du då komma på en enda anledning till varför han skulle försöka dränka ditt barn?"

"Det kanske var något sen kriget, ett minne som gjorde honom galen. Jag vet inte. Jag vet verkligen inte alls. Jag kan inte bevisa någonting."

"Har han gjort någon annan illa?" Maria visste inte om posttraumatisk stress kunde ta sig ett sådant uttryck.

"Nej, aldrig. Heinz undvek alltid bråk. Det var en sak till", sa Lovisa tvekande. "Den där tysken som jobbar hos Renate var i affären. Han hade ett foto. Han sökte efter någon som hette Samuel. Först trodde jag att det var Heinz – på ett ungdomsfoto. Men den långe mörke tysken var säker på att han hette Samuel."

24

Juli 1945

Samuel Stein trevade efter pluntan med vatten, lyckades få grepp om den och skruva av korken. Den var tom. Tungan kändes som ett främmande föremål i munnen och låg klistrad mot gommen. Huvudet värkte. Kroppen kokade av feber. Han försökte resa sig till sittande när hostan övermannade honom och han orkeslöst föll tillbaka mot kuddarna. Stenhuggarens ansikte svävade över honom.

"Du får inte ge upp, Samuel. De har siktat land. Vi är snart framme i Slite. Sen ska vi få åka buss till ett sjukhus."

"Vatten!" Samuel fick inte munnen att lyda så att den kunde forma ordet. Stenhuggarens ansikte försvann och Samuel gled in i dvala. Skärvor av det förflutna blev till osammanhängande drömmar. Avskedet från Rut. Han skulle aldrig ha släppt henne, han skulle ha följt med till Sverige. Men han var tvungen att ordna för Frauke och pojken och sedan hade det varit för sent. Minnet av avskedet på perrongen kramade hans hjärta. Hon hade haft en grå dräkt med snäv kjol och yllekappa. De uttrycksfulla grå ögonen hade speglat den ängslan hon kände samtidigt som hon försökte lugna honom.

"Mitt svenska pass är en skicklig förfalskning. Jag kan tala svenska. Bara jag kommer till Sverige är faran över. Jag väntar på dej. Jag väntar resten av mitt liv. Kommer du? Lovar du?"

Han hade lovat och han hade offrat allt för att uppfylla sitt löfte till Rut. Han måste orka när han var så nära målet. Han fick inte dö här på båten innan de ens kommit i land. Hostan riste och rev genom hans magra kropp och slemmet hade röda strimmor av blod. Det hördes röster på ett främmande språk med många diftonger. Stenhuggaren ruskade varsamt Samuels axel.

"Vi är framme, vi är i land." Samuel såg att han grät av lättnad. "Jag trodde inte att vi skulle överleva stormen i natt."

Samuel orkade inte svara. Män med grova ansikten och mörkblå kläder kom in i hytten, lyfte upp honom på en bår och bar ut honom i det bländande solskenet. Lyfte in honom i en sjuktransportbuss tillsammans med resten av spökbrigaden av utmärglade, tandlösa och lungsiktiga passagerare från koncentrationslägren. Stenhuggaren sa att de var på väg till krigssjukhuset i Lärbro. Samuel försökte protestera. Rut väntade honom i Rone. Han försökte skrika men strupen var för torr.

25

När Maria lämnat Lovisa, rapporterat till Hartman vad som framkommit och var på väg mot Gula Hönan tog hon upp mobilen för att se om Björn svarat på hennes sms. När det inte fanns något meddelande ringde hon upp.

"Jag har inte tid att prata just nu. Vi ses hemma i kväll." Hans röst var hård. Det lät inte alls som att han såg fram emot en trevlig hemmakväll. Något måste ha hänt. Något som var riktigt illa. Maria hann inte gräva ner sig i det, förr eller senare skulle hon få veta. Nu måste hon fokusera på utredningen. Per Arvidsson var på väg till Ronehamn. Om hon skyndade sig skulle hon hinna byta några ord med sin far och krama om barnen innan han dök upp – om de lät sig kramas när de var bland kompisar förstås. Det var inte säkert, det gällde att känna in stämningen så att de inte tyckte att det blev pinsamt. Särskilt för Emil kunde det vara känsligt med ömhetsbetygelser när andra såg på.

Känslan av ett annalkande hot ville inte släppa taget. Walter var den sista som sett Monica vid liv och sedan hade han dykt upp på Gotland, hotat Bruno och tagit sig in i huset med en stulen nyckel. Om hon bara hade kunnat prata med Björn, hon behövde honom att anförtro sig åt. Just nu när hon verkligen ville ha hans stöd var han bara konstig och arg.

Det blåste friskt från havet när Maria gick landsvägen upp mot

Gula Hönan. Hon fick hela tiden vända sig om för att få håret att blåsa ur ansiktet. En fiskeskuta gick in i hamnen. Inte en människa syntes till. Renates korvkiosk skulle öppna klockan tio om ingen oförutsedd begravning plötsligt behövde ombesörjas. När Per kom skulle de ta ett nytt förhör med henne och söka upp det gruppboende i Hemse där Ingemar, som gillade att diska i klorin, bodde. Om han inte hade lyckats rymma igen och var hemma hos Renate. Det skulle spara tid. Maria måste också försöka få tag på den tysk som var takläggare och bodde hos Renate. Det skulle vara intressant att höra hans förklaring till varför han sökte Heinz och kallade honom Samuel. Kanske satt han inne med svaret på vem den döde var. Maria kände sig alltmer benägen att tro att takläggaren kunde vara hennes bror Walter som knackade dörr och sökte sin farfar. Varför hans farfar nu skulle finnas i Ronehamn av alla ställen.

Som utredare borde Maria sitta i Visby som spindeln i nätet och ta emot information, inte fara runt i Rone. Hon rannsakade sig själv. Det var en oförklarlig känsla av en kommande olycka som drev henne, något hon skulle kunna förhindra bara hon fanns på plats. Kalla det magkänsla. Det var inget hon tänkte presentera i sitt kommande cv, men mer än en gång hade känslan lett henne rätt.

Maria öppnade grinden till Gula Hönan. Markus och Lena stod utanför en av barackerna, inbegripna i en livlig diskussion. Det verkade som om Markus anklagade Lena för något och hon försvarade sig. Inifrån huset hördes tjo och tjim, säkert var barnen där och åt frukost. Maria tog trappan upp och gick in i matsalen. Mitt i samlingen av barn satt pappa Bruno och trollade. Maria hade sett tricket förut, det var ganska avancerat. Emil märkte inte att hon kom och Linda var helt förhäxad. Munnen bara gapade när enkronan dök upp i hennes strumpa. Barnen applåderade. Maria såg sig omkring men kunde inte upptäcka Mirelas mörka hår i havet av huvuden. I detsamma kom Markus in.

"Är det någon här som har sett Mirela?"

Ett sorl utbröt, men ingen talade högt.

"Ni som tillhör samma grupp som Mirela, jag skulle vilja prata med er." Han tog dem avsides, bort till hörnet där Maria stod. Hon kunde inte undgå att höra vad han sa. "Är det någon av er som vet var Mirela finns? Hennes säng är tom och hon är borta. Vi har letat igenom hela området. Har hon sagt till någon av er att hon tänkte ge sig av?" Markus lät arg. Maria gissade att det bottnade i en stor oro. "Har hon överhuvudtaget sovit i sin säng?"

Linda skruvade olustigt på sig. "Hon gick och la sej med en gång och ville att det skulle vara tyst och släckt. Du var ju där då, Markus. Du sa att vi inte ens fick berätta spökisar. Men sen, när jag vaknade på natten och skulle på toaletten, var hon inte i sin säng. Inte när vi vaknade på morgonen heller. Ibland är hon inte i sin säng på hela natten."

"Vad sa du nu?" Markus satte sig halvvägs ner på huk för att få ögonkontakt med Linda.

Lena, som hade fått syn på Maria, tog henne i armen och ledde ut henne i hallen. "Kom får jag prata med dej. Man ska väl inte röra upp himmel och jord, men du hörde ju själv. Vi har försökt ringa på Mirelas mobil, men hon svarar inte. Hon har inte tagit sina saker med sej, inte packat och rymt på ett planerat sätt. Jag har varit orolig för henne ett tag, för att hon varit så trött. Vad gör hon på nätterna och var finns hon nu?"

"Är hennes mamma underrättad? Hon kanske har rymt hem?"

"Jag har försökt nå Aurora, men det är ingen som svarar och Mirelas pappa har jag inget telefonnummer till. Mamman har visst ensam vårdnad om flickan."

"Mirela ville härifrån", sa Maria. "Vet du vad det var hon ville bort ifrån?"

"Hon ville inte svara på det. Jag har inte märkt att det varit några konflikter med de andra barnen. Precis när du dök upp tänkte jag be Måns föräldrar åka förbi hemma hos Mirela när de kommer till

Hemse. De har bott över här i natt. Det blev ett glas för mycket för honom när de åt middag och hon har inget körkort. De kom för att prata med Måns om något som inte kunde vänta. Han var nästan omöjlig att väcka i morse."

"Känner Måns föräldrar Mirela?"

"Aurora hyr tydligen av Måns pappa, han äger både lägenheten och huset där hennes skönhetssalong är inrymd. Han har nyckel till lägenheten, säger han."

"Då lånar jag den. Jag har ett annat ärende i Hemse." Maria hade på känn att Måns pappa inte var den bästa att ta hand om ett vilset barn, om han inte rent av kvalade in som den sämsta. Hon anade också vad Måns föräldrar hade kommit för att tala med sin son om. Pengarna de hittat på hans rum.

"Så bra, det är nästan omöjligt för oss att lämna gruppen." Lena blev påtagligt lättad. De gick in i matsalen igen. Barnen i den lilla flocken runt Markus såg alltmer skärrade ut. Maria kände sin dotter väl – trots den morska minen var det inte långt till gråten nu. Maria fick adressen till lägenheten nedskriven på en lapp av Lena.

"Jag ska leta efter henne", sa Maria över barnens huvuden till Markus. Linda smög sig intill och gav Marias arm en kram och hon kramade tillbaka. Emil hade blicken riktad mot dem. Han nickade och hade förstått även om sällskapet krävde att han låg lågt med känsloyttringarna. Maria gick närmare.

"Emil, vet du något?"

Han skakade på huvudet, men det fanns en tvekan som betydde *inte nu.* "Vi tar det sen."

"Om det är något jag behöver veta kan du ringa mej när du vill. Lovar du?" sa Maria med så låg röst att ingen av de andra hörde. "Är det viktigt tar vi det med en gång."

Emil såg hastigt mot dörren och skakade på huvudet. I detsamma steg Per Arvidsson in. Maria förklarade situationen och medan hon sammanfattade det som hänt fick hon en ny tanke. Det kunde vara helt fel, men hon ville testa den på Arvidsson.

"Inbrotten började samtidigt som kollot öppnade. Heinz anmälde inget inbrott i boningshuset när han anmälde cykeln försvunnen. Inbrottet i själva huset kan ha skett senare."

Per nickade bekräftande. Han förstod vad Maria ville ha sagt.

"Alla inbrotten är utförda på samma sätt", fortsatte hon. "En krossad ruta, en smal person som tar sej in. Amatörer, inte proffs. Jag gissar att Renates pojkvän skulle ha använt bättre verktyg än en sten. Tänk om Mirela har med inbrotten att göra?"

"Vad du säger är alltså att vi låter Renate slippa besök i dag och koncentrerar oss på att hitta flickan?"

Maria kände en omedelbar lättnad. Spontant hade hon velat ge honom en kram för att han fattade så snabbt, men avstod. "Precis så menar jag. Och om vi hinner tar vi en sväng till gruppboendet och pratar med klorindiskaren. Men flickan är viktigast. Jag känner på mej att Mirela bär på en tung hemlighet. Det är märkligt också att hon försvinner ett dygn efter att Heinz blev skjuten."

Med nyckel till lägenheten, motvilligt utlånad av Måns far – som av attityden att döma hade deras samtal vid korvkiosken i tydligt minne – befann de sig tjugo minuter senare i Hemse. De parkerade bilen utanför ett hyreshus med putsad gråbrun fasad, steg ur bilen och gick in. Maria hejdade Arvidsson med en rörelse. Det var någon på våningen ovanför. Utanför Mirelas dörr stod en man i säckig träningsoverall och keps. Han bultade på dörren med sin knutna näve.

"Öppna, öppna – du kan inte göra så här mot mej. Du måste öppna!" Mannen vände sig om och fick se dem. Rädslan rann upp i hans ögon. Som ett skrämt djur kastade han sig förbi dem och ut genom porten. Maria var snabb, Arvidsson var ännu snabbare. Två kvarter bort fick de tag i mannen. Per kopplade grepp på honom och han gav upp. Maria visade sin legitimation.

"Vem är du?" frågade hon.

Han slutade kämpa och skakade på huvudet. "Andreas Lundberg.

Jag är oskyldig, jag har inte gjort något. Jag är Mirelas pappa. Jag måste få träffa mitt barn. Hon sms:ade mej i natt och bad om hjälp. Hon var rädd."

"Sa hon var hon var?"

"På en kyrkogård. Jag har precis ringt och frågat ledarna. Hon är inte på kollot. Jag tänkte att hon stuckit hem, att hon finns där inne hos Aurora i lägenheten. Jag har knackat på i en evighet men ingen öppnar."

26

Emil Wern stod länge kvar vid grindstolpen och såg efter sin mamma när hon gick mot bilen. Han fasade för att hon skulle vända sig om och vinka så att de andra grabbarna såg det. Vinkar gör man till småbarn. Hon skulle resa till Hemse för att leta efter Mirela. Det hade han hört när de vuxna pratade. Det fanns saker att berätta, men han ville inte oroa henne mer än nödvändigt nu när mormor var död. Det syntes i hennes ansikte att hon var ledsen, när hon trodde att ingen märkte det. Det oroade honom att hon i ena stunden log mot honom och i nästa försvann i ett skrämmande allvar. Han kände på sig att det fanns saker hon inte berättade, för att han var ett barn och hon ville skydda honom. Och det fanns saker han inte berättade för att hon var en mamma och han ville skydda henne. Och sig själv – han skulle få så jävla mycket stryk av Måns om det kom ut att han skvallrat. Det kunde han vara helt övertygad om. Det var svårt att välja. Om han teg skulle det mala och mala i hans huvud och om han berättade skulle han få fan för det och mamma skulle bli galen.

Han såg henne stiga in i bilen och längtade efter att ropa henne tillbaka. Älskade mamma, han ville så gärna se henne glad, som när hon och Björn hade kuddkrig eller soffmys. Då var hon glad. Emil skulle vilja trösta henne, men han visste inte hur. Här på kollot kunde han inte ens krama om henne ordentligt. Det gick inte. Precis i den tanken kände han en hård knuff i ryggen, vände sig om och såg in i Måns ansikte och den där minen som betydde bråk.

"Säger du ett enda jävla ord till din mamma så är du död, det ska du ha klart för dej." Han högg tag om Emils strupe och klämde åt. Hans runda svettiga ansikte med de små grisögonen kom otäckt nära.

"Jag har inte sagt något", lyckades Emil pressa fram och greppet kring strupen mildrades något.

"Bäst för dej, annars jävlar." Måns ögon smalnade och munnen blev bara en tunn röd linje. Han släppte taget om Emils hals sedan han klämt åt lite extra.

"Vet du var Mirela är?" lyckades Emil pressa fram.

Måns spottade på marken, precis framför Emils sko. "Jag hoppas hon och hennes galna morsa lämnar det här landet, för vi vill inte ha dom här."

"Varför då?" frågade Emil och fick omedelbart en hård knäpp på näsan så att han trodde att den skulle börja blöda. Han kämpade emot impulsen att känna efter med handen. Vad var det för fel på Mirela, mer än att hon verkade vilja vara för sig själv?

"Fatta, ditt pucko, fatta att det är såna som hon och hennes morsa som kommer hit och förstör hela det här landet."

"Hur då?" undrade Emil och det kändes som han ställt frågan med livet som insats när han såg hur arg Måns blev. Det verkade helt osannolikt att Mirela och hennes mamma skulle kunna förstöra Sverige.

"Hur jävla dum får man bli?" Måns tog tag i Emils axlar och skakade honom så att huvudet åkte fram och tillbaka. Måns var bara ett år äldre men ofattbart stor till växten och Emil var ganska kort för sina elva år. Medan huvudet for fram och tillbaka som en tennisboll på honom insåg han att Måns antagligen inte visste det själv. Hur Mirela och hennes mamma kunde förstöra hela landet, alltså. Det var säkert något han hade hört sin pappa säga. Vilka uttryck Måns kopierat direkt från sin pappa hade blivit tydligt i går kväll när gubben satt i matsalen och kallade Måns mamma för hönsfitta. Ord som slyna, rännstenshora och subba hade Måns kopierat rakt av för att sedan slänga i ansiktet på Mirela. Emil ville fortsätta att argumentera, men det var svårt när Måns var så mycket dummare och så mycket starkare. Han kunde helt enkelt inte prata om saker utan att slåss, för ett vanligt snack skulle han förlora, lätt. Emil hade hela tiden gått åt sidan i stället för att ta en öppen konflikt. Därför att det skulle vara dömt att misslyckas. De andra två killarna i baracken var från Stånga. De var för det mesta schysta och de hade roligt ihop, men om det verkligen gällde, honom eller Måns, skulle de hålla på Måns. Man måste välja sina strider, tänkte han och insåg att han var feg.

När Måns tröttnat på att skaka Emils huvud gav han honom en vänskaplig snyting och log för att visa att de var sams och att det var över för den här gången. "Vi går och slaggar", bestämde han.

Emil tyckte att det var en bra idé, han var också trött. Väldigt trött efter nattens vandring. Egentligen skulle alla barnen på kollot ha åkt till Uggarde roir efter frukost, men eftersom Mirela saknades hade ledarna valt att stanna hemma. Det var fri lek som gällde. Eller fri sömn.

Det var halvmörkt i baracken när rullgardinen var neddragen. Emil kastade sig på sängen och blundade. Lyssnade till de andras andetag. Måns slocknade direkt. Inte konstigt. Han hade varit ute varenda natt. Om någon av ledarna hade kommit när de var ute skulle Emil säga att allt var lugnt. Det hade de kommit överens om. Måns hade byggt en låtsaskropp av en sopsäck med kläder ifall ledarna skulle titta in, men det hade de inte gjort.

Först natten som gick hade Emil ansetts värdig nog att följa med dem ut. Niklas hade blivit dyngförkyld och orkade inte ur sängen. Han hade fått vakta baracken i stället för Emil. Klockan hade varit ställd på ett. Det hade åskat och regnat hela kvällen. Blixtar hade korsat himlen som värsta discobelysningen, men sedan hade molnen skingrats och en nästan full måne hade då och då lyst fram mellan de mörkgrå molnen. De skulle möta Mirela på kyrkogården. Måns hade en ficklampa. Han gick först. Emil hade velat fråga vad det hela handlade om, men vågade inte. Käftsmällen hängde i luften. Stämningen var spänd. Tysta som skuggor gled de ut genom dörren och försvann bakom syrenhäcken. De smög hukande fram längs vägen upp mot kyrkan. Någon gång tändes ljuset i ett fönster och Måns beordrade dem att lägga sig platt ner på marken. Natten var tyst. Bara ett svagt kluckande från vågorna kunde Emil uppfatta när vinden låg på. Månen tittade fram då och då. Ingen sa något. De lyssnade.

Plötsligt som från ingenstans var himlen full av svarta skrikande fåglar. Emil skrek, men det var han inte ensam om. Måns skrek som en galning och Oliver skrek han med och skyddade huvudet med armarna.

"Fan vad jag blev rädd!" flämtade han.

"Det är skarvar", sa Emil. "Svarta fåglar betyder olycka."

De fortsatte in på kyrkogården. Ett svagt månljus ledde dem framåt. Emil såg att någon i mörka kläder satt på gräset längre fram. Mirela. Hon reste sig upp och mötte dem med tveksamhet i varje rörelse.

"Vad har du skaffat åt mej?" Måns tog tag i hennes axel och hon stelnade till och stirrade skräckslagen på honom i väntan på en smäll som aldrig kom. Han bara flinade. "Vad har du till din härskare?"

Mirela öppnade långsamt sin ryggsäck och plockade fram en mycket liten dödskalle. Hon såg vädjande på Måns medan han bedömde sin tribut.

"Det var som fan!" sa han. "Vad coolt", sa han sedan. Mirela gav dem ett blekt leende och verkade slappna av. Måns granskade fyndet. Emil fick en konstig känsla av att det var en ond dröm.

"Coolt", sa Oliver som ett eko.

"Får jag gå hem och sova nu?" frågade Mirela ängsligt.

Måns iakttog henne med överlägsen min, uppifrån och ner. "Nej, det duger inte alls", sa han långsamt och övertydligt. "Jag är inte nöjd. Men du kan gräva ner dödskallen här tillsammans med resten av sakerna." Han vände sig mot Emil och Oliver. "Vi går hem."

"Det där är en riktig dödskalle", sa Emil. Utan att förstå hur han hade blivit del i något han inte ville vara med om. Det bara hände utan att han hade kunnat stoppa det. Hade hon snott den på kyrkogården?

"Snälla, kan jag inte få slippa?" Mirela såg gråtfärdig ut när hon tog tag i ärmen på Måns jacka.

Han drog armen till sig med ett ryck. "Fattar du trögt? Jag sa nej."

"Men om hon är rädd..." sa Emil. Längre kom han inte innan huvudet exploderade av det slag Måns utdelade med sin knutna näve.

Nu när Emil låg i sängen och tänkte på det som hänt under den natten och tänkte på att Mirela hade försvunnit ville han gråta. Han ville inte vara med i gruppen som mobbade henne. Han ville inte bo i samma barack som Måns över huvud taget och han var väldigt orolig för vad som kunde ha hänt Mirela. Han hoppades att hon rymt hem till sin mamma. Men det var inte bara det som malde i Emils tankar. En gammal gubbe hade blivit mördad i fiskeläget. Det hade Markus sagt på samlingen i går. Han hade blivit skjuten. Måns tvingade Mirela att vara ensam ute på natten, fast han själv behövde två kompisar med sig för att våga sig upp till kyrkogården. En mördare fanns i Rone och Mirela var försvunnen.

27

Det luktade instängt av gammalt matos och parfym när Maria öppnade dörren till Mirela och Auroras lägenhet med huvudnyckeln hon fått av Fabian Stål. Tidningar och brev låg i en bunt på golvet under brevinkastet. Maria konstaterade snabbt att ingen rört posten sedan Mirela for i väg till kollot. Det var släckt överallt. Mirela fanns inte i lägenheten. Hennes mamma skulle träffa en vän i Stockholm. Maria hade numret till Aurora Lundberg i mobilen. Lena Hartman hade inte lyckats få tag i henne. Maria ringde upp men fick inte heller något svar. Hon lämnade ett meddelande på telefonsvararen och bad Aurora att höra av sig.

Mirelas pappa gav sig av så snart han konstaterat att lägenheten var tom. Han rusade mot sin bil, en silvergrå Mazda, fast Maria ropade efter honom att stanna. Det fanns flera frågor hon ville få besvarade.

"Jag drar till Rone!" ropade han, stängde bildörren och drog i väg innan Maria hann fram.

Arvidsson låste lägenheten och kom ut till Maria på gatan. "Vi kollar salongen där Aurora arbetar. Det finns en smal chans att hon är där. Hon kanske inte har mobilen på när hon arbetar", sa han och Maria hörde att han inte trodde på det själv.

"Det är inte så troligt att hon är där när hon inte varit i lägenheten, men vi gör ett försök." Maria sneddade över gatan och gick mot

Auroras salong. Det satt en lapp på dörren. När de kom närmare kunde de läsa att det var stängt till efter midsommar på grund av semester. Maria kände på dörren för säkerhets skull. Den var olåst. Hon öppnade. Det hördes viskande röster där inifrån. Arvidsson skulle just ropa hallå, men Maria gjorde en gest åt honom att hålla tyst. Bakom disken fanns ett sammetsrött draperi. Det var därifrån rösterna kom. De stannade vid dörren och lyssnade.

"Jag vet inte vad jag ska ta mej till!"

"Var försiktig."

"Det kanske blir bättre, det måste bli bättre."

Arvidsson lutade sig bakåt och råkade ha ner en metallvas med tygblommor från disken. Den for i golvet med en duns. En rörelse i draperiet, en hand som höll undan tygstycket och ett ansikte blev synligt.

"Jag är upptagen!" Kvinnan såg arg ut och Maria backade ofrivilligt ett par steg, medan Arvidsson plockade upp blommor från golvet.

"Vi har ett viktigt ärende." Maria hade aldrig träffat Mirelas mamma ansikte mot ansikte, men de hade talats vid i telefon. Aurora var påfallande vacker, klädd i en enkelt skuren klänning med det tjocka mörka håret elegant uppsatt i en lös knut.

"Jag har ett arbete att sköta och måste be er att gå härifrån!"

"Det gäller Mirela." Maria var på väg att ta upp sin legitimation, men Arvidsson förekom henne. Auroras avvisande hållning mattades av och gav plats för oro.

"Mirela? Har det hänt något?"

"Aurora, kommer du?" hördes en irriterad kvinnoröst från rummet bredvid.

"Kan ni vänta ett ögonblick medan jag avslutar? Jag har en kund som har brutit av en nagel." Hon försvann in bakom draperiet och Per slog ut med armarna i en frågande gest.

Efter ett par minuter kom Aurora ut tillsammans med Måns

mamma. Det var tydligt att Caroline hade gråtit och ville dölja det. Hon böjde huvudet åt sidan och håret föll fram över halva ansiktet.

"Har det hänt något?" frågade Maria, men hon fick inget svar. Caroline skyndade mot dörren. Maria följde efter. "Jag hjälper dej. Du är inte ensam. Det finns en väg ut... om han misshandlar dej..." Maria la sin hand på Carolines arm för att få henne att hejda sig. Caroline vred sig loss och fortsatte framåt.

"Inte alls. Det är inte som du tror! Låt mej vara i fred. Jag har så ofattbart sköra naglar. Jag vet inte vad jag ska ta mej till med dem. Det hjälper inte att jag är försiktig."

Maria trodde henne inte. "Ring mej när du vill. Jag finns ett samtal bort."

"Låt mej vara i fred." Caroline skyndade ut till den väntande bilen. Maria hann få en skymt av Fabian Stål som satt bakom ratten på den mörkblå BMW:n.

"Hur är det med Caroline?" Maria var uppriktigt bekymrad.

"Jag kan inte berätta om mina kunder. Jag hoppas ni respekterar det. Ni ville säga något om Mirela. Jag vet att ni är poliser. Vad har hänt?" Aurora grabbade tag i Marias arm och stirrade på henne med stora ögon.

Maria berättade det hon visste om Mirelas försvinnande. "Din dotter ville hem och vi hade hoppats att vi skulle hitta henne här. Hon finns inte i lägenheten."

"Herregud! Var kan hon vara? Hon har ingen annanstans att ta vägen. Ingen hon skulle ty sig till mer än Andreas. Kan hon vara hos honom? Han kanske har gömt henne igen. Jag har varit bortrest. Jag har inte ens varit i lägenheten. Caroline ringde och sa att det var panik, att hon hade brutit en nagel." Aurora såg besvärad ut. "Det är mitt fel. Jag borde ha hämtat henne när du ringde. För att vara ärlig. Jag har träffat en ny man. Jag ville inte att Mirela skulle få veta något ännu. Det är så nytt. Jag var rädd att hon skulle kontakta sin pappa. Det angår honom inte vem jag träffar."

Maria berättade att de mött Andreas.

"Vad ville han? Var han hemma hos mej? Menar ni att Mirela har ringt honom för att hon var rädd?" Aurora nästan föste dem ut ur salongen och låste. "Skulle han till Ronehamn? Herregud!" Aurora slog händerna för munnen.

"Mirela ville hem", sa Maria. "Vi kommer att leta efter henne. Det bästa du kan göra är att stanna här så att du finns på plats om hon dyker upp."

Aurora vägrade att lyssna på det. "Jag har ensam vårdnad. Kom ihåg det. Andreas har ingenting med henne att göra. Han ska inte ha kontakt med henne alls. Jag måste till Ronehamn. Hon har försökt skada sej förut... med ett rivjärn. Det låter kanske inte så farligt, men hon låg avsvimmad på golvet och det var blod överallt. Jag är så rädd. Tänk om hon gjort sej illa igen eller om någon annan... man hör så mycket om pedofiler."

"Vi måste samarbeta", flikade Per in. "Vi hjälper dej att göra en anmälan. Jag kontaktar Hartman", fortsatte han vänd till Maria. "Vi måste ut med en efterlysning."

Maria ville också ge sig av till Ronehamn så fort som möjligt för att leta efter flickan. Hon kunde inte tänka på något annat och skyndade sig före Per till bilen och väntade otåligt medan han ringde.

"Andreas Lundberg, Mirelas pappa, har alltså besöksförbud", sa Arvidsson och slog numret till Hartman. Det blev ett kort samtal. Hartman befann sig på stationen i Hemse. De bestämde att de skulle ses där, trots Marias protester.

"Egentligen åkte vi hit för att prata med personalen på gruppboendet, men vi kan lika gärna ringa dem", sa Maria och tog upp telefonen. Hon fick veta att Ingemar hade kommit till rätta. Vad han själv ansåg om saken var oklart.

"Gruppboendet var ett svepskäl eller hur?" sa Arvidsson. "Du är verkligen orolig för vad som kan ha hänt Mirela. Vi håller på med en mordutredning och du tappar fokus. Hon har varit försvunnen sen i morse. Du ska se att hon dyker upp när som helst."

"Hon kan ha varit borta hela natten, det vet vi inte. Heinz är död, men Mirela kan vi kanske rädda." Maria skakade på huvudet och kände sig alldeles kall inombords. "Och om hon inte dyker upp?"

"Maria, du behövs som utredare. Du är inte i yttre tjänst. Det finns andra som kommer att leta efter flickan."

"Emil och Linda är på kollot, som förälder bör jag hjälpa till."

"På arbetstid? Vad är det här Maria? Kan du förklara det för mej?" Per fattade om hennes axlar och såg henne i ögonen. Hon kunde inte värja sig.

"Nej, jag förstår det inte ens själv. Men jag måste göra allt jag kan för att hon ska komma till rätta, jag bara vet det."

Han såg på henne en lång stund, men lät nöja sig med svaret för stunden.

28

Mars 1946

Samuel vaknade upp i ett vitt sken. Han var svept i ett vitt stycke tyg och skjortan han bar var bländande vit. Det fanns bara en förklaring till vitheten, det insåg han med isande förfäran. Han var död. Skälvande av rädsla blundade han och tänkte på Guds straff. När de befriades av Röda armén hade han varit tacksam att ryssarna inte förstod det hans medfångar sa. Att han var en av dem. En av de avskyvärda som hade lett sina landsmän till döden i gaskammaren. Kommenderat dem att klä av sig. Rakat av deras hår. Burit ut deras kroppar. Dragit ut de dödas guldtänder för att sedan låta krematoriet förinta deras kvarlevor. *Gud, jag har tvingats att dräpa ett barn. Ett nyfött. För att få leva. Med pistolen mot mitt huvud. Jag gjorde det av skräck. Jag gjorde det för att barnets mor skulle slippa dräpa det själv, på kommando. Ett litet magert sprattlande knyte som lika gärna kunde ha varit mitt eget barn. Det krasande ljudet av den spruckna skallen hördes knappt, men fick jorden att rämna under mina fötter. Jag berövades den sista gnuttan av min mänsklighet när jag som offer och förövare smälte samman till en gestalt. Jag kan aldrig göra mig fri.*

Samuel nöp sig hårt i armen. Smärtan förvissade honom om att han var vid liv. Han kände tårarna bränna bakom ögonlocken, hörde sin egen jämmer. Det fanns ingen väg tillbaka till ett normalt liv. De skulle hitta honom och ställa honom till svars nu när han börjat tillfriskna. Det hade redan börjat. Man sökte de skyldiga för att ställa dem inför rätta. Tidningsrubrikerna han sett innan de forslades ombord på fartyget mot Gotland hade handlat om jakten. Samuel skulle inte komma undan. Ingen som haft ett val skulle undgå domen, inte ens i sitt eget hjärta. *Lyd eller dö! Gud – du är min domare. Vad hade jag för val om jag ville återse Rut?*

Samuel öppnade ögonen. Stenhuggaren stod vid hans sänggavel, klädd också han i en vit skjorta. "Hur mår du?"

"Jag behöver en cigarett."

"Ser du den blinde mannen där borta vid bordet? De har bränt hans ögon med cigaretter. Han är galen av skräck. Vi vet inte vilka experiment de tänker utföra på oss, inte hur länge vi får leva. De säger att vi ska få sprutor."

"Men vi är i Sverige nu."

"Du hörde lika tydligt som jag vad de nykomna berättade om doktor Mengele, läkaren som experimenterade på barn. Sydde ihop små barn för att skapa siamesiska tvillingar. Läkarna här i Lärbro tänker döda oss med giftsprutor – läkarna håller ihop. De säger att vi ska vaccineras, men det är lögn! De tänker döda oss. Tyskarna bor i en bättre barack. De behandlas annorlunda. De får röka på rummet, om vi röker bestraffas det. Sköterskorna får inte tala med oss, bara ge korta kommandon. Jag har sett hjälpsysterns ögon tåras, som om hon vet något fasansfullt som ska hända."

Samuel tänkte tillbaka på de månader som gått. Han hade långsamt tillfrisknat på sjukhuset. På julafton hade de fått paket och Stilla natt hade sjungits på många språk. De hade fått mat och vård och tak över huvudet. Ingen hade gjort dem någon skada.

Under veckan som följde ökade oron bland patienterna för vad som skulle ske. Ryktena kom och gick. Sköterskorna skötte sina sysslor, men avstyrde varje försök till samtal. Stenhuggaren började samla patienter från de andra barackerna för att nattetid diskutera vad som måste göras.

"Vad händer?" frågade Samuel.

"Vi planerar ett uppror. Vi skär av telefonförbindelserna, släcker ner elektriciteten och dödar alla. Vi dödar alla och flyr."

Samuel hörde de viskande rösterna i sjukpaviljongen. Den baltiske flyktingen talade med stenhuggaren på knagglig tyska. Han hade fått fingrarna avslagna när han klamrade sig fast vid relingen på den överfulla båten med dem som flydde undan ryssarna till Sverige. Hjälpligt kunde han hålla i en kaffekopp. I det svaga månljuset, som lyckades tränga sig in i springorna runt de mörka rullgardinerna, anade han de andras spöklikt magra kroppar i dunklet. De var koncentrationslägerfångar från sjutton länder hopsamlade i två båttransporter under loppet av några dagar i juli året innan. Rädsla, misstänksamhet och ibland rent vanvett präglade samtalen i natten.

"De tänker döda oss. Vi måste fly innan det är för sent. Vi dödar alla, lämnar inga vittnen. Telefonväxeln stängde klockan nio i kväll. Om vi skär av förbindelsen med omvärlden och dödar personal och tyskar får vi ett försprång." Stenhuggaren som under båtfärden varit lugnet själv hade blivit som förbytt. "Låt mej få döda tyskarna. Flera av dem är svårt sårade. Jag har en pistol. Det finns knivar i köket. Vi kan strypa dem med tvättlinor eller med våra bara händer." Stenhuggaren slog ut med sin stora näve och välte den rostfria spottkoppen på sitt nattduksbord så att den for i golvet med en ljudlig skräll.

Balten försökte lugna honom. "De vill oss väl. Avdelningssköterskan arbetar för Röda korset. Det var Röda korsets båt som förde er hit. De som blir friska får resa härifrån. Heinz Meyer reser hem i morgon."

"Han är ju tysk, för fan. Det gäller inte oss judar. Resa vart? Till gaskamrarna? Vi måste hålla ihop!" Stenhuggaren tog fram pistolen från sitt gömställe under madrassen. "Det är dags. De som vill kämpa för sitt liv följer mej. Vi har upproret planerat i detalj."

Kuppen kom hastigt på. Samuel hann inte bestämma sig för vad han skulle göra. Han såg de andra samlas som skuggor utmed väggarna. Stenhuggaren föste honom med sig. Flera andra följde tätt efter och de kom ifrån varandra. Samuel stannade kvar ute på trappan när de andra gick vidare. En tysk patient stod och rökte en bit bort bland några träd. Det måste vara Heinz Meyer, tysken som blivit utskriven och skulle resa hem följande morgon. Han hade privata kläder och sannolikt sitt pass och pengar i fickan. Samuel insåg att de var tämligen lika till utseendet. Samma längd, hårfärg och kroppskonstitution. Ibland öppnas en dörr till en annan dimension av livet, det gäller bara att fatta mod och våga ta steget.

Samuel grabbade tag i ett vedträ och smög fram bakom trädet, redo att slå ner honom. I samma stund brann ett skott av från annat håll och tysken föll ihop på marken framför honom. Samuel hörde stenhuggaren kalla på de andra för att storma barack L13 där sjukhusledningen höll till och där nattpersonalen hade sin matsal. "Vi lämnar inga fångar. Alla ska dö!" Nu hördes skrik. Hjälpsköterskans svart- och vitrandiga klänning fladdrade förbi i ett fönster.

Samuel kände en lätt svindel. Han hade blivit lämnad ensam med den döde, som en biljett till ett nytt liv. Skyndsamt tog han kläderna från Heinz Meyers lik. Skjortan var blodig. Han sköljde den i vatten vid kranen till trädgårdsslangen och krängde på sig kläderna. De fick torka på kroppen. Tysken hade en pistol. Hans initialer fanns ingraverade på den: H.M. Den stoppade Samuel på sig. Sina egna kläder la han i en hög på den döde. I förrådet fanns bensin. Han dränkte in Heinz kropp och tände eld. I det tumult som rådde brydde sig ingen om vad som hände. Samuel försvann ut i natten för att börja den långa vandringen mot Ronehamn. Med en ny identitet skulle han slippa stå till svars för de fasansfulla gärningar han tvingats utföra i Sonderkommandot. Samuel Stein fanns inte mer och Heinz Meyer skulle börja ett nytt liv i Ronehamn.

29

Tomas Hartman tog emot på polisstationen i Hemse där han gjort en dragning av mordfallet i fiskeläget för kollegorna i yttre tjänst.

Motvilligt följde Maria med in. Hon var otålig och ville snarast komma till Ronehamn för att leta efter Mirela. Det hade hunnit bli eftermiddag. Tiden rann i väg. För varje timme minskade chansen statistiskt sett att hitta flickan levande.

"Jag tror inte att Mirelas pappa har gömt henne. Då skulle han inte ha letat efter henne hos Aurora", sa Maria.

Hartman var bekymrad. Hans dotter var ledare på kollot, hon var ansvarig om ett barn kom bort. "Måtte de hitta henne. Lena är förtvivlad."

"Det förstår jag." Maria kunde föreställa sig vilka skuldkänslor hon måste ha.

Han samlade sig och fattade ett beslut. "Vi går ut med en efterlysning och skickar alla tillgängliga patruller från stan för att höra barnen på kolonin, folk som bor i trakten och särskilt de som jobbar på Broanders livs. På landet fungerar affären som en sambandscentral. Det är där man får veta nyheter. Flickans packning måste sökas igenom. Om det bli nödvändigt får vi dragga i hamnen."

Maria instämde.

Hartman hade också nyheter om mordutredningen. "Vi har fått tag på Heinz Meyers fru. Hon överlevde kriget och är i nittioårsåldern, bor på ett hem för gamla i Koblenz. Heinz skickades till fronten 1941 för att han inte fullgjorde sina plikter som SS-officer. Han vägrade lyda order. Det stämmer att frun var i Ronehamn och inte blev insläppt av honom. Enligt Severin Bergström var Heinz Meyer pianist, till och med organist i kyrkan. Frun trodde inte sina öron. Heinz Meyer var helt tondöv och han bröt vänster ben när han ramlade ner från ett tak i tjugoårsåldern. Vi har också jämfört hans handstil från tiden före och efter krigssjukhuset. Det är inte samma person som flydde undan ryssarna, som i mars 1946 lämnade Lärbro krigssjukhus och flyttade till Ronehamn."

"Det vill säga, vi vet fortfarande inte vem mordoffret är." Per Arvidsson tyckte att det var märkligt. "Finns det ingenting i hans hus eller i strandboden som tyder på ett annat liv? Något enda privat föremål från en annan tid? Erika kanske har hittat något när hon gick igenom hans saker?"

"Vi hittade ett foto på en ung vacker kvinna. Fotot är taget precis innan kriget bröt ut. Hon står vid ett stationshus intill en tidningskiosk. Vi har kunnat läsa löpsedlarna. Det finns ett namn skrivet på baksidan av fotografiet. Rut."

"Hur har det gått med utredningen av gubben Elis?" frågade Per Arvidsson när han mötte Erika Lund i personalrummet.

Erika la motvilligt ner smörgåsen hon just tänkte ta ett stort bett av. Maria Wern gissade att hon inte tagit sig tid för någon lunch tidigare. "Elis kläder var helt rena, inga spår av krut. Blodet på ena byxbenet förklaras av att han knäböjde vid den döde för att se hur illa det var. Hartman har inte…" hon vände sig till Maria "… lyckats få igenom en sinnesundersökning?"

"Nej. Åklagaren anser inte att det finns skälig grund. Elis Rondahl svarar ibland goddag yxskaft, men det beror sannolikt på hans nedsatta hörsel. Det går inte att få tillstånd till en sinnesundersökning när det inte finns något annat som binder honom till mordet än att han var den som upptäckte kroppen."

"Jesper var övertygad om att gubben var dement." Per såg besviken ut. "Kan han avskrivas helt?"

"Nej, om han har varit väldigt förslagen kan han ha bytt kläder efter mordet. Men den framförhållningen rimmar inte riktigt med det vi sett."

Hartman slog sig ner vid bordet med de andra. "Jag fick precis ett samtal från en bibliotekarie här i Hemse. Hon kände igen Heinz. Den senaste månaden har han varit inne på biblioteket flera gånger för att släktforska. Han ville inte att hon skulle stå och hänga över honom. Han ville bara lära sig grunderna i datorn."

"Det är ovanligt att så gamla människor kan hantera en dator", sa Maria. Bruno var betydligt yngre men lyckades aldrig få i väg ett mejl utan att först ringa och fråga hur man gjorde. "Vad ville han veta?"

"Bibliotekarien uppfattade att han letade efter levande släktingar i Tyskland. Vi har tagit in datorn." Hartman vände sig direkt till Arvidsson. "Ifall du skulle kunna hitta något."

"På lediga stunder?" Per gjorde en indignerad min. "Maria och jag tänkte ta en titt hos Renate för att se om hennes tyske hyresgäst finns där."

"Kan vi dela på oss?" frågade Maria när de satt sig i bilen. Om takläggaren var samme person som hennes bror Walter ville hon inte konfronteras med honom. Maria ville kolla upp mer själv innan hon redovisade släktskapet.

"Visst, jag kan ta det själv. Vad tänker du göra?"

"Leta efter Mirela." Maria var fast besluten. "Vi måste be allmänheten om hjälp, kanske kan vi få hjälp av hemvärnet att bilda en skallgångskedja. Vi skulle behöva alla tillgängliga hundförare."

"Hon har bara varit försvunnen sen i morse." Per försökte dämpa henne. "Vad är det som gör dej så orolig?"

"Jag måste prata med Emil. Det är nåt han inte berättar." Insikten kom plötsligt. Maria hade läst av sin sons ansikte utan att vara medveten om det. "Det har hänt något på kollot. Jag är övertygad om det. Heinz är död, men Mirela lever fortfarande. Jag hoppas att hon gör det. Därför bör vi prioritera hennes försvinnande. Allt annat kan vänta till senare."

Emil satt hopkrupen vid bassängen med en handduk runt axlarna. Bredvid honom satt Måns, flankerad av ytterligare några pojkar. När Maria skulle slå sig ner bredvid dem gav Emil henne en menande blick och skakade på huvudet. *Inte nu, mamma.*

"Det är en sak jag vill tala med dej om mellan fyra ögon, Emil." Maria tänkte inte ge sig så lätt.

"Inte nu." Rösten var kaxig, men ögonen avslöjade honom.

Är det så svårt att få vara med och att duga i den åldern? Maria hade inte glömt bort hur det kändes.

"Okej, vi tar det sen." Hon såg lättnaden hos Emil och vaksamheten hos Måns. Emil var på något sätt hans fånge. Det kunde ha med Mirelas försvinnande att göra. Maria kände det i magen. "Det gäller mormors begravning", tillade hon för att ge Emil ett legitimt skäl att avvika från Måns.

Emil reste sig upp med en blick på Måns. Det var tydligen okej. Högt så att Måns skulle höra det sa Maria: "Vill du följa med till Uppsala på begravning?" I mungipan viskade hon: "Berätta för mej Emil, vad är det som har hänt?"

"Inte här, mamma. Jag lovar att berätta när vi kommer hem."

"Har det med Mirela att göra?" Maria kände en ilning i magtrakten.

Emil såg väldigt olycklig ut. "Ja", viskade han knappt hörbart.

"Vet du var hon är?" Maria kände Måns blickar i ryggen. Det gjorde säkert Emil också.

"Nej. Hon försvann i mörkret." Knappt märkbart la han sin hand över hennes. "Sluta nu, mamma. Låt mej vara i fred. Jag pratar med de andra poliserna. Okej?"

"Vi måste leta efter henne. Jag kommer att organisera en skallgångskedja."

"Tack", sa Emil och gav henne ett blekt leende innan han återvände till tuffa killgänget runt Måns.

Först när det började mörkna vid tiotiden blåste hemvärnet av sökandet nere vid hamnen. Maria iakttog Mirelas föräldrar som till en början gett varandra hätska ögonkast. Men under sökandets gång hade de kommit allt närmare varandra. Aurora grät öppet och Andreas arm sökte sig tafatt längs hennes rygg och hon lät det ske. Lät sig omfamnas. Maria kände en klump i halsen som inte riktigt gick att svälja ner och märkte att hon också grät.

Man skulle samlas igen i gryningen. Polisens hundförare, Mirelas föräldrar och Maria tänkte fortsätta letandet utmed stranden. Men Tomas Hartman beordrade henne att åka hem och sova.

"Har du ringt Björn?" frågade han och Maria kom på att hon helt glömt bort det. Hon tittade på sin mobil. Inga missade samtal. Maria gjorde sällskap till Gula Hönan med Lena, som var i upplösningstillstånd. Markus satt med barnen samlade runt sig och pratade med dem om Mirela och om morgondagen. Linda satt i Brunos knä en bit bort. Han mimade åt Maria att de var okej. Emil signalerade samma sak. Hon ville inte lämna dem och samtidigt måste hon hem. Björn var konstig. Varför hade han inte ens ringt? När hon hade satt sig i bilen provade hon att ringa, men Björn svarade inte nu heller. Hon vågade knappt tänka på vad det kunde innebära. De brukade prata med varandra flera gånger om dagen. Det är inte lätt att leva med en polis. Krister hade inte klarat det. Var det här början till slutet? Hon uppslukades av sitt arbete. Det gällde ett barns liv och efter det skulle det komma nya offer. En kamp mot klockan som fick henne att försumma familjen. Hade det tagit knäcken på förhållandet? Maria kämpade mot de svåra tankarna och försökte att inte ta ut någonting i förskott.

När hon kom hem stod Björns saker packade i hallen.

"Kan jag få en förklaring?" Maria såg hans stela ansiktsuttryck när han kom emot henne från köket. Hon ville inget hellre än att krypa in i hans famn, men det gick inte. Det är svårt att bli tröstad av den som gör en ledsen. Kanske skulle han hålla henne ifrån sig om hon försökte krama om honom.

"Vi sätter oss vid köksbordet", sa han och rösten var återhållet lugn. Varför var han så arg? Maria hade lärt sig tecknen: De stela kroppsrörelserna. Ansiktet nollställt. Ingen mimik. "Det är du som har en del att förklara", sa han när hon satt sig ner.

"Jag är ledsen att jag kommer hem så sent." Maria började förklara hur de sökt efter Mirela.

"Du vet att det inte är det jag menar! Försök inte slingra dej. Vet du, Maria, en av de saker jag verkligen tyckte om hos dej var din uppriktighet."

"Varför har du packat dina saker? Vill du inte vara med mej längre?" frågade Maria. "Jag hänger inte med. Ena dagen ska vi gifta oss och nästa tänker du bara dra."

"Ja, Maria. Vad kan det bero på?" Vreden brände genom varje ord. Han var rasande och hon kunde inte förstå varför.

"Säg vad det är innan jag blir galen! Om du har hittat någon annan, säg det bara, så att jag vet vad jag ska förhålla mej till. Är det Liv? Tänker du gå tillbaka till Liv? Eller är det någon annan... eller har du bara tröttnat?"

"Vi pratar om dej nu och jag vill att du åtminstone säger som det är, inte skyller ifrån dej på ett fegt sätt", sa Björn.

"Jag förstår ingenting." Maria kunde inte hålla tillbaka tårarna längre. Samtidigt märkte hon också att hon var arg över att bli oskyldigt anklagad för något hon inte ens kunde gissa sig till. "Du får för fan säga vad det är!"

Björn backade en aning, verkade lite mindre säker. "Vem är han, Maria?"

"Vem? Jag vet inte vad du pratar om! Jag trodde att vi var vi tills jag såg dina saker i hallen."

Björn mjuknade. Såg vädjande på henne, men rösten var bitter. "Det finns ett vittne. Du hånglade med en annan man, nästan naken. Här i huset där du och jag bor. Vet du vad jag pratar om nu?"

"Walter?" Maria kunde inte komma på någon annan man som varit i huset.

"Är det så han heter?" Björn reste sig från bordet beredd att gå.

Maria ställde sig i vägen för honom. Tog tag i hans överarmar. "Walter är min bror!"

"Visst!" Hon såg ironi och misstroende i hans ansikte.

"Minns du att jag berättade att mamma sa att jag hade en halvbror, men att jag inte visste om det var sant? Så är det. Emils vampyr är min bror. Det är han som har försökt få kontakt med mej, chokladen och rosorna var från honom." Maria gick igenom händelsen och Björn lyssnade.

"Fan, vad du måste ha blivit rädd när han öppnade badrumsdörren! Varför ringde du inte?"

"Mobilen var i hallen. Jag skickade meddelande sen, men du svarade inte. Vem var ditt vittne?" Maria insåg det i samma stund hon ställde frågan. "Liv?"

Björn såg nästan skamsen ut. "Hon ringde mej och rapporterade när din bror kom och vad ni gjorde och när han gick. Mycket kan man säga om Liv, men hon skulle aldrig ljuga för mej om en sån sak."

"Nej, bara underblåsa allt som kan bli konflikter", sa Maria. "Hon är manipulativ! Jag kanske skulle vända på det hela och säga att hon är ute efter dej. Vad gör du för att stå upp för vårt förhållande? Varför låter du henne få dej att tänka illa om mej? Jag ville inte att vi skulle bjuda henne på bröllopet, förstår du varför nu?"

"Förlåt mej för att jag trodde mer på henne än dej." Björn tog Maria i famnen, höll om henne länge och hårt. "Jag blev så rädd."

Hon hörde på rösten att han grät. Han kysste hennes hår. Hennes panna och mun. "Förlåt, älskade." Han kysste hennes nacke medan han förde henne framför sig mot den mjuka mattan på vardagsrumsgolvet. Kysste henne medan han klädde av henne. Kläderna hamnade där de föll.

"Jag måste få duscha först", sa Maria. Efter timmar av skallgång i högt tempo kände hon sig inte fräsch.

"Jag älskar din doft." Han kysste hennes bröst, lät handen smeka sig nedåt och märkte att hennes lust var lika stor som hans. "Jag älskar dej, vill aldrig förlora dej."

"En gång till", sa hon och rörde sig sakta under honom när hon märkte att han fortfarande var hård.

När de vaknade upp ur ruset började Maria skratta. Taklampan i vardagsrummet var tänd och vem som helst som gick förbi på gatan hade kunnat se dem genom det låga fönstret.

"Ibland tror jag att du är lite av en exhibitionist", sa Björn och makade henne till rätta på sin arm samtidigt som han försökte dölja deras kroppar med vardagsrumsmattan.

"Det var du, erkänn att det var du som ville uppträda på scen!" Maria drog på sig hans skjorta och gick fram till fönstret. Gatan var just nu folktom. Hon kunde inte låta bli att tänka på vad Liv kunde ha sett.

30

Mars 1946

Med tåget kunde Samuel ta sig till Hemse, en hemtrevlig by med små låga hus och ett torg. Rikstelefonstolpar fanns uppsatta utmed Storgatan. Det fanns stort apotek och två handelsbodar. Han köpte en karta i Hemse krut och pappershandel, fyllde på sitt vattenförråd och köpte en limpa av en gumma på torget. Till Ronehamn var det sedan en mil kvar att gå.

Han hade gjort sig av med alla personliga föremål utom fotot på Rut, det kunde han inte förstöra. Det fanns ett hemligt konto på en bank i Schweiz med en ansenlig summa pengar, hans farsarv. Det skulle trygga deras framtid, hade han tänkt. Först nu slog det honom att det skulle bli helt omöjligt att komma åt dem när Samuel Stein inte längre fanns. En viktig sak han helt hade förbisett i stunden när han bytte identitet med Heinz Meyer.

Samuel var svagare än han trott och vägen till Rone var dryg. Förväntningarna susade inom honom, men också rädslan för att hon inte skulle vara där. Var det en pojke eller flicka Rut burit under sitt hjärta när de skildes åt på perrongen? Hon skulle gömma sig hos sin storasyster Sara tills kriget var över. Sara var gift med Ernst Funke, en handelsman från ön som ofta gjorde resor till Tyskland. Ernst Funke skulle ta Rut med sig till Ronehamn och ansåg det bäst att hon höll sig gömd, hade han skrivit. Om tyskarna, Gud förbjude, skulle ta Sverige, skulle det annars dra olycka över dem alla. Sara förteg sin judiska börd, hade Rut berättat. Ju färre frågor, desto bättre. Sara och Ernst hade en liten flicka som hette Ella. Ett busfrö. Samuel hade sett henne på bild, skrattande mellan sina båda föräldrar. Ella Funke, det lät som en sagofigur.

Dagen var varm för årstiden. Solen gassade från en klarblå himmel. Vid Rone kyrka stannade Samuel till för att hämta andan och komma in i svalkan. Där blev han åhörare till ett samtal mellan kyrkoherden och organisten, som sa upp sig för att flytta till Stockholm. Turen stod honom bi. Heinz Meyer presenterade sig när organisten lämnat kyrkorummet och frågade om tjänsten var ledig. Det slutade med att han skulle få provspela redan följande dag. Väl till mods fortsatte han ner mot fiskeläget till det hus Sara beskrivit i sina brev. Det gick inte att ta miste. Han öppnade grinden och gick den grusade gången fram. Lyssnade efter barnskratt. Kriget var över. Rut behövde inte längre vara gömd. Fumlig och mycket nervös knackade han på i stugan. En vacker ljushyllt kvinna i blårutigt förkläde öppnade dörren. Han presenterade sig och fick veta att hon hette Ingeborg.

"Jag söker Sara Funke eller hennes make i ett mycket angeläget ärende."

Ingeborg backade ett steg och bleknade. "De är döda. De dog i Hansaolyckan."

Samuel kände golvet gunga. "Vem är du?"

"Jag är Saras svägerska, syster till Ernst Funke. Jag bor här i huset nu och tar hand om dottern som blev kvar, stackars barn."

"Finns Saras syster här, Rut?" Hans röst bröts av nervositet när han ställde frågan. Kallsvetten rann nerför pannan och i armhålorna som svala rännilar. "Jag har ett ärende till henne."

"Här finns ingen. Bara jag och Ella."

"Rut Weiss", förtydligade han och såg vädjande på henne.

"Sara talade mycket om sin syster i Tyskland. Om Rut hade kommit hit skulle Sara ha berättat det för mej. Det är jag säker på. Hon har aldrig varit här." Ingeborgs blå blick borrade sig in i hans. "Vem är du?"

"En vän till familjen." Han kunde inte säga sitt riktiga namn eller sitt verkliga ärende. "Mitt namn är Heinz Meyer."

31

Ella Funke satt vid köksbordet med händerna knäppta i knäet och såg dagen gry. I tanken sökte hon sig bakåt i tiden. Till Ingeborg som varit djupt förälskad i Heinz Meyer. Mannen hon aldrig kunde få. Naturligtvis hade hon förstått vem han var. Men hon kunde inget säga till honom. Ingeborg hade alltid varit kärv till sitt sätt, men med tiden hade hon också blivit bitter och elak. Ella hade vårdat Ingeborg hemma tills hon drog sitt sista andetag. Hon hade fått bannor och gliringar, tagit emot ogrundade anklagelser utan att ge igen. Det var Ingeborg som fattat det ödesdigra beslutet. Av rädsla. Hemligheten de delade hade förgiftat båda deras liv och Ella hade blivit husets fånge, utan möjlighet att flytta, sälja eller leva samman med någon. En förbannelse. Hur skulle livet annars ha sett ut? Nästa vecka skulle hon fylla sjuttiofem. Hon kunde ha haft barn och barnbarn, vänner. Tänk att få vara mormor till ett flickebarn som den lilla mörka ängeln som sprang med utslaget hår genom fiskeläget om natten.

Skallgångskedjan hade böljat fram över hamnen och naturskyddsområdet i går kväll. De hade draggat i hamnen utan att finna henne. De flesta hade gått hem när natten föll på. Det var den lilla flickan som kommit bort. Polisen hade knackat på och visat Ella ett foto men hon hade bara skakat på huvudet. Flickan hette Mirela. Ella hällde upp en skvätt kaffe på fatet och tog en sockerbit i munnen.

Lyfte fatet på tre fingrar och sörplade i sig den heta drycken medan hon försökte komma till ett beslut. En ensam liten flickstackare behövde hjälp. Det var Ellas plikt att söka efter henne. Men på dagen när folk var i rörelse ville hon inte ge sig ut. Hon måste leta ensam. Använda sina sinnen. Polisen hade sökt efter barnet vid hamnen, antagit att hon drunknat. Ella beslutade sig för att söka inåt land. Solen höll på att gå upp, men ännu skulle det dröja några timmar innan folk vaknade.

Ella svepte den grå yllekoftan tätt om kroppen och snörde på sig skorna. En frisk fläkt från havet förde med sig doft från blommorna i trädgården. Hon stack in några salladsblad i kaninburen, såg till att hönsen hade vatten. Höns kan bli riktigt sällskapliga om man ger dem tid. Hon stannade en stund och pratade med dem. Tuppen var en elak typ, inte helt olik Severin. Hon hade av och till funderat på att nacka honom.

Ella följde stigen längst bort i trädgården, mot gränsen till allmänningen. Det gröna uthuset som dolde skyddsrummet som far byggt i början av kriget låg inbäddat i ett lummigt buskage. Det var tankarna på det förflutna som drog henne dit. Annars brukade hon undvika den här delen. Men letandet efter flickan måste ju börja någonstans. Stigen var snårig och igenvuxen, grenarna rev blodiga strimmor i Ellas rynkiga skinn. Där var dörren. Det hon såg gjorde henne så förskräckt att hon knappt kunde andas. Låset var uppbrutet. Framför dörren låg en stenbumling med märken efter det rostiga låset. Och bredvid stenen ett rött hårspänne. Ett likadant spänne som flickan hade haft när håret var flätat. Ella hade sett henne när hon gick med de andra barnen till affären på lördagen. Nu kände hon hur benen höll på att vika sig under henne. Med handen i husväggen tog hon stöd för att inte falla. Hon hade aldrig haft nyckel till skyddsrummet. Bara Ingeborg hade vetat var nyckeln fanns och den hemligheten hade hon tagit med sig i graven. Och nu var låset uppbrutet! Flera av Ellas grannar hade haft inbrott i sina hus. Hon hade oroat sig för att någon skulle ha tagit sig in i huset när hon glömt att låsa ytterdörren natten när Heinz blev skjuten. Men då hade ingenting varit rört. Nu var boden som dolde porten till helvetet öppen. Flickan – hon måste ha varit där.

Ella hade aldrig varit i skyddsrummet. Men hon visste vad som fanns där inne. Nedre delen av trädgården var igenväxt, skulle så förbli så länge hon levde. Hon kände rädslan bränna i kroppen och försökte andas djupt och lugnt.

Hon såg på det röda spännet som hon hade plockat upp från marken. Var det Mirela som brutit sig in hos grannarna också? Ella hade särskilt lagt märke till henne fast det fanns så många barn på Gula Hönan. Kanske var det för att flickan så tydligt var utanför gruppen, precis som hon själv från åtta års ålder levt utanför. Varför gav sig flickungen ut på nätterna för att stjäla? Har inte barn i Sverige i dag ett överflöd av saker jämfört med det hon själv hade haft som barn? Ella försökte fokusera på nuet för att slippa tänka på det som var ännu mer skrämmande – det fruktansvärda som skett i det förflutna.

Betongrummets fukt var unken men sval. Ella lät ficklampans kägla söka igenom rummet. Hon tog ett steg in, så ett till, fast kroppen skakade bortom all kontroll. I alla år hade hon lyckats hålla skulden ifrån sig och låtsats att det aldrig hänt. När ficklampan nådde den döda kvinnans kvarlevor klarade hon inte att stanna längre, yr och omtöcknad famlade hon sig fram mot dörren och ljuset. Medaljongen ... smycket som Rut alltid bar saknades. När Ella låste uthuset bakom sig var hon fast besluten att hitta Mirela och kräva tillbaka det hon stulit.

Det stod fortfarande polisbilar utanför Gula Hönan, alltså hade de inte hittat flickan. Stödd på käppen skyndade Ella Ronehamnsvägen fram i dunklet. Utanför kyrkan satte hon sig en stund för att vila på en bänk. Om hon bara kunde stilla sig skulle hon kunna lyssna till fåglarnas läten och smådjurens prasslande för att få veta om något oroade dem. Ibland kunde en hel flock skarvar lyfta mot skyn som en svart och mäktig ande om någon närmade sig dem. Fåglar kunde varna eller locka. Ella fortsatte sin raska promenad och lyssnade koncentrerat. En bit bort hörde hon skatorna bråka vid vägkanten. Ett byte? Hon gick närmare och petade med käppen i det höga gräset i diket. Det var blod i gruset. Där i det djupa diket låg något. En bit vit hud lyste mot det mörka gräset. Ella böjde sig ner för att se. Ett bylte, en människa. Hon försökte vända den stela kroppen och fick blod på sina händer. Skriket fastnade i halsen. Det var Mirela. Det vackra ansiktet var blått, läpparna färglösa. Barnet andades inte. Var inte vid liv. Ella tänkte på flickans föräldrar som säkert fortfarande var ute och letade. Det var ohyggligt. De måste få vetskap. Att inte veta är alltid värre än sanningen – hur hemsk den än är. Det hade Ella lärt sig av livet. Om hon lyckades få upp barnet på vägkanten skulle någon snart hitta henne. Ella försökte lyfta, men flickans kropp var alldeles för tung. Hon fick i stället lägga sig ner på knä och dra, samtidigt som hon var uppmärksam på minsta ljud. Mirelas långa mörka hår föll i vågor över ryggen. Bakhuvudet var kletigt av levrat blod. Ella skakade av rädsla men kände samtidigt en hastigt uppflammande vrede. Må den ruttna i helvetet som gjorde det här mot dej, lilla barn. Hon samlade Mirelas hår och fäste varsamt upp det med det röda spännet. Ella ville inte att åsynen av den döda flickan skulle bli gruvligare än nödvändigt. Kroppen var stel och hopkrupen. Det var omöjligt att lägga henne på rygg och knäppa händerna över hennes bröstkorg i en fridfull position som Ella tänkt. Den lilla kroppen hade stelnat i ett sidoläge och så fick hon ligga. Ella plockade en bukett med blommor vid vägkanten och la dem i flickans famn innan hon började sin vandring hemåt. Hon borde ha gråtit, men år av behärskning hade släckt ut den funktionen. Det gjorde inte vreden och förtvivlan mindre.

Pålandsvinden ökade i styrka och gick rakt genom yllekoftan. Skorna skavde svårt efter den långa promenaden, men Ella märkte det knappt. Hon tänkte på gubben Elis. En ulv i fårakläder.

32

Långt innan klockan ringde vaknade Maria Wern och tänkte på Mirela. En grå gryning letade sig in genom persiennen i sovrummet. En strimma ljus föll över Björns rofyllda ansikte. Maria klädde på sig under tystnad. Kysste honom. Han försökte dra henne till sig och mumlade något i sömnen. Maria la sin kind mot hans en kort stund, strök honom över det vågiga håret och smög sedan nerför trappan. Skrev en lapp och gav sig av efter att ha druckit ett glas vatten och tagit med sig ett äpple i flykten. Oron för vad som kunde ha hänt Mirela ville inte släppa, det hade funnits som en dov smärta i mellangärdet hela natten. Hon ringde vakthavande, som meddelade att man fortfarande inte hittat flickan. Sökandet pågick alltjämt. Hartman var på plats. Maria satte sig i bilen för att påbörja färden söderut mot Ronehamn. Hon såg på klockan. Den var några minuter i fyra. Hon hade sovit i knappt fyra timmar. Det hade gått drygt trettio timmar sedan Markus med säkerhet såg att Mirela var på sitt rum vid åttatiden på tisdagskvällen. För varje timme minskar chansen att en försvunnen person ska vara vid liv. Borde Maria ha trotsat Hartmans order att hon skulle fara hem? Maria slog en signal till kollegorna som befann sig i Ronehamn. Hartman var ute och letade tillsammans med Mirelas föräldrar och två polispatruller med hundar. Sökandet skulle återupptas på bred front igen klockan fem.

Maria fortsatte sin tidigare tankegång. Markus var den som sist sett Mirela. Han sa att hon var dödstrött och ville sova. Vad Maria hade förstått av samtalet hade Mirela legat i sin säng med täcket uppdraget över huvudet när de andra barnen, som bodde i samma barack, kom in för att sova vid 22-tiden. Linda hade vaknat på natten. Då låg Mirela inte i sin säng. På morgonen var hon försvunnen. Det låg kuddar på golvet. Hade hon använt det gamla beprövade tricket och format kuddarna till en kropp under täcket? Eller hade hon verkligen legat där när de andra la sig? Varför var hon så trött? Hade hon varit uppe flera nätter? Maria lät tanken ta plats. Såg henne framför sig. En liten flicka med ett stort mörkt hår i en mörkbrun luvjacka, jeans och gympaskor. Erika hade varit inne på att det var en småväxt person som gjort inbrotten. Definitivt en amatör. Ett barn? Heinz Meyer hade sannolikt överraskat någon som försökte bryta sig in i strandboden när han blev skjuten. Kunde Mirela ha hittat en pistol vid ett inbrott? Eller tillhörde pistolen Severin fast han nekade till att ha blivit av med något vapen?

I höjd med Lojsta fick Maria ett samtal. Med tanke på vad klockan var kunde det nästan bara innebära en sak. De hade hittat henne. Maria stannade intill vägkanten innan hon svarade när hon kände hur skakig hon blev. Det var Per Arvidsson. "Jag hörde av vakthavande att du var vaken."

"Ja, jag kunde inte sova." Maria tog ett djupt andetag och väntade på beskedet. Samtidigt slog det henne att Per inte stannat kvar i Ronehamn över natten. Då kanske det inte handlade om Mirela i alla fall.

"Jag kunde inte heller sova så jag tog mej friheten att göra lite av ditt jobb. Det som Ek inte hann med alltså."

"Fram med det!" När samtalet inte direkt gällde Mirela gick luften ur Maria.

"Jag har plockat fram lite uppgifter ur registren i väntan på att få tillgång till bibliotekets dator, som jag skulle gå igenom på lediga stunder."

"Jag lyssnar." Maria kände otåligheten krypa under huden. Hon ville till Ronehamn så fort som möjligt. Hon startade bilen och rullade ut från vägkanten.

"Markus Murman har en villkorlig dom på sej för misshandel."

"Kollar man inte upp sånt när man anställer ledare för barngrupper?" Maria var inte säker. Dömda pedofiler lyckades ibland få anställning utan att någon tänkt på att be om ett utdrag ur brottsregistret. En villkorlig dom för misshandel kanske bara passerar. Det finns säkert fall där man bedömer att misshandeln inte kommer att upprepas. Där det finns en förståelig anledning, ett barn som växer upp med en djävul till styvfar och ger igen?

"Vet inte. Jag hittade lite till. Renate Back är tagen två gånger för rattfylla och hennes karl Roger är vid ett flertal tillfällen dömd för vårdslöshet i trafik. Sen var det väl just inte så mycket mer."

"Träffade du Walter, takläggaren?" frågade Maria utan att berätta vad hon misstänkte. Hon borde säga att han troligtvis var hennes bror, men vanan att tiga höll henne tillbaka.

"Nej. Får jag inte tag i Renate eller Roger kanske vår klorindiskande vän kan svara på var han befinner sej. Är du på väg till Rone?"

"Jag tänkte hjälpa till med sökandet. Räknar med att vara inne i Visby vid niotiden igen. Vi får se vad som händer."

Maria kom fram till Hemse och svängde av mot Rone. Hon passerade kyrkan. Lang Jaku, tornet som länge varit ett riktmärke för sjöfarare, såg hon på långt håll. Det började dagas och det allt skarpare gryningsljuset fick hennes ögon att tåras efter nattens dåliga sömn. Vid Ålarvekorset låg det något vid vägrenen, ett brunt bylte. På långt håll var det omöjligt att se vad det var. Ett rådjur? För några år sedan fanns inga viltolyckor på Gotland, de inplanterades tillsammans med rådjuren som importerats till ön. Maria stannade bilen och gick över på andra sidan vägen medan det långsamt gick upp för henne vad det var hon såg. Stegen blev evighetslånga som på en film i slowmotion. Det var en människa som låg där, ett barn. Trots alla år i tjänst kändes det som om hon skulle gå i bitar vid åsynen av flickan på marken. Mirela! Det blåvita ansiktet. De krampaktigt stela händerna som höll ett fång blommor. Maria sökte efter ett tecken på liv, kände efter puls på halsen fast hon visste att det var lönlöst. Likstelheten hade redan kroppen i sitt grepp. Huden var iskall. Med skakande händer tog Maria Wern fram sin mobil ur innerfickan och ringde larmcentralen, sin chef och en av de hundförare som stannat kvar på Gula Hönan.

I väntan på ambulans och polis sjönk hon ner på vägkanten bredvid Mirelas livlösa kropp. Tänkte på flickans föräldrar som snart skulle vara här och krossas av förtvivlan när de såg sitt döda barn. Maria betraktade flickebarnet som låg i fosterställning vid vägkanten. Såg de slutna ögonen med sina täta mörka ögonfransar. Det lockiga håret uppsatt med ett rött spänne. Mirela hade letat efter ett rött spänne när de sågs på Gula Hönan och hon ville hem till sin mamma i Hemse. Var hade hon hittat det? Maria kände tårarna komma, det gick inte att hejda dem. Hon borde ha stannat kvar i Ronehamn och letat under natten. Mirela kanske fortfarande var vid liv när Maria lämnade skallgångskedjan för att fara till stan. Varför hade hon inte trotsat Hartman och stannat kvar! Hur länge kunde Mirela ha varit död? Likstelheten inträder efter två–tre timmar och kvarstår i cirka ett och ett halvt dygn. Hur länge? Rättsläkaren skulle med tiden svara på den frågan. Maria kände den djupaste förtvivlan. I väntan på Mirelas föräldrar försökte hon samla sina tankar. Som nybliven polis hade hon trott att det gällde att hitta de rätta orden till tröst. Med tiden inser man att de orden inte finns. Att det i stället handlar om att lyssna. Att lyssna utan att försöka förminska sorgen för de sörjande. Att möta dem med värme och välvilja och stänga av sin egen rädsla för att säga fel eller göra fel. Inget värre kan hända dem om man skulle bära sig tafatt åt. Det värsta har redan hänt.

33

Det hade blivit eftermiddag. Solen sken in genom polishusets dammiga fönster och glittrade i de små partiklarna som fortfarande svävade i luften efter städerskans tur med moppen. Maria samlade sig inför ett första förhör med Mirelas far, Andreas Lundberg. Han kom direkt från bårhuset där han och Aurora tagit farväl av dottern. Det fanns inte mycket information att ge honom i utbyte mot alla de frågor hon behövde ställa. Aurora hade inte velat att flickan skulle ha någon kontakt med sin far. Varför?

Maria gick ner i receptionen för att möta honom. Andreas hade velat klara av förhöret innan han åkte hem för att försöka sova. Maria såg systembolagskassen han höll i näven. Vem kunde döma honom för det? Svettlukten kom i dunster från hans kläder. Hans byxben var blöta och leriga, ögonen röda och kinderna strimmiga av vägdamm och tårar. Maria visade in honom i det trånga förhörsrummet och önskade att det hade sett vänligare ut. Det var bara en mörk skrubb utan fönster, ett bord och två stolar. Hon bad honom att slå sig ner, satte på bandspelaren och tog upp nödvändiga formalia.

"Varför?" sa han. "Jag förstår inte varför? Blev hon påkörd av en smitare, är det vad ni tror? Jag såg såret i bakhuvudet. Revbenen i bröstkorgen var brutna." Han svalde hårt och knep ihop ögonen.

"Vi tror att det är så." Maria hade precis talat med Erika Lund som undersökt platsen där Mirelas kropp hittats. Det hade inte funnits några bromsspår på vägen.

Andreas suckade tungt och rörde sig oroligt på stolen. "Vad gjorde hon ute mitt i natten? Jag trodde att personalen på kollot hade ett ansvar. Om Aurora inte hade tagit Mirela ifrån mej skulle det aldrig ha hänt. Jag skulle aldrig ha skickat henne till ett sånt ställe utan att ta reda på om personalen var kompetent. Det var ju bara två barnungar som skulle vakta dem!"

Maria kände att den värsta anspänningen släppte. Nu fick hon en ingång till den svåraste frågan hon hade att ställa. Hon använde hans egna ord.

"Hur gick det till när Aurora tog Mirela ifrån dej, vad hände?"

"Det var den där jävla socialsekreteraren. De gaddade ihop sej mot mej, stängde mej ute. Kärringen hade just separerat från någon brandman och hatade karlar. Sånt smittar av sej. Jag kunde höra på Auroras röst när de träffats och snackat skit om mej, frossat i alla mina fel. Det var ord och meningar som Aurora aldrig skulle ha använt. Tankar hon aldrig förut tänkt. Plötsligt ville hon att vi skulle skriva listor på vem som ägde vad i vårt hem. Det skulle skrivas andra listor på vem som diskade och gick ut med soporna. Jag föreslog att vi skulle ha en lista för hur ofta vi hade sex och på vems initiativ. Men hon hade helt förlorat sitt sinne för humor. Vi kunde ha rett ut våra problem själva, men den där Liv Ekdal var som en jävla blodigel. Sög sej fast och eldade på allt missnöje." Maria försökte att inte visa hur upplysningen berörde henne. Hon stängde av känslan och återtog koncentrationen medan han fortsatte. "Jag sa till Aurora att jag tänkte döda socialtjänstkärringen om hon visade sej hemma hos oss igen." Andreas grep tag i bordskanten så att knogarna vitnade. "Aurora tog mej på orden. Dagen därpå åkte jag hem på lunchen. Jag var orolig för att Aurora skulle lämna mej. Genom fönstret såg jag att hon packat. Jag blev rädd att hon skulle ta med sej Mirela och flytta hem till sitt land. Att jag aldrig mer skulle få träffa mitt barn..." Rösten bröts.

Maria såg på honom och väntade. "Vad gjorde du då?"

"Något jag kommer att ångra hela mitt liv. Jag handlade i panik. Innan dess kanske jag hade haft en chans att få ha Mirela varannan vecka. Jag tog bilen till dagis och hämtade henne. Sen tog jag ut alla pengar vi hade på vårt gemensamma konto. I tre månader bodde vi i en kompis sommarstuga i Örnsköldsvik innan polisen hämtade henne." Andreas stirrade intensivt på Maria med sina rödgråtna ögon. "Du tror väl för fan inte att det var jag som dödade Mirela?"

"Jag tror ingenting", svarade hon utan att vika med blicken. "Men jag kommer att göra mitt yttersta för att ta reda på vad som verkligen hände. Det är viktigt att du berättar så detaljerat du kan vad du gjorde från klockan åtta på kvällen i onsdags tills du och Aurora tillsammans började leta efter Mirela i går kväll."

Andreas blundade. Ett ögonblick befarade Maria att han somnat. "Jag är så trött, så in i döden trött. Det finns risk att jag inte håller ihop, att det blir fel när jag svarar. Men jag ska försöka." Han öppnade ögonen igen, lutade huvudet i handen och fäste blicken på en punkt ovanför Marias vänstra axel medan han tänkte. "Mirela sms:ade mej och bad om hjälp. Om jag bara hade läst det tidigare! Jag kan inte förlåta mej själv. Jag försökte ringa, men hon svarade inte. Jag får aldrig några sms så jag kollade inte mobilen förrän strax innan vi sågs i Hemse när jag stod och bankade på Auroras dörr." Han tog fram sin mobil. "Kolla själv, det är skickat klockan 02.11 i går natt. Alltså inte nu, natten som gick, utan tidigt på onsdagsmorgonen."

Maria läste tyst för sig själv. *Pappa hjälp mej! Jag är på kyrkogården i Rone. Jag är rädd. Det är farligt.*

"Och när du läste det åkte du direkt till Auroras lägenhet?"

"Det hade hunnit gå så många timmar sen Mirela skickade meddelandet. Jag läste det inte förrän på förmiddagsrasten i onsdags. Chefen gav mej ledigt så jag kunde dra direkt. Jag kom från Visby.

Hemse var på vägen. Jag ville se om Mirela kommit hem innan jag åkte vidare till Ronehamn. Aurora har hemligt nummer för att jag inte ska kunna nå henne."

"Var befann du dej på tisdagskvällen från åttatiden och framåt?" frågade Maria. Meddelandet var skickat från Mirelas telefon, men det fanns ingen garanti för att hon själv hade skrivit det. Hon hade inte haft mobilen på sig när hon hittades, enligt Erika.

"Jag var hemma och såg på teve. Jag är så trött just nu. Jag vet att du kommer att fråga vad jag såg, men jag minns inte. Nyheter. Sport, allt bara flyter ihop. Jag hade druckit en del. Bara öl. Somnade i soffan. Vaknade någon gång på natten och gick och la mej i min säng. Sen vaknade jag av klockradion klockan 07.20 och åkte i vanlig tid till jobbet."

"Vad arbetar du med?"

"Jag är väktare ... jag var militär. Jag fick ett nytt jobb på fastlandet, men jag ville inte flytta bort från Mirela. Vi hade kontakt. Jag gav henne mitt telefonnummer och hon ringde ibland i smyg. Jag tänkte att bara hon blev tolv år så skulle hon själv kunna bestämma att hon ville träffa mej. Jag har levt i en jävla mardröm. Utan henne är allting meningslöst." Andreas reste sig hastigt upp och slog ut med armarna. Maria undertryckte impulsen att trycka på larmknappen. "Jag ska döda den jävel som gjorde det här!" vrålade han rakt ut.

Maria satt kvar. Bad honom med en gest att lugna sig. "Om du försöker skipa rättvisa själv är risken mycket stor att du ger dej på fel person och förstör det arbete vi gör för att ta reda på vad som hänt. Kan du försöka lita på mej? Kan vi samarbeta?"

"Förlåt, jag vet inte vad det tar åt mej. Jag är inte riktigt mej själv." Han satte sig ner, torkade sig i ögonen som svämmade över och tog emot den pappersnäsduk Maria räckte honom. "Du ville veta vad jag såg på teve. Vet du, om jag var skyldig skulle jag ha läst på tevetablån i förväg och kunnat den utantill, men jag var full och minns ingenting."

Maria gav honom ett vemodigt leende. "Synd."

"Sen efter vi sågs i Hemse i går drog jag direkt till Ronehamn. Jag skällde ut snorungarna som var ledare på kollot. Det är ett alibi. Jag frågade ut barnen och sen kom Aurora och vi hjälptes åt..." Andreas satte handen för munnen för att dämpa skriket. "Om vi bara hade hjälpts åt från början och inte separerat hade det här aldrig hänt. Jag älskade Aurora och min lilla flicka. Vi var en familj."

"De gånger Mirela hörde av sej till dej. Vad ville hon då?"

"Hon var mest tyst och ville att jag skulle prata. Det blir svårt när man inte har en vardag tillsammans. Jag frågade hur det gick i skolan. Vad hennes fröken hette. Vilka hon var med. Det kändes som om jag korsförhörde henne. Hon ville inte gärna prata om skolan. Hon ville att jag skulle berätta om när hon var liten och rolig." Andreas skrattade och grimaserade för att inte börja gråta igen.

"Har hon sagt till dej tidigare att hon varit rädd?"

"En gång, men hon tog tillbaka det och ville inte berätta. Hon är rädd för sin mamma. Jag tror inte att Aurora slår henne, men straff kan se ut på så många sätt. Mirela sa att hon var rädd och jag kunde inte hjälpa henne."

34

Aurora satte sig på samma stol i förhörsrummet där Andreas suttit för bara några minuter sedan. Hennes hår var hopdraget i en hård hästsvans. Ansiktet var försiktigt sminkat. Kläderna oklanderligt rena. De stora mörka ögonen speglade en avgrundsdjup förtvivlan. Odören från Andreas kläder fanns fortfarande kvar i rummet. Det fanns ingen möjlighet att vädra. Aurora gjorde en grimas, hon kände det antagligen också. Maria tog de uppgifter hon behövde. Det uppstod en tystnad. Om möjligt ville Maria låta Aurora prata utan att styra med frågor.

"Det är mitt fel", sa hon och ögonen tycktes mörkna ännu en nyans. "I förälskelsen blir man egoistisk. Erbjudandet om en plats på kollot passade perfekt. Jag fick en chans att resa till Stockholm och träffa honom utan att Mirela var med."

Maria tänkte att det inte var ett brott att bli förälskad.

Aurora bet sig hårt i underläppen och såg upp i taket för att tårarna inte skulle rinna över. Det fanns något dämpat över henne. Maria antog att hon tagit lugnande tabletter. Svaren kom dröjande. Mimiken var utslätad. "Mirela sökte hjälp för att hon hade ont i magen. Det var en socialsekreterare, Liv Ekdal, som ordnade med platsen på kollot, gratis. Vi hade inte haft råd annars. Jag känner henne sen tidigare. Hon var ett fantastiskt stöd när jag separerade från Andreas."

"Vet du varför Mirela skadade sej?"

"Jag tänkte att det var ett hyss. Sånt som barn gör. Håller andan under vattnet. Känner med ett finger över en ljuslåga tills det bränns. Jag var döv och blind för jag längtade efter honom."

"Du sa tidigare att du inte ville att Andreas skulle få reda på att du träffat en ny. Kan han ha fått veta det ändå?"

"Ingen visste det. Det är så nytt. Jag skulle aldrig ha rest till Stockholm. Jag skulle ha stannat hemma och tagit mej tid med Mirela."

"Kunde Mirela ha anat att du träffat någon?" Maria funderade på om episoden med rivjärnet kunde varit en protest, även om det kändes väl dramatiskt.

"Nej, jag träffade honom på nätet. Jag har datorn på salongen. De gånger jag talat med honom i telefon har Mirela alltid varit utom hörhåll." Aurora andades djupt och sa sedan behärskat: "Det kommer inte att fungera mellan oss. Nu kommer jag inte att kunna se honom utan att tänka på att jag svek Mirela."

"Inget blir bättre för att du straffar dej själv."

"Du kanske har rätt. Jag tänker inte klart."

"Du hade ensam vårdnad om Mirela. Kan du berätta för mej hur det blev så?"

Aurora började trevande, sökte efter orden. "Jag började tvivla på vår relation. Jag tänkte att jag skulle ha det bättre utan honom. Det är väl så när förälskelsen tar slut och man ser varandra på riktigt. Jag tyckte inte om det jag såg. Hans jävla strumpor på badrumsgolvet. Pink bredvid toastolen. Det där vanliga trista, du vet." Auroras kinder föll ihop, hela överkroppen säckade. Hon hade definitivt tagit lugnande. "Jag sa vad jag tänkte och han blev galen. Jag blev rädd att han skulle slå mej och bad Liv Ekdal om hjälp när jag skulle lämna honom."

"Vad hände sen?" frågade Maria för att hjälpa Aurora fortsätta. Det såg nästan ut som om hon skulle falla ihop. Så sträckte hon upp sig.

"Han kidnappade Mirela och drog. På tre långa månader fick jag inte ett livstecken. Jag tänkte att han kanske tagit livet av sej själv och Mirela. Jag höll på att bli galen. Efterlysningen gick ut i teve, tidningar och på radio. Vi fick ett tips från Örnsköldsvik. Någon hade sett dem i affären. Det var fruktansvärt, det han gjorde mot oss. Jag vet inte vad han inbillat Mirela. Hon var rädd för mej och ville inte släppa honom. Han fortsatte att jaga oss och fick besöksförbud." Aurora svajade till och Maria frågade om hon ville ha ett glas vatten eller något annat. Hon avböjde.

"Ändå, när vi letade efter Mirela tillsammans kunde jag känna att jag tyckte om honom fast han är en jävla dåre. Är det inte konstigt?" Aurora verkade inte förvänta sig något svar. "Jag tänkte att det skulle ha varit så skönt att ha en annan vuxen att dela allt med, någon som älskar Mirela lika mycket som jag, för det gör han. Eller också är det bara sånt man tänker när man är livrädd att något ska ha hänt ens barn. Jag kan inte fatta det, att hon inte finns längre. Jag kan inte förstå att det får vara så hemskt."

Maria räckte Aurora några näsdukar och lät henne hämta sig. "Du reste alltså till fastlandet när kollot började. Har du kvar båtbiljetterna?"

Aurora nickade. "Jag kom till Visby med morgonbåten i går. Caroline hade en tid på min salong klockan elva för att reparera sin nagel. Jag slog av mobilen när jag var på båten för att spara batteri och sen glömde jag att sätta på den igen. Därför svarade jag inte när ni ringde. Jag visste inte att Mirela var försvunnen förrän ni kom!" Aurora la armarna i kors och började riva sig på de bara underarmarna så att de blev rödstrimmiga. Maria la sin hand på hennes för att få henne att sluta innan det började blöda.

"Har Mirela någonsin sagt till dej att hon varit rädd?"

"Nej, inte som jag minns. Jag lät henne aldrig se otäcka saker på teve. Nej, det tror jag inte."

"Hade hon svårt att sova?" Maria försökte gripa efter något. Bara hon lyckades ställa den rätta frågan skulle lösningen finnas där. Hon visste det inom sig.

"Mirela har eget rum. Jag tror att hon sov bra."

"Vet du om Mirela hade någon kontakt med sin pappa?"

"Det tror jag inte. Men för ett par månader sen började hon fråga om honom. Hon ville veta var han fanns och varför vi inte levde ihop. Hon mindes stugan dit han tagit med henne. Det verkade som om hon behövde prata om det. Sen hittade jag ett foto på honom under hennes madrass. Jag trodde att jag hade bränt upp alla kort på Andreas. Jag tyckte inte om att hon hade det, det kan jag villigt erkänna, men jag la tillbaka det."

"Mirela hade en mobiltelefon med sej till kollot. När vi hittade henne i morse hade hon den inte på sej. Vi har numret, men behöver din hjälp att beskriva den."

"Det var en vanlig enkel mobil, min gamla – jag minns inte vilket märke. Röd. Ingen smartphone. Jag satte i ett kontantkort. Hon ringde nästan aldrig till någon."

"Tittade du i hennes mobil någon gång för att se vilka hon pratade med?"

"Det skulle aldrig falla mej in. Så gör man inte."

"Okej. Och ni har ingen dator hemma?"

"Nej, jag förstår vart du vill komma. Tror du att hon kan ha träffat en pedofil?"

"Jag tror ingenting. Men de här frågorna behöver ställas. Hur hade hon det med kompisar?"

"Det kryllar av barn i vårt område i Hemse. De är ute och leker jämt. Men jag tror inte att hon är med dem. Hon vet att jag brukar komma vid halv sex-tiden och då brukar hon vara hemma."

"Hade hon någon bästis? Ibland kan barn berätta mer för en nära vän än för sina föräldrar."

"Nej. Det var nästan aldrig någon hemma hos oss. De lekte ute. Jag ville inte gärna att Mirela skulle ha kompisar hemma när jag var på jobbet. Du vet hur stökigt det kan bli."

Maria gjorde en anteckning.

"Trivdes hon i skolan?"

"Så där som barn gör mest. Skolmaten är äcklig. Lektionerna tråkiga. Det är skönare att ligga kvar i sängen."

"Tyckte hon om sin lärare?"

"Hon hade en fantastisk fröken. Pedagogisk och noga med att pojkar och flickor ska behandlas lika. Du vet det där med att pojkar får mer prattid – hon var observant på det." Aurora sjönk ihop igen. "Jag måste ringa skolan. Jag orkar inte mer. Jag tänker på alla jag måste ringa. När vi pratar om Mirela känns det som om hon fortfarande lever. Kanske gör hon det – någon annanstans. Tror polisen att hon blev påkörd av en smitare?"

"Det ser ut så." Maria gjorde en notering i minnet. Först nu kom frågan Andreas hade börjat med att ställa.

35

Tomas Hartman hade kallat dem till ett informellt möte. Precis innan Maria skulle lämna sitt rum fick hon ett samtal från sin far.

"Maria, mitt hjärtebarn. Har du tid att prata?"

"Ja, men vi får ta det kort."

"Okej. Polisen ringde från Uppsala. De har svar på obduktionen av Monica. Hon dog av en stroke. Monica hade högt blodtryck i flera år. Hon fick recept på blodtryckssänkande medicin, men har inte brytt sej om att hämta ut den."

"Blev hon inte mördad? Var det ingen annan där, menar du?"

"De skador hon hade fick hon i fallet mot soffbordet. Ett olycksfall i hemmet, säger de. Jag har varit så rädd att bli misstänkt… jag var rädd att du skulle tro att jag hade dödat henne. Eller att Walter skulle ha…"

"Det är en lättnad. Tack, pappa. Vi pratar mer sen."

Per Arvidsson, Jesper Ek och Maria samlades på Hartmans rum. Erika Lund hade ny information inför de fortsatta förhören.

"Rättsläkaren är här. Vi har en ungefärlig tidpunkt för Mirela Lundbergs död. Med hänsyn till utomhustemperatur och andra parametrar bedöms döden ha inträffat natten mellan tisdagen och onsdagen mellan 02.00 och 04.00. Det vill säga att när sökandet började hade hon varit död i mer än tolv timmar." Erika såg direkt på Maria när hon sa det.

"02.11 på onsdagens morgon skickades ett sms från Mirelas mobil till hennes pappa." Maria refererade samtalet med Andreas. "Hon var rädd för något eller någon." Maria blundade och tog in vad Erika just hade sagt. Det hade inte gått att rädda flickan även om hon stannat kvar i Ronehamn och letat i går natt. Samtidigt var det skrämmande att flickan legat över ett dygn vid vägkanten utan att bli upptäckt. Maria hade passerat Ålarvekorset på väg hem på onsdagskvällen och flera med henne. "Kroppen måste ha blivit flyttad, eller hur?"

"Ja", sa Erika. "Jag bedömer det som att kroppen måste ha legat på andra sidan och sen har någon vänt på henne. Kroppsvätskor sjunker nedåt efter att döden inträffat och svullnader och blånader fanns på ovansidan. Det fanns intorkat blod i gruset och dragspår. Kroppen har antagligen släpats ner i diket och upp igen. Det har inte gått att få några bra skoavtryck. Alltför många har klampat runt. Maria, jag måste fråga dej. Satte du blommor i Mirelas händer för föräldrarnas skull? Förlåt frågan, men jag måste ställa den för att vara säker. Blommorna var nyplockade och av samma sort som växte i diket intill."

"Nej. De fanns när jag hittade henne." Maria hade tänkt på dem när hon satt där vid vägkanten. Det såg ut som om någon ville säga förlåt och hedra den döda flickan. "Om det är en smitare..."

"Det får vi utgå ifrån i nuläget", menade Hartman. "Någon kör på Mirela i mörkret. Hon hade ingen reflex. Det är sannolikt en olyckshändelse. Föraren blir rädd för upptäckt och drar ner henne i diket. Han eller hon åker hem och får samvetskval. Det är fruktansvärt för Mirelas föräldrar att inte veta. Hela bygden är ute och letar. Så föraren återvänder till platsen och drar upp kroppen för att den ska bli hittad och plockar blommor i ett lamt försök att säga förlåt."

Erika såg tvivlande ut. "Det är kanske tänkbart. Men skadorna är ändå förbryllande. Hon har ett sår i bakhuvudet som har blött ymnigt. Håret är stelt av blod. Bröstkorgen är krossad. Ett av revbenen har skurit igenom huden, men där är blödningen betydligt mer begränsad. Det fanns en liten mängd blod samlat i kläderna, men inte i den omfattning jag väntat mej när jag såg skadorna på kroppen." Erika bredde ut de förskräckande bilderna över bordet. Det blev tyst.

"Hon hade en guldmedaljong om halsen", fortsatte Erika. "När Mirelas mamma lämnade ditt rum passade jag på att visa henne fotot. Hon kände inte igen smycket." Erika visade nästa bild. "Det finns ett foto i medaljongen på en man. Gissningsvis i tjugofem-trettioårsåldern. Aurora Lundberg visste inte vem det var. Hon hade aldrig sett det förut."

"Det är ett gammalt fotografi." Maria tog upp bilden och granskade den. Pappret var gulnat. Skjortan med ståkrage såg ålderdomlig ut. Mannen hade en guldrova i bröstfickan på rocken. Fotot var definitivt gammalt. Från kriget kanske? Det fanns vissa drag... det kändes som hon hade sett honom förut. En svårgripbar känsla.

"Det finns en stämpel på medaljongen. I bästa fall kan vi spåra var den kommer ifrån och vem tillverkaren är. Det är inget föremål som anmälts stulet vid inbrotten i Rone."

"Kan Mirela ha haft med stölderna i Ronehamn att göra?" undrade Maria.

Erika ansåg att det låg helt i linje med det hon kommit fram till. "Den som bröt sej in hos Heinz Meyer kan inte ha varit mycket större än ett barn. Jag har hittat ett barns fingeravtryck, snart vet vi om de matchar."

"Det är märkligt att en liten flicka har en guldmedaljong utan att hennes mamma vet om det." Jesper Ek synade bilden igen. "Minst tolvtusen skulle jag säga. Det är säkert tjugofyra karat om den är gammal. Hade hon flera föremål i sin packning från kollot?"

"Jag har gjort en noggrannare genomgång av det hon hade på sej och av den packning som fanns kvar i baracken på Gula Hönan. Hennes kläder kommer att analyseras bland annat med tanke på krutstänk. Jag hittade inga föremål som anmälts stulna i Ronehamn, inte heller hennes mobiltelefon. Men en annan sak hittade jag. Ett helt osannolikt föremål. I en plåtask i Mirelas byxficka, inlindad i toalettpapper, låg en liten käke med vassa små tänder. Jag tror att det kan vara en mycket gammal igelkottkäke. En sån stöld har anmälts från museet. Den tillhörde en stenåldersflicka från Ajvide, som museet kallar igelkottflickan."

"Hade hon den som någon sorts amulett eller lyckobringare?" undrade Hartman.

"Man kan gissa det." Per Arvidsson som suttit tyst tills nu fångade deras uppmärksamhet. "Till en helt annan sak. Jag tänkte på Renate Back. Hon som har korvkiosken i Rone och hyr ut till takläggare och andra diversearbetare. Vi sökte henne i onsdags." Per gav Maria ett snabbt ögonkast. Han hade sagt *vi* fast Maria inte följt med trots Hartmans uttryckliga order. Maria hade i stället valt att kontakta hemvärnet för att starta en skallgångskedja. "Renate var inte hemma i onsdags för hon var inplockad på tillnyktringen. De tog henne i en trafikkontroll vid travbanan natten mot onsdag vid tretiden. Hon hade 2,95 promille alkohol i blodet."

"Har du pratat med henne?" Maria hade gärna velat vara med. Det fanns många frågor att ställa.

"Jag har försökt. Hon var inte riktigt i skick för ett förhör. Just nu ligger hon på lasarettet för observation. Hon halkade omkull inne på tillnyktringen och slog huvudet i väggen och fick en hjärnskakning. Hon är blålila i hela ansiktet."

"Bilen? Fanns det någon buckla på bilen?" frågade Hartman.

"Vi har hämtat in den", sa Arvidsson och såg på Erika. "Den är din."

Hartman sammanfattade läget och la upp en strategi för hur de skulle gå vidare. "Barnen och ledarna på kollot måste höras upplysningsvis. Arvidsson och Ek, ni tar den hjälp ni behöver. Det kommer att kräva en hel del resurser. Maria, du tar ett förhör med Renate. Kolla med någon guldsmed för att få veta var medaljongen kan ha kommit ifrån. Vi behöver ta hjälp av allmänheten för att få veta vilka bilar som iakttagits på Ronehamnsvägen under natten mot onsdagen. Den biten tar jag."

Det undgick inte någon att Hartman var sliten efter nattens sökande. Mötet avslutades och Maria skulle precis lämna rummet när Hartman fattade om hennes arm. "Jag vill byta ett par ord med dej i enrum."

Maria väntade tills de andra gått ut. "Vad ville du?"

"Jag vill veta hur du mår i allt det här?" Han såg på henne och de blå ögonen utstrålade omtanke och värme. "Du har ju nyss förlorat din mamma och bröllopet blev uppskjutet. Jag tänkte att jag borde ha tagit förhören med Mirelas föräldrar själv, men jag satt i möte med ledningen."

"Mammas begravning blir på lördag. En bekant till mamma och pappa som är präst kunde tänka sej att hålla i ceremonin fast det blir på midsommardagen. De flesta av dem som ville ta farväl kunde komma då. Obduktionen är klar. Mamma dog av en hjärnblödning."

"Du svarade inte på min fråga, Maria. Hur mår du i allt det här?" Han lät henne inte komma undan.

"Jag klarar att arbeta. Det är lugnt." Hon tog ett steg mot dörren. Hartman stoppade henne igen och visade på den tomma stolen mitt emot vid skrivbordet.

"Jag vill veta vad du tänker. Redan från början ville du lägga stora resurser på att hitta flickan fast du borde ha varit på plats i Visby och arbetat med utredningen av mordet på Heinz Meyer. Vad handlar det om? Jag måste veta var jag har dej. Jag vill veta sanningen."

"Det är svårt." Maria sjönk ner på stolen. Hon såg hans välvilja och släppte greppet. Han var själv inblandad i det här och djupt oroad över sin dotters försummelse. Men det var tydligt att han ville hålla masken och hon lät honom göra det.

"Mirela påminde om mej när jag var liten. Det var någonting i hennes blick. En vädjan om hjälp. Jag är säker på att hon var rädd för någon eller något. Det fanns en vilsenhet. Hon hade ingen att lita på, ingen att anförtro sej åt. Jag vet inte om jag tolkar in för mycket i det jag såg. Det kanske bara handlar om mej själv och det jag var med om som barn."

"Du har aldrig berättat något om din barndom. När jag tänker på det har du aldrig nämnt din mamma. Inte en enda gång på alla de år vi arbetat tillsammans."

"Jag har haft mina skäl." Maria såg på Hartman och bestämde sig för att sätta ord på det hon dolt under så många år. Det gick lättare nu än när hon berättade för Björn. "Det har varit omtumlande den sista veckan. Jag har fått veta att jag har en bror."

36

Det var kväll när Maria kom till Gula Hönan. Bruno hade hjälpt barnen att packa ihop sina saker. De stod ute på verandan och väntade på henne. Det hördes inga glada skratt, inget prat och tjoande i trädgården. Lena Hartman, som suttit på trappan, reste sig och mötte henne vid grinden. Hon såg förtvivlat ledsen ut. "Hur går det för Mirelas föräldrar?"

Maria mötte Lenas blick och skakade på huvudet i brist på svar. "Hur har barnen tagit det?"

"Vi har fått hjälp att samtala med dem om det som hände Mirela. En expert på krishantering, Liv Ekdal från socialtjänsten, tog hand om dem under eftermiddagen. Kommunen brukar anlita henne när det är barn inblandade. Det är hon som har hand om ansökningarna till kollot, hon känner till verksamheten."

"Är hon kvar?" Maria var inte säker på att hon ville träffa Liv. Inte just nu. Hon ville bara hem och hålla om sina barn och känna att allt var väl med dem. Ändå kunde det vara bra att skapa kontakt och höra vad som sagts inför de kommande förhören med barnen. Enligt Mirelas mamma var det Liv som ordnade att Mirela fick komma till kollot.

"Liv hade precis pratat med Linda. När hon hörde att du var på väg fick hon plötsligt bråttom härifrån. Jag vet inte vad det var." Lena såg ängsligt på Maria. "Hon hade pratat med Måns också och skulle just ha ett enskilt samtal med Emil. Innan hon gav sej av frågade hon konstiga saker om Markus."

"Vadå?" undrade Maria och kände hur tankarna gled i väg. Om Liv hade stuckit när hon visste att Maria var på ingång hade Björn säkert pratat med henne om att smyga utanför andras hus och dra förhastade slutsatser. Maria hoppades att han gjort det. Varför hade Liv särskilt velat prata med Emil och Linda? Linda och Mirela hade delat barack, det hade varit mer förståeligt om Liv velat prata med bara henne. Men Emil? "Vad ville Liv prata med honom om?"

"Emil och Måns delade ju barack. Måns sa att Markus hade gett honom en smäll i bakhuvudet när han vägrade ta av sej kepsen inne och att han sparkat till honom med flit när de spelade fotboll. Liv ville veta om Emil lagt märke till att Markus betett sig aggressivt mot Måns eller de andra pojkarna och om han slagit någon av dem." Lena skakade på huvudet som för att dementera saken.

"Slog han dem? Var det så?" Maria hängde inte riktigt med. Kom inte Liv till Ronehamn för att prata med barnen om Mirela?

"Nej, Markus är inte alls sån. Han är helt fantastisk med barnen. Men Måns liksom blommade upp när han fick uppmärksamhet av Liv. Han skulle säkert kunna hitta på vad som helst att bekänna för att få vara i centrum eller för att sätta dit Markus som försökte få ordning på honom. Jag var med när Markus och Måns hade konflikten om den där kebban. Han vinkade till honom med handen, det var inte hårt. Det var en jargong grabbar emellan. Markus behövde visa att han menade allvar när Måns bara struntade i det han sa. Det är svårt att säga när bus och lek går över i allvar. Det var nog allvar, men inte hårt."

"Mamma, kom nu då!" Linda hade kommit fram till dem och drog Maria i armen. "Jag vill hem. Det är tråkigt här. Jättetråkigt."

"Du menar sorgligt, tror jag." Maria gav Lena en blick för att se om hon uppfattat det Linda sa som kritik. Lena såg helt utmattad ut och skulle nog inte tåla så mycket mer i dag. De började gå mot huset där Emil och Bruno väntade. Bruno höll sin hand på Emils axel. De hade funnit varandra.

"Det är bara Måns kvar. De andra barnen har redan blivit hämtade." Lena gjorde en nick mot bassängen där Måns låg och flöt för sig själv. "Jag har bett honom att gå upp. Men han vägrar." Lena fick tårar i ögonen. Hennes rörelser blev ryckiga och stela. Maria såg att hon försökte behärska sig inför barnen, men till slut brast det bara och tårarna flödade. "Allt är så hemskt och det är mitt fel och Måns har varit så jävla provocerande hela veckan", snyftade hon när Maria fångade upp henne i sin famn. "Han struntar i allt jag säger, ignorerar mej helt. Mirela har varit mobbad och utanför och jag klarade inte av att hjälpa henne. Mirelas pappa skällde ut oss för att vi var värdelösa ledare och jag förstår honom. Det är mitt fel. Jag känner mej så fruktansvärt ledsen och vill också bara hem. Men Måns mamma kommer aldrig med bussen för att hämta honom och pappan är på affärsresa."

"Jag kan ta med honom till Hemse. Det finns plats i bilen om han inte har för mycket packning." Maria hann uppfatta Emils lätta huvudskakning. Han ville inte ha med Måns i bilen. Men det var för sent. Lena sken upp i ett blekt och rödnäst leende.

"Tack snälla du! Markus bara drog och jag är ensam här."

De körde mot Hemse under tystnad. Det kändes inte som rätt tillfälle för radio med glättig musik och säljande jinglar eller ens för nyheter med mer elände. Just nu hade var och en nog av sitt eget. Stämningen i baksätet var tryckt. Maria försökte läsa av sin sons ansikte. När de kom hem skulle de behöva få en stund för sig själva och prata. Emil hade plötsligt blivit stor och självständig. Hans spontana lust att berätta allting utan förbehåll hade bytts ut mot en seg tystnad. Han hade börjat vara allt oftare på sitt rum med dörren stängd. Var det så det skulle vara framöver?

Maria tänkte på Måns föräldrar och på mötet med dem vid korvkiosken i Hemse i tisdags. Det hade låtit på dem som om Måns stulit pengar. De skulle åka till Rone för att prata med honom. De hade bott över på Gula Hönan på natten mot onsdagen för att Fabian druckit vin och var tvungen att låta bilen stå. Caroline hade inget körkort. Deras bil borde kontrolleras lika väl som Renates.

När Maria släppte av Måns utanför villan frågade hon om han hade nyckel in och det hade han. Han såg sur ut och sa inte ens tack för skjutsen. De fortsatte mot Visby. Stämningen i baksätet lättade betydligt och övergick i ett normalt syskonbråk.

"Man måste ha reflex när man är ute i mörkret", sa Linda. Emil himlade sig. Maria kunde inte avgöra om han var nära gråten eller bara gjorde en grimas för att hon var pinsam och ville prata om Mirelas död på sitt sätt. Han knuffade Linda i sidan.

"Aje, min Helmergroda blir arg på dej om du knuffas." Linda höll upp gosegrodan framför Emil så att han kunde se själv. Helmer hade inte fått följa med på kollot men Maria hade tagit med Helmer Bryd i bilen för att Linda kanske skulle behöva honom om hon var ledsen.

"Ta bort ditt stinkande äckeldjur", fräste Emil. "Jag vill inte bli smittad av springmask!"

"Helmer kan slicka dej i ansiktet så hela du blir en springmask. En gång hade jag springmask, men mamma fångade den med en tejpbit så man kunde kolla på den", förklarade Linda för Bruno som mest såg förbryllad ut. "Den såg ut som en liten vit sytråd som sicksackade sig fram. Så jag kallade henne för Sy-lvia. Sylvia Springmask." Linda började humma och sjunga, först helt tyst och sedan allt starkare. "Ingen tycker om mej, ingen håller av mej, bara för jag käkar mask. Biter av huvet. Suger ur slemmet. Kastar lilla skinnet bort!"

"Håll käften", röt Emil. "Du är ju helt sjuk i huvet ju! Fattar du inte att vi är ledsna för att Mirela är död!"

"Jag orkar inte ha det så här tråkigt." Linda satte gosegrodan Helmer i sitt knä och såg honom djupt in i ögonen av blå plast. "Det var en gång en flicka som hette Mirela. Hon var jämt surig – ingen ville vara med henne. Men en gång hittade hon ett magiskt halsband. Det var en medaljong av guld och inuti medaljongen fanns ett fotografi av en prins. Det var den prinsen som skulle rädda henne från myndigheterna och från de onda varelserna som tvingade henne att vara i den mörkaste skogen när det var natt."

Maria höll på att helt tappa koncentrationen på vägen. "Linda vad sa du nu?"

37

Maria satt på Lindas sängkant. De hade haft kvällsmys med hamburgare, film och godis och sedan läst en saga. Linda hade vägrat prata mer om Mirela, men det här var en stund av närhet och förtroende.

"Mirela sa att hon hade en skatt nedgrävd på kyrkogården. Hon sa det inte till någon annan, bara till mej. Men sen när jag frågade henne om skatten ville hon inte prata om den. Hon sa att det var så hemligt att man blev död om man pratade om den och nu är hon död."

"Visste någon annan om skatten?" Maria höll omedvetet andan när hon väntade på svaret.

"Jag tror att en tant som heter Lovisa kan ha vetat något om skatten. I alla fall kom hon till Gula Hönan och drack kaffe och då pratade Mirela med henne. Annars pratade Mirela inte med någon."

"Hörde du vad de pratade om?"

"Prinsen. De pratade om prinsen. Det var efteråt Mirela visade mej medaljongen så att jag skulle se på riktigt att han fanns. Han skulle rädda henne. Varför kom han inte? Var det ingen riktig prins?"

"Vet inte. Du berättade för Markus att Mirela var ute på nätterna." Maria väntade på en fortsättning.

"Markus var jättearg och dum. Jag ville inte berätta för honom alls."

"Han var säkert orolig för vart Mirela tagit vägen, man kan låta arg om man är orolig", förklarade Maria. "Medaljongen som Mirela hade, när såg du den?"

"Det var samma dag som farbrorn blev skjuten. Han som hette Heinz. Hon tänkte inte visa halsbandet för någon. Hon hade det innanför sin t-shirt och hon ville inte bada för då kunde det synas. Men jag råkade se den när vi skulle duscha. Jag lovade att inte berätta för någon om jag fick kolla vad som fanns inuti medaljongen och det var då hon sa att det var en prins. Och så hade hon ett blåmärke. Ett stort på ryggen och ett litet på halsen."

"Sa hon hur hon fått de där blåmärkena?"

"Jag frågade inte det. Jag ville ju kolla på halsbandet."

"Har du berättat för någon annan att hon hade en medaljong?" Maria såg vänligt på Linda, hon fick inte bli skrämd.

"Nej, inte för någon." Linda såg alltmer tveksam ut ju längre hon tänkte efter.

"Är det säkert?"

"Jag kanske sa det till Björns farfar, fast det är ju som familj. Han var där med Solvår och fikade och då fick jag smaka syrenglass av Solvår. Jättegott."

"Minns du exakt vad du sa?"

"Att Mirela hade en medaljong och att jag också ville ha en. Och då sa Severin att skatter inte växer på träd och då sa jag att det fanns en skatt på riktigt. Men han lovade att inte berätta det för någon annan. Det skulle vara vår hemlis, men han kan ha berättat det för Solvår, förstås." Linda såg skamsen ut. "Var det dumt gjort?"

"Nej. Det är viktigt att du säger som det är. Jesper eller Per kommer att fråga dej om det här och då är det viktigt att du berättar så sant du kan. Det är det bästa du kan göra."

"Hade Mirela fått medaljongen av en prins eller hade hon snott den?" Linda satte sig upp i sängen och tryckte Helmer hårt mot magen.

"Det är svårt att veta." Maria strök henne över det ljusa håret och satt kvar en stund.

När Linda hade somnat gick Maria över till Emils rum och knackade på den stängda dörren. Han svarade inte. Maria öppnade. Han satt vid datorn helt uppslukad av ett spel. Hon satte sig bredvid honom på sängen utan att säga något till en början. Han gav henne irriterade ögonkast men hon satt kvar. "Vi behöver prata."

"Inte nu." Han vände sig ifrån henne för att visa hur upptagen han var. Maria la en hand på hans rygg och han drog upp axlarna till öronen i försvar.

"Just nu, behöver vi prata." Maria fattade tag om hans axlar och snurrade runt honom med stolen så att de kom ansikte mot ansikte. "Mirela är död. Jag tror att du är ledsen för det och jag tror att du vet något som gör att du mår extra dåligt i det här. Har jag rätt?"

"Kanske." Emil försökte vända sig mot datorn igen.

"Avsluta spelet och stäng av. Jag vill veta vad du tänker och vad du varit med om den här veckan. Vet du vad Mirela gjorde ute på nätterna?"

Emil fick något jagat i blicken. Han var precis på väg att säga nej när Maria skakade bestämt på huvudet. "Jag vill veta sanningen, Emil. Linda sa att Mirela var ute när alla sov. Det har varit inbrott hos folk på nätterna. Jag gissar att hon snodde saker."

Emil ryckte på axlarna. Blicken var inte stadig. "Hon gav bort saker, tror jag."

"Vilka saker gav hon bort och till vem?"

"Vad spelar det för roll när hon är död?" Emil reste sig upp från stolen och kastade sig på mage i sängen. Han höll händerna för ansiktet. Axlarna började skaka. Maria förstod att han grät. Hon strök honom över ryggen.

"Min älskade Emil. Jag vill dej bara väl."

Efter en stund satte han sig upp och torkade sig i ögonen med tröjärmen. "Jag vill inte att du ska vara polis och ställa polisfrågor.

Jag vill att du bara ska vara mamma och ställa mammafrågor."

"Då låter vi Per Arvidsson ta polisfrågorna. Jag är bara mamma. Berätta för mej vad du tänker, Emil."

"Att jag är ledsen för att Mirela är död. Hon var mobbad, fast inte precis av alla. Det var mer att hon inte fick vara med och jag släppte inte heller in henne. Jag är mest ledsen för att jag blev som dom andra killarna. Det gick inte att stå emot. Om jag varit schyst mot henne hade jag fått fan för det. Jag ville inte ... jag ville verkligen inte ... vara som Måns och Oliver och Niklas."

"Men du bodde i samma barack som dem. Var det okej eller hemskt?"

"Dom hittade på saker som var roliga och dom var helt okej att hänga med. Måns bestämde allting. Precis allting. Vilka vi skulle gilla och vilka vi skulle vara dryga mot. Vi var taskiga mot Lena, fast jag inte ville det. Jag sa förlåt när hon satt på trappan och grät, men jag tror inte att hon hörde det."

"Hur blev det så?" Maria fick behärska sig för att ligga lågt.

"Jag vet inte hur Måns kan bestämma allting, han bara kan det. När man gör något han inte gillar får han en att känna sig jättelöjlig och dum. Eller också får man en fet smäll. Hade jag bytt barack skulle det ha blivit mycket värre."

"Det kallas att alliera sej med hotet", sa Björn som utan att de märkt det stått och lyssnat. Maria gav honom en blick som betydde: Gå din väg, det här är ett mor-son-samtal. Men Björn var inte mottaglig. "Ibland är det enda lösningen om man vill överleva", fortsatte han.

Emil såg lättad ut.

Maria protesterade. "Det måste finnas andra sätt."

"Att ge den där Måns en dyngsmäll är förstås ett alternativ. Man får säkert inte mer än en chans. Det gäller att banka till av bara helvete och hoppas att han kroknar." Björn visade några slag i luften.

Emil började skratta som om någon kittlat honom och reste sig från sängen för att luftboxas med Björn. Maria såg uppgivet på dem. Det var så mycket mer hon hade velat fråga Emil om. Men Björn hade skojat bort den förtroliga stunden. Hon lät dem brottas en stund och gick ut och röjde i köket. Efter en stund kände hon Björns armar runt sin midja, händer som sakta trevade upp mot brösten, en kyss i nacken. Han tryckte sig mot henne och hon vände sig om för att se om han hade några barn i släptåg.

"Var det där ett förslag?" frågade hon och satte på sig förlovningsringen hon lagt på diskbänken.

"Absolut, rätt gizzzat." Björn krökte ryggen och spelade med ögonen som Gollum. "My precious... oh my precious I want it naked. I wonder if it is good and juicy..." Han tog ett låtsasbett på hennes bara överarm och fick något vansinnigt i blicken.

"Lägg av!" Emil stod i hallen och såg på dem. "Ni är så fjantiga så man dör."

När Björn somnat smög Maria upp och satte sig vid datorn. Tankarna på utredningen lämnade henne ingen ro, hon kunde inte låta arbetet ligga nere. Medaljongen flickan haft om halsen hade sett gammal ut. Maria plockade upp fotona hon fått av Erika ur sin portfölj. Det fanns en närbild av stämpeln. Hon letade på nätet och jämförde stämplar. En krona med en solskiva runt, en örn, legeringens halt i promille 999,9 – det vill säga 24 karats guld – och initialerna s.s. Medaljongen var tillverkad i Frankfurt am Main av en guldsmed med initialerna s.s. Tysken som knackat dörr hade sökt efter någon som hette Samuel. Var det en tillfällighet att Walter kom från Frankfurt?

38

"Din mor ville absolut bli begravd, inte kremerad", sa Bruno när de på midsommarafton satt i bilen på väg till Uppsala. De hade precis lämnat färjan. Barnen hade valt att stanna hemma med Björn och gå ner till paviljongsplan för att vara med och klä stången och fira midsommar. Det var en konstig midsommarafton, inte alls festlig och avspänd som den brukade vara. Maria tyckte ändå att det var skönt att få en stund på tu man hand med sin far. De behövde få prata utan att tänka på att små grytor också har öron, som han brukade säga.

"Varför ville hon inte bli kremerad?" Maria försökte se genom bilrutan när regnet hällde ner. Vindrutetorkarna orkade knappt med att hålla undan vattenmassorna. Det såg ut att bli en regnig sommar.

"Hon hade för sej att hon varit häxa i ett tidigare liv och blivit bränd på bål. Jag menar allvar – hon trodde det."

"Det har hon säkert", sa Maria med viss syrlighet. "Regnar det mer kommer hon snarare att bli dränkt än begravd. Jag undrar om Walter kommer till begravningen. Fick du tag i honom?"

"Nej, jag har inte hans telefonnummer, jag vet inte var han bor. Har inte sett honom sen han kom till Norra Murgatan och ville ha pengarna Monica var skyldig honom."

"Det är säkert sant att hon stod i skuld till honom, fast det inte fanns några papper på det. Jag fick den känslan. Han var helt bestört, lurad."

"Det är så typiskt henne", sa Bruno trött. "Jag skulle behöva prata med Walter igen. Jag har satt ut annons i tidningarna både i Uppsala och på Gotland för säkerhets skull. Det enda jag vet är att Walter har varit i kontakt med polisen i Uppsala och berättat om det sista mötet med Monica. Hans fingeravtryck fanns överallt. Det var tur för honom att de kunde hitta en naturlig förklaring till hennes död." Bruno vände sig mot Maria och hans tonläge förändrades och blev nästan viskande. "Vet du, det är något hos honom som skrämmer mej. Ett hat. Var försiktig Maria, jag är inte säker på att han vill dej väl."

"Jag hoppas att du har fel. Han måste få en ärlig chans. Man kan inte döma någon efter första intrycket." Hon tvekade och sa sedan: "Ärligt sagt skrämde han mej också när han dök upp mitt i natten."

De satt tysta en stund och lyssnade till regnet som hamrade mot biltaket och vindrutetorkarnas skrapande ljud. Maria tänkte på Mirela. Till och med den lilla stund hon hade lyckats slumra till på båten mot fastlandet hade flickan funnits där i drömmarna som en flyende skugga.

"Jag sitter och tänker på flickan som blev påkörd", sa Bruno. "Dina kollegor vill prata med mej efter begravningen. Var det en smitare, vet ni vem som gjorde det?"

"Vi har ingen misstänkt ännu. Har du någon fundering?"

"Jag pratade med Severin om det när han kom förbi och fikade på Gula Hönan. Han var upprörd över att ni inte burat in några takläggare hos en dam som hette Renate när de stulit Heinz cykel, men mest arg var han för att de tydligen kör som jävlar på Ronerakan på nätterna. Takläggarna och den här Renate. Det är en sorts tävling."

Som vems höna som springer längst utan huvud, tänkte Maria. Men högt sa hon inget om det. "Jaha."

"De kör från varsitt håll och den som viker åt sidan först förlorar."

"Det kallas chickenrace", förklarade Maria. "Den vanligaste platsen för det är Brorakan. Men där har vi lyckats stoppa dem när vi fått tecken på att det varit på gång."

"Det är helt oansvarigt av dem och om flickan var ute mitt i natten utan reflex skulle det kunna vara någon av dem som kört på henne."

"Vet du om Severin såg att de var ute natten mot onsdag, natten när hon blev påkörd?" Maria tänkte på Renate som tagits in för rattfylla. Det här var viktig information att ha inför förhöret.

"Ja, han hade varit vaken den natten och sett ut genom fönstret. Först kom Renates Cheva och sen, när klockan var närmare halv tre, såg han Lovisas vita skåpbil komma jagande längs vägen från hamnen upp mot kyrkan."

"Såg han några andra bilar i rörelse den natten?" frågade Maria. Hon måste kontakta Hartman så snart som möjligt om detta. "Vet du om Severin fortfarande kör bil?"

"Han är över nittio, det borde han inte göra." Bruno funderade under någon minut av tystnad. "Den andre gubben som är i samma ålder, Elis, tar visst olovandes Lovisas bil ibland. Jag hörde henne skälla på honom när de var i affären. Han hade inte kört lång bit, bara till strandboden. Men ändå. Gubbens reaktionsförmåga är nog inte vad den har varit."

"Jag tänkte på Måns föräldrar. Fabian och Caroline Stål som bodde över på Gula Hönan den natten. Vet du om någon av dem kan ha varit ute och kört bil?"

"Vilka människor!" sa Bruno med eftertryck.

Maria var benägen att instämma, men Brunos fortsättning blev inte riktigt vad hon väntat sig.

"Sällskapsmänniskor, såna man bara önskar att man ska träffa när man bor på pensionat. Vilka historier Fabian kunde berätta! Han spottar inte i glaset, den inte. Det var därför de inte kunde resa hem på kvällen. Och frun, den rara lilla människan, hon har inget körkort."

"Du hade ju ditt rum precis ovanför pensionatets parkering. Hörde du om någon bil startade under natten?"

"Nej, och det skulle jag ha vaknat av. Jag är så lättväckt." Bruno harklade sig och tog fram en ask halstabletter. Han bjöd Maria, men hon avstod. "När jag tänker på det", fortsatte han, "var Markus uppe på natten. Jag vet faktiskt inte vad det handlade om. Jag mötte honom när jag skulle upp och pinka."

De närmade sig Uppsala. Bruno hade skrivit ett kort tal som han läste in sig på den sista milen mot stan. "Hur sammanfattar man ett liv med en kvinna som Monica? Jag känner mej så skrovlig i halsen, men det är nog mest bara nervositet."

"Du måste inte hålla tal, det vet du va? Inte för min skull." Maria fattade hans hand en kort stund och släppte sedan för att växla ner.

"Det blir för hemskt om ingen säger något på din mors begravning."

"Det är ännu värre om det som sägs inte är sant!" Orden kom utan att hon hann tänka över dem. Hon gav sin far en hastig blick för att se om han tog illa vid sig, nu när han skrivit ett tal och allting.

"Det är en balansgång. Det finns fina saker att säga också. Hon gav mej två underbara barn, även om bara ett av dem är i livet."

"Vet du pappa, jag kan förlåta henne mycket, men jag kommer aldrig att komma över att hon inte lät Daniel få mina brev och paketen jag skickade. Jag hittade alltihop ööppnat när jag kom hem. Hon hade gömt undan dem i städskrubben för att hon inte ville att vi skulle ha någon kontakt. Om jag bara vetat hur dåligt han mådde hade jag kommit hem. Då kanske han hade levt nu."

"Det var inte ditt fel, Maria. Tänk inte så. Det var mitt fel, min förbannade feghet. Jag skulle ha lämnat henne om jag bara säkert vetat att jag skulle få Daniel med mej." Bruno knöt nävarna i knäet och stirrade ut i regnet som fortsatte med oförminskad styrka. "Jag saknar honom så mycket. Hans tillit, hans garv och oväntade kommentarer."

Maria stirrade ut i regnet. "Hon hade en ofattbar förmåga att få sin vilja fram. Helst skulle jag vilja slippa gå på hennes begravning i morgon. Jag känner i hela kroppen att jag inte vill vara med och ändå gör jag det."

"Du gör det för min skull, säg som det är!" Bruno suckade djupt.

"Det är en märklig känsla att plötsligt vara fri. Jag har precis blivit pensionär. Monica har lämnat mej och mitt liv är mitt eget. En kort stund kvar på jorden att få göra vad jag vill. Och vet du – det skrämmer mej. Det känns så tomt."

"Om du vill får du gärna bo kvar hos mej i gästhuset. Jag tror att det skulle kunna fungera bra. Du skulle finnas där och jag behöver inte vara orolig för att barnen blir ensamma när Björn och jag arbetar sent. Kan det vara något?"

Bruno såg på henne. "Vad har jag gjort för att få en så generös och varmhjärtad dotter?"

"Det är helt av egoistiska skäl, tro mej." Maria gav honom ett varmt leende.

Det skulle ha blivit en begravning i stillhet. En enkel ceremoni och en samling efteråt med kaffe och tårta i församlingshemmet för de närmast sörjande. Men till Marias förvåning var den stora kyrkan fylld med folk – människor som hon aldrig hade sett förut. Berget av blommor fick hennes egen lilla krans av vita prärieklockor att försvinna obemärkt i mängden.

"Vilka är de?" viskade hon till sin far.

"Bekanta. Du anar inte hur många föreningar hon var med i. Hon var en eldsjäl. En flammande låga som blossade upp, slocknade och dök upp någon annanstans för att tända en gnista. Det är dem folk minns. Inte samhällsbärarna."

Maria skulle precis vända sig bakåt för att spana efter Walter när hon kände doften av hans rakvatten. Han satt på bänken bakom henne i svart kostym, svart skjorta och vit slips. Det mörka håret var blankt och bakåtkammat. Han gav henne ett fantastiskt leende. Hon visade på platsen bredvid sig och han flyttade fram. "Nu är vi här", viskade han i hennes hår när han omfamnade henne.

"Hur känns det?" frågade hon.

"Som en lättnad och som en sorg."

"Jag kunde inte ha sagt det bättre själv." Maria bet sig i underläppen för att hindra de retsamma tårarna som ville tränga fram. "Efter begravningen och kaffet tänker pappa och jag åka tillbaka till huset. Jag skulle vilja att du följer med dit så vi får prata om hur vi ska göra med allting."

Han svarade inte, men gav henne ett outgrundligt ögonkast när orgelmusiken överröstade sorlet och alla reste sig upp. Bruno la sin arm om Marias axlar, säkert lika mycket för att trösta sig själv som henne. Hon kände att det uteslöt Walter och tog hans hand. Han ryckte till, var inte alls beredd på kroppskontakt och när hans hand fattade om hennes var den kall och fuktig av svett. Hon såg upp på honom, men hans ansikte avslöjade inga känslor. När prästen började tala släppte Walter hennes hand. Under hela ceremonin var hon medveten om hans närvaro. Hans röst när han sjöng. En djup, vacker och självklar stämma. Maria kände hur tårarna brände under ögonlocken och varje försök att följa med i sången omintetgjordes av rösten som inte ville bära och klumpen i halsen. De motstridiga känslorna gjorde henne omtumlad. Sorg, längtan och förbittring.

Tre timmar senare klev Maria ur bilen utanför sitt barndomshem. Bruno stack nyckeln i låset.

"Jag har tänkt på en sak sen vi träffades på Gotland", sa Bruno till Walter när de slagit sig ner i soffgruppen i vardagsrummet med var sin whisky. "Jag behöver inte det här huset. Om Maria och jag får ta några minnessaker är resten ditt. Jag har hört med en mäklare. Det är hårt belånat, men i bästa fall kan du få en liten slant över vid försäljningen av huset och lite till för möblerna. Rätt ska vara rätt. Det täcker inte alls allt hon lånat av dej, men det är det bästa vi kan göra."

Walter såg frågande på Maria.

Hon höll med Bruno fast de inte talat om det. "Vi är överens om det", sade hon. "Rätt ska vara rätt. Jag tror ärligt sagt inte att det finns någonting alls jag vill ha." Bruno sträckte ut armen och de slog i hand på saken.

Med en rysning tänkte Maria på hur det skulle kännas att bära något av Monicas smycken eller att äta på finporslinet som hon förknippade med så många minnen. Jular. Midsomrar. Födelsedagar som slutat i gråt. "Nej, jag vill ingenting ha."

"Det är en hård dom, Maria." Walter fick något granskande i blicken. "Jag har inte råd att vara stolt på samma sätt som du. Jag behöver vartenda öre." Han såg sig omkring tills blicken nådde Bruno. "Det var ett fint tal du höll."

Bruno såg upp från sitt tomma whiskyglas med ett blekt leende. "Tack, det tog på krafterna. Jag är inte van vid att tala inför folk som Monica var. Jag tror att jag måste gå och lägga mej. Jag är helt slut."

"Du vill inte ha något att äta innan du går och lägger dej, pappa?" Maria hade tittat igenom skafferi och kyl och visste att hon kunde få ihop en hyfsad löksoppa och scones.

"Nej, jag är inte alls hungrig och ni har säkert mycket att prata om." Han kysste Maria på kinden och nickade åt Walter innan han med tunga steg tog sig uppför trappan till övervåningen.

Maria berättade för Walter vad som stod på menyn. Han började direkt med sconesdegen och Maria plockade fram lök, morötter och timjan och vitt vin. Hon skar lök och tårarna flödade.

"Det där gör du bara för att få ett legitimt skäl att gråta", sa han och Maria kunde inte avgöra om han skämtade eller inte. "Det är bara dem man älskar mest som verkligen kan göra en illa, eller hur? Monica var fantastisk på många vis. Du såg alla människor i dag som hon har betytt något för. Du hörde Brunos tal, att han älskade henne trots allt. Det är inte svart eller vitt, det är svart och vitt. Det måste ha funnits stunder när du älskade henne, du med?"

"Varför kom du till Sverige? Var det för att Monica var skyldig dej pengar?" Maria snörvlade och torkade ögonen med den svarta koftärmen.

"Så du vill inte svara på min fråga. Det gör för ont, vi lämnar det då." Han tog den vassa kniven och snittade upp det ogräddade brödet på plåten i fyra delar. "Jag kom först och främst till Sverige för att leta efter min farfar innan det var för sent."

39

Walter ställde in plåten med scones i ugnen och satte sig vid köksbordet. När den grålila skymningen utanför fönstret fångade hans ansikte fick det ett helt annat och kallare uttryck än i det vänliga lampskenet. Maria såg rynkorna, tröttheten och skäggstubben som letat sig ut efter en hel dag. Hon rörde om i löksoppan. Väntade på vad han skulle säga.

"Jag fick ett brev från min farfar, som jag aldrig har sett. Knappt hört talas om. Som jag berättade för dej tidigare växte jag upp hos min farmor, Frauke Stein. Pappa lämnade bort mej för att hans nya fru inte orkade se mej efter Monicas entré i våra liv. Farmor Frauke var en bitter kvinna som egentligen inte tyckte mer om barn än en städerska tycker om lort. Hon hatade män efter att farfar svikit henne och gjort en annan kvinna med barn."

"Mamma var bara arton år när hon fick dej." Maria stängde av plattan och lät löksoppan sjuda på eftervärme. Hon satte sig mitt emot sin bror vid bordet, hällde upp vin åt dem och tände värmeljuset i glaslyktan.

"Min far var en semesterflirt. Monica ville inte ha mej. Inte han heller, men han tog i alla fall sitt ansvar. Jag har ibland funderat på hur det skulle kännas att få växa upp i en normal familj, hur det skulle vara att känna tillit. Hur kan man någonsin veta att den som älskar en i ena ögonblicket kommer att fortsätta med det i nästa?

Hur kan man någonsin lita på något så osäkert som en flyktig känsla och bygga upp hela sin tillvaro kring den? Jag vet att jag är skadad, men hela mitt förnuft säger mej att det är vansinnigt. Och ändå, när Monica kom tillbaka, kunde jag inte värja mej, för min längtan efter kärlek var gränslös."

"Jag har också problem med tillit", sa Maria. "Min pappa valde på sätt och vis också bort mej när han lät mamma bestämma att vi inte skulle ses." Det skrämde henne plötsligt att Walter med sin öppenhet fick henne att prata om det mest förbjudna. "Berätta mer om din farfar. Vad stod det i brevet?"

"Att han var en gammal man som snart skulle dö. På något sätt hade han fått reda på att jag fanns och att min far inte levde längre. Hans stora önskan var att få träffa mej innan han dog. Själv var han för gammal och skröplig för att resa till Tyskland. Men han skulle gärna betala min resa om jag ville komma. Han skickade med pengar i brevet. Tiotusen kronor i ovikta tusenlappar i ett papperskuvert. Handstilen var spretig och svårläst."

"Hittade du honom?"

"Han skrev att han bodde i Ronehamn."

Maria kände hur tanken svindlade fast hon anat hur det hängde ihop. "Har du knackat dörr i Ronehamn och frågat efter någon som hette Samuel?"

"Ja. Samuel Stein. Han berättade för mej att han kommit med Röda korsets båt till Gotland när kriget var slut. Rut, kvinnan han älskade och för vars skull han övergav farmor, skulle vänta på honom i Ronehamn. Han hittade henne inte där, men han bosatte sig i samhället i hopp om att hon någon gång skulle komma dit."

"Du hade med dej ett foto på honom när du knackade dörr." Maria kände spänningen öka. Hon hade trott att hon lämnat utredningen bakom sig när hon for till sin mors begravning på fastlandet och nu befann hon sig mitt i den. Hon måste vara försiktig. Walters intelligens och intuition fick inte underskattas. Förmågan att snabbt läsa av stämningar är en förvärvad egenskap för den som måste leva under osäkra förhållanden. Hon var polis och måste vakta sin tunga.

"Du förvånar mej", sa han. "Hur vet du det?"

"Folk pratar i affären och på krogen. De talade om en tysk som letade efter en äldre man som hette Samuel." Hon reste sig för att se om sconesen var klara och tog ut plåten. De hjälptes åt att duka bordet och satte sig sedan ner för att äta. Soppan smakade gott. Först nu kände Maria hur hungrig hon var. Av tårtan med smörkräm, som serverades efter begravningen, hade hon inte fått ner en bit.

Walter väntade tills hon såg upp. "Jag tar det från början. Samuel Stein var guldsmed och en känd pianist i Frankfurt am Main. Han kom från en judisk familj. Fraukes familj kom ursprungligen från Schweiz. När min far bara var något år gammal flyttade hon hem till sin familj, och återvände till Frankfurt senare, när kriget var slut. Anledningen till att Fraukes och Samuels äktenskap bröts var att han träffat en judisk kvinna, Rut, och blivit störtförälskad. Rut väntade snart hans barn. Förföljelsen av judar intensifierades. Synagogor brändes i staden. Rut blev rädd. Hon hade en syster i Ronehamn på Gotland som hette Sara. Systerns man, som var köpman med förbindelser i Tyskland, hjälpte henne att fly till Sverige. Samuel hade gjort en medaljong åt sin älskade som hon lovat att bära tills de sågs igen. Rut skulle ha väntat på honom i Rone, men hon kom aldrig fram. Sara och hennes man dog i Hansaolyckan 24 november 1944. Kvar i huset fanns en svägerska som hette Ingeborg och parets dotter Ella Funke. Jag har försökt prata med henne, men hon är milt sagt folkskygg."

"Medaljongen", påminde Maria honom när han gjorde en kort paus för att smaka på soppan.

"Gott! Det hade varit svårt att få ner något mäktigare än soppa en sån här dag." Han började bre smör på ett scones, men rörelsen saktade av och dog ut medan han tänkte. "Det fanns två likadana medaljonger. Sara hade en. Samuel gjorde medaljongen till Rut, en kopia. Hans foto fanns på insidan. Hon lovade att aldrig ta den av sej, det berättade en av Samuels medarbetare i butiken. Jag har skissen på medaljongen, den finns bevarad."

Maria var mycket nära att försäga sig. Att Mirela bar medaljongen med fotot när hon hittades död fick inte läcka ut. Rimligtvis borde Ella Funke ha den andra. Walter var väldigt lik sin farfar på fotot. Bakåtstruket hår, bruna uttrycksfulla ögon och regelbundna manliga drag. Walter var något bredare i ansiktet och mörk. Hon hade tyckt att mannen på fotot i medaljongen verkade bekant. "Rut lovade att aldrig ta den av sej", upprepade Maria. *Var hade Mirela fått smycket ifrån? Hittade hon Rut?*

"För att svara på din fråga. Jag har inte hittat min farfar. Samuel skrev att han levde under en annan identitet, som han inte ville avslöja i brevet. Varje dag klockan 12.00 lovade han att vänta på mej i affären i Ronehamn. Jag skulle tilltala honom på tyska och han skulle svara mej på samma språk. Sen jag kom till Ronehamn har jag träffat två gubbar på Broanders livs. Den ene hette Elis och han kunde inte ett ord tyska. Men han var mycket intresserad av det jag berättade, så jag visade honom fotot. Den andre gubben hette Severin. Han talade tyska med brytning och jag trodde för ett kort ögonblick att det var han som var min farfar."

"Men Samuel dök aldrig upp i affären?" Maria tyckte att hon borde komma med något. Hon ville gärna hjälpa honom att förstå vem Samuel var, men hon kunde inte föregripa utredningens resultat utan att riskera att förstöra något. I praktiken var Walter lika misstänkt för mordet på Heinz som alla andra som befunnit sig i Ronehamn. Maria såg tankfullt på honom. Vad skulle han ha haft för anledning att döda sin farfar?

"Jag visade fotot för Severin också, ifall Samuel var sej lik från sin ungdom. Men han kunde inte hjälpa mej. Jag var så desperat att få tag i min farfar att jag försökte berätta hela historien för Severin, men han ville inte lyssna."

"Visste han vem Samuel var?" Det hade stått mycket om mordet i tidningen. Han borde ha sett det och hört folk tala om det i affären inte minst. Ibland ska man lyssna mer på det som inte sägs än på det man hör. Varför undvek Walter saken?

"Severin var arg och irriterad redan från början. Jag sa att jag bodde hos Renate Back och det föll inte i god jord. Hon står inte högt i kurs i Rone. Men det är billigt att hyra av Renate, man får mat och någonstans att sova och med tiden upptäcker man att hon har ett hjärta av guld. Jag träffade hennes kusin på båten som tipsade om extraknäcket som takläggare och boendet i Rone. Det passade mej perfekt." Walter kupade sin hand över Marias hand just när hon skulle sträcka sig efter sitt glas. "Jag vet att du utreder mordet på Heinz Meyer. När tänker du berätta det för mej?"

Hon blev överrumplad och drog handen åt sig. "Under pågående utredning är det klokt att säga så lite som möjligt."

"Så var det med den tilliten. Du är min syster och du litar inte mer på mej än så."

"Jag har precis träffat dej och försöker lära känna dej." Maria kände sig trängd. Walters intensiva blick granskade och ifrågasatte. Han fattade om hennes handled igen och hon stålsatte sig för att inte dra undan handen igen.

"Det finns inte så många nittioåringar i Ronehamn, särskilt inte med tyskt påbrå. När jag hörde att Heinz Meyer blivit mördad antog jag att det måste vara han. Jag ser på dej att du också tror det. Du är som en öppen bok, Maria. Ditt ansikte speglar precis det du tänker. Jag förstår att du inte kan berätta polishemligheter för mej. Du får säga pass när du vill." Walters grepp om Marias handled hårdnade. "Jag har också en del frågor att ställa."

"Jag är ledsen att du inte hann träffa din farfar när du rest hela vägen till Gotland."

"Det var inte bara för att träffa honom jag kom. Jag ville träffa dej. Farfars brev satte i gång många tankar. Vad är en familj? Jag har inga andra syskon. När jag tänker efter är du den enda jag har. Men jag trodde att du hatade mej och jag visste inte hur jag skulle få dej att gå med på att träffa mej. Och så blev det Monicas död som förde oss samman."

Maria kände en rysning genom kroppen när hon inte kunde hindra den vanvettiga tanken. Tänk om Walter ändå dödat Monica för att de skulle träffas på begravningen. En riktig psykopat skulle kunna iscensätta en sådan sak. Maria försökte bedöma om Walter var farlig eller bara dramatisk. "Får jag fråga först? Jag har tre frågor av polisiär natur."

"Var så god." Han gav henne ett outgrundligt leende.

"Var befann du dej natten mellan måndag och tisdag?"

"När Heinz blev skjuten, menar du?"

Maria nickade jakande och kände sig alltmer olustig. Det här var inte rätt tid eller rätt plats för ett förhör. Men hon upplevde att hon inte hade något annat val när möjligheten serverades.

"Frau Wern, jag hade vilt och våldsamt sex med Renate i korvkiosken nere i hamnen. Jag hörde skottet, men var för onykter för att bry mej just då. Du kanske undrar var hennes boyfriend höll till. Han låg på andra sidan av madrassen och sov som en gris. Du ser ut som ett frågetecken i ansiktet." Han log retsamt mot henne. "Jag skojar."

"Okej och vad gjorde du då?" Maria kunde inte låta bli att dra på mun. Hon gick faktiskt på det. Så lite kände de varandra.

"Jag var på mitt hyresrum hos Renate och sökte på nätet efter objekt tillverkade av tyska guldsmeder med initialerna S.S. Med tanke på min farfars vidare öden var S.S. nog inte de initialer han själv skulle ha valt. På skissen av medaljongen syns en stämpel. Det finns en örn. Det märke som användes för att beteckna min hemstad Frankfurt am Main. Jag hittade den på nätet också. Vill du se en pappersutskrift så finns det datum och tid på den. Jag använde Renates skrivare. Hon kan intyga att jag var där. Hon hade födelsedag och Roger hade glömt bort det. Renate blev förbannad och full. Roger muntrade upp henne med ett hönsrace. Jag var nykter. Skulle upp klockan fem nästa morgon och jobba. Nästa fråga."

"Vad berättade din farmor om Samuel?"

"Att han var en idiot, det värsta kräk och den lumpnaste svikare som någonsin trampat denna jord och att fåglarna borde hacka ut hans ögon och äta sej genom hans inälvor och att hans falska tunga borde brännas tillsammans med hans maskformiga bihang och då menade hon inte blindtarmen. Vad trodde du?"

"Vet du om Samuel hade något vapen? En pistol?"

"Ingen aning. Sista frågan?"

"Var var du natten till onsdag?"

"Ensam i Renates hus. Hon drog in till stan och kom inte tillbaka. Hon var milt sagt förbannad. Roger hade lämnat henne för en tjej han träffade på Munken och valde att sova hos henne i stan. De lever i ett fritt förhållande, men det verkar inte vara så enkelt och komplikationsfritt som de säger. Hon var rasande svartsjuk. Ingemar, den förståndshandikappade killen, syntes inte till och inte någon annan heller. Jag läste, lyssnade på musik och somnade redan vid tiotiden. Jag förstår att frågan handlar om flickan som blev påkörd av en smitare. Mirela hette hon."

"Träffade du henne?"

"Ja, en enda gång. Hon bröt sig in i Renates kiosk natten mot söndag i förra veckan. Jag tog henne på bar gärning. Hon sa att hon var hungrig. Vi hade ett snack. Hon lovade att aldrig göra om det. Och jag lovade att det skulle stanna oss emellan... men nu är Mirela död."

"Renate har inte anmält något inbrott."

"Det skulle inte jag heller göra om jag var Renate."

40

När Maria vaknade på söndagsmorgonen hade Walter redan gett sig av. Det fanns en termos med kaffe på köksbordet och färskt bröd han hade köpt i närbutiken om hörnet. På Marias plats låg det en lapp kvar där han skrivit sitt mobilnummer. Han hade sovit på soffan i vardagsrummet och Maria i sitt gamla flickrum. De hade suttit uppe och pratat till långt efter midnatt. Walter hade många funderingar kring sin mamma och sin farfar.

Samuel hade velat träffa sin sonson innan han dog, men det var inte bara det, hade Walter sagt. Hans farfar gav honom ett uppdrag. Det viktigaste för Samuel var att någon fortsatte att leta efter Rut och barnet. *I er nya tid finns andra möjligheter*, skrev han i sitt brev. *Jag har svårt att förstå mig på det där med datorer. Men du kan säkert hjälpa mig att hitta dem även om hon gift om sig med någon annan.*

"Jag skulle behöva låna brevet av dej och skissen på medaljongen, om det går bra", hade Maria sagt. Hon hoppades att han skulle lämna ifrån sig dem utan att protestera.

Maria och Bruno reste tillbaka till ön på söndagen. Under bilfärden till färjan sov Bruno nästan hela vägen. Maria kände sig också oändligen trött. Regnet hängde fortfarande kvar i mörka moln som öppnade sig i blygrå stråk på himlen. Maria släppte in vinden från havet genom bilrutan för att hålla sig vaken. Båtresan över Östersjön var lugn. Bruno sov bredvid henne i vilstolen. Maria lät tankarna vandra som de ville. "Minns du när du var liten och jag gungade dej", hade Walter sagt. "Jag gungade dej högt, men du ville ha ännu högre fart." När Walter log blev hans ögon som halvmånar och kinderna runda. Det leendet kände hon igen sedan hon var barn, men resten av ansiktet hade gått förlorat över tid. De kunde ha fått växa upp tillsammans. Men Monica hade hållit dem isär med lögner. Just nu när Maria bestämt sig för att bearbeta det som hänt i barndomen för att våga vara hel i relationen till Björn... så gick mamma och dog. Det fanns inte längre någon att ställa till svars för det handikapp hon och hennes syskon fått leva med. Walter hade satt ord på det hon länge tänkt men aldrig lyckats formulera. Hur vet man att den som älskar en just nu kommer att göra det i morgon? Det finns inga garantier för någonting. Äktenskapet är ett högtidligt löfte, en önskan om att leva i kärlek. Men ingenting är säkert. Ingenting alls.

När Bruno och Maria kom hem till Norra Murgatan hade Björn gjort lammstek som han serverade med gräddsås och myntagelé. En flaska rosévin fanns på kylning att smutta på ute under päronträdet före middagen. Tio röda rosor stod i en vas på vardagsrumsbordet. Han kysste henne välkommen hem och barnen kom farande och ville kramas i en stor klump där Bruno också fick plats. I den stunden kände Maria att hon måste våga ta emot den lycka livet gav och inte spjärna emot – även om det i nästa stund skulle kunna ryckas ifrån henne.

Senare när barnen såg på film med Bruno och de satt ensamma ute i trädgården inkrupna under samma filt och drack upp det sista vinet frågade Björn hur begravningen varit. Under samtalets gång märkte Maria att det var något annat som tryckte honom. "Vad är det? Jag ser på dej att det hänt något."

"Vi kan ta det i morgon om du är trött, min älskling."

"Nej, jag vill att du säger vad det är, nu med en gång."

Björn drog ett djupt andetag. "Liv ringde."

"Ja?" Maria var genast på sin vakt.

"Hon vill ha ett samtal med Emil i veckan. Polisen har bett henne hjälpa till att höra barnen." Björn letade efter orden som skulle kunna mildra det han ville säga, så tolkade Maria tystnaden som följde. "Jag vet inte vad hon vill fråga honom om, men det lät allvarligt. Han har inte sagt något till dej? Jag menar om det har hänt något på kollot som polisen behöver få veta. Något allvarligt som rör flickan, hon som blev påkörd."

Maria hade på tungan att hon hade försökt prata med Emil när Björn kom in och började brottas och busa sönder stämningen, men hon ändrade sig i sista stund. "Nej. Han har inte sagt något till dej då?"

"Jag har försökt prata med honom, men han vill inte tala om kollot alls. Vi har spelat fotboll nästan hela dan och så har de städat sina rum så det skulle vara fint när du kom hem. Det är bra om du berömmer dem, för de har verkligen jobbat hårt."

"Det ska jag göra. Du har också jobbat hårt. Det kändes så härligt att få komma hem till dukat bord och bara sätta sej ner. Så var det inte i livet före dej."

Bruno kom ut på trappan för att gå över till gästhuset. Han hade nattat barnen. "Jag skulle hälsa från din farfar", sa han i förbifarten till Björn. "En riktigt trevlig bekantskap."

"Du brukar tycka det om de flesta", skrattade Maria.

Det hade blivit svalare och de bröt upp för att gå till sängs.

"Jag tänkte på farfar Severin", sa Björn just när de skulle somna. "Vi kom att tala om hur det var under kriget. Farfar sa att han beundrade Hitler till en början. Alla gjorde det. Tyskland var i kaos. Många av köpmännen i Ronehamn bedrev handel med tyskarna. Hitler skapade ordning. Det fanns de som vid den tiden gärna hade sett honom ta makten i Sverige. Jag frågade honom om han varit del av det, men det ville han inte svara på. Det som hänt i Rone har inte utsocknes med att göra. What happens in Rone, stays in Rone."

Nästa morgon gav sig Maria av till jobbet innan de andra hade vaknat. Oron malde. Hon tyckte inte om att Emil skulle förhöras av Liv. Säkert var hon kompetent. Både Tomas Hartman och Björn gick i god för hennes yrkesskicklighet, det var inte det. Kanske var det bristen på tillit som spökade igen. Misstanken att Liv ville ha Björn för sig själv, att hon kanske till och med skulle kunna använda sig av Emil för att skada deras lycka. Det här var tankar hon inte kunde dela med någon, inte ens med Björn.

Maria slog en signal till Hartman och meddelade att hon tänkte ta förhöret med Renate Back direkt. I korta drag sammanfattade hon det Walter sagt som var av värde för utredningsarbetet. Hartman bad henne komma in till klockan tio för ett möte i samlingsrummet. Då borde de ha fått ett preliminärt obduktionsprotokoll från rättsläkaren som obducerat Mirela.

Renate Back satt i sjukhuskorridoren. Droppet var bortkopplat och nålen skulle dras under eftermiddagen. Hon hade privata kläder på sig och var lila i ansiktet som en krokus om våren efter att ha slagit ansiktet i väggen på tillnyktringen. Hon skulle bli utskriven från lasarettet efter ronden, sa hon och personalen hade redan börjat rengöra hennes säng för nästa patient. I dagsljuset som flödade in genom de stora fönstren som vette mot havet såg den lila färgen ännu mer osannolik ut. Maria föreslog att de skulle gå ut och sätta sig på en bänk i solen.

"Hur är det?" frågade Maria när Renate försiktigt linkade mot entrén.

"De flesta som ställer den frågan vill inte ha svar på den. 'Kan du avsätta tre timmar så ska jag berätta hur jag verkligen mår?' är inget svar folk orkar med. Jag har mask i levern, ungarna knarkar och huset har brunnit ner är inga mingelrepliker i vår jäktade tid, även om det skulle vara sant. Vad vill du höra? Jag har blivit av med mitt körkort, jag kommer att ställas inför rätta, polisen har snott min bil och min karl har varit otrogen. Det är ingen som orkar lyssna på sånt. Det är inte trevligt."

"Jag lyssnar." Maria såg på klockan. "Jag har ett möte klockan tio, det är gott om tid tills dess."

"Roger har dragit, med ett päronarsle han hittade på Munken i tisdags och jag är så ledsen. Jag trodde inte att jag skulle bli ledsen för han var egentligen inte mycket att ha. Han låg mest på soffan och drack öl och såg på sport när han var hemma, men jag var liksom van vid han. Ibland kom det en liten trevare åt mitt håll när han pilsknade till efter matcherna, särskilt om det gått bra för Sverige." Renate drog koftärmen under näsan så det blev en lång snorrand på trikån. "Du vill veta om jag körde på flickan? Det är det du tror och det är därför du är här eller hur?"

"Jag tror ingenting ännu. Jag vill veta vad du minns av tisdagskvällen." Maria försökte att inte se på Renates näsa där det hängde en droppe snor som hotade att falla när som helst tills hon snörvlade inåt av alla krafter.

"Roger ringde och sa att han inte skulle komma hem. Han tänkte sova i stan. Jag frågade varför och då berättade han att han raggat upp någon i baren. Vi har ett fritt förhållande, inga löften. Men jag blev riktigt jävla nere. Jag behövde någon att prata med, men Walter satt vid datorn och ville inte ta ett glas med mej så jag fick dricka själv. Det är aldrig bra att dricka ensam, man tappar kontrollen, plötsligt blir det bara för mycket. Jag höll på att längta ihjäl mej efter Roger. Jag gapade åt Walter att skjutsa mej, men han skulle upp tidigt och jobba och sov som en gris med dörren låst. Klockan var nästan tre på natten. Det vete fan vad jag tänkte på, antagligen tänkte jag inte alls när jag satte mej i bilen och körde mot stan. Jag längtade bara så inihelvete mycket efter Roger. Jag tänkte förlåta han bara han kom hem. Jag körde inte på någon, jag är säker på det."

"Såg du någon annan människa på vägen mellan ditt hus och Rone kyrka? Andra bilar, fotgängare, någon på cykel, något annat märkligt på vägen? Tänk efter, ta tid på dej, för det här är viktigt."

Renate böjde sig framåt och lutade huvudet i händerna för att stänga världen ute. Fingrarna gled genom det rufsiga röda håret. "Jag minns bara en sak och jag har legat och funderat på det i natt. Jag mötte Lovisa eller i alla fall Lovisas bil. Den kom från kyrkan och åkte ner mot hamnen. Det minns jag, för jag undrade vad hon gjorde uppe mitt i natten. Jag tänkte att då måste hon ju ha lämnat Agneta ensam eller släpat upp henne och rullstol, du fattar va? Det var konstigt. Men jag såg ingen flicka och jag körde inte på henne. Du får inte tro att jag körde på henne för det gjorde jag inte. Vad du menar är att hon borde ha legat på vägen påkörd, men det gjorde hon inte. Jag är van vid att vara full och har bra koll, bättre än du tror."

Maria svarade inte, i stället la hon armen tröstande om Renates rygg när hon såg hur sorgsen hon var. "Du har haft inbrott."

"Walter såg någon. Det var i kiosken, en flicka."

"Men du har inte anmält det. Har något försvunnit?"

Renate drog på svaret och vände ansiktet mot havet. "Nej."

Maria kände på sig att hon ljög. Ryktesvis fanns det en del svarta pengar hos Renate. Det var hon som gjorde upp affärerna med dem som ville få taken omlagda på sina hus. Betalningen skulle alltid ske med postväxel eller rena kontanter, aldrig över ett konto. Per Arvidsson hade luskat runt lite i grannskapet och det var vad han hört. "Kan det ha försvunnit pengar?"

"Jag vet inte vad du pratar om?"

"Har du haft inbrott i ditt hem också, inte bara i kiosken?"

"Ja, det var natten efter att ungarna på kollot hade kommit. En krossad ruta, men jag vet inte om de tog något. Om de gjorde det var det bara en välgärning. Jag har mer saker än jag behöver och hittar inte det jag vill för att andra saker är i vägen. Tror du det var samma flicka? När jag var barn och vi snattade var vi alltid två eller fler för det var ganska läskigt att vara tjuv. Men den här flickan var ensam."

41

"Vi har gått igenom Renates Cheva", sa Erika Lund när de samlats i konferensrummet. Klockan var några minuter över tio på måndagsmorgonen. Hartman kavlade upp skjortärmarna och öppnade fönstren. Det skulle bli en varm dag. "Det finns inget som tyder på att Chevan kolliderat med något på senare tid. Det fanns en gammal plåtskada på förarplatsens dörr. Den är skadereglerad för över ett år sen."

"Jag kollade upp det med hennes försäkringsbolag", inflikade Jesper. "Hon slängde upp dörren och välte en cyklist. Men det är utagerat."

"Blodspår i bilen?" frågade Arvidsson och sträckte ut sina långa ben under bordet så att han råkade röra vid Maria av misstag. Han ryckte till och mumlade en ursäkt. Det fanns en tid då ingen av dem hade velat flytta sig om de råkade snudda vid varandra.

"Ingenting. Det är tygklädsel på sätena, de borde ha sugit åt sig. Bagageutrymmet har en nålfiltsmatta fastklistrad. Inget där heller."

"Hon sa till mej att hon mötte Lovisa Rondahls bil. Jag skulle vilja hälsa på Lovisa. Jag tänkte mej ett oväntat besök så att hon inte hinner förbereda några svar eller göra något åt bilen." Maria väntade på Hartmans godkännande.

"Arvidsson och du får ta det. Finns det fog för att ta in bilen hämtar vi den. Finns det fler iakttagelser från natten till fredagen, Ek?"

"Severin Bergström har hört av sig. Han såg också Lovisa fara förbi strax efter två på natten upp mot kyrkan och sen tillbaka hem. Hon har en vit Opel Combo. Däremellan såg han Renates Cheva på väg mot stan. Natten till torsdagen såg han den gamla brevbärerskan, Ella Funke, vandra förbi. Hon är tydligen lite egen och undviker folksamlingar. Det är inte ovanligt att hon är ute och promenerar på natten. Förr i tiden hade hon en hund att gå ut med, nu vandrar hon själv. Severin anser inte att hon är tillräknelig."

"Såg han Lovisa eller bara bilen?" Maria tyckte att det var underligt att inte Severin hört av sig direkt till henne eller åtminstone pratat med Björn om saken. De hade ju talats vid i går. Kanske ville han inte besvära när Maria skulle på begravning. Hon slog sig till ro med det.

"Severin sa att han såg Lovisa. Men han kan ju ha menat att han såg bilen och inte reflekterat över vem som satt i den. Vi får väl nästan förutsätta att det var hon som körde." Hartman såg på Wern och Arvidsson. "Då pratar ni med Ella Funke också när ni ändå är i Ronehamn. Ek får ta kontakt med Walter Stein och andra eventuella anhöriga till Samuel Stein. Maria kan inte fortsätta utreda mordet eftersom Walter är hennes bror." Han vände sej till Maria. "Du kanske vill berätta själv?"

Maria redogjorde för hur Walter hade dykt upp i hennes liv och nästan skrämt vettet ur henne. Sedan berättade hon om brevet där hans farfar bad honom komma till Ronehamn för att söka efter Rut. "Det finns två identiskt lika medaljonger. Den ena fick Rut. Hon hade lovat att aldrig ta den av sej." Maria visade dem skissen hon fått låna av Walter. "I Ruts medaljong, som Mirela hade om halsen när hon hittades död, fanns ett foto av en ung Samuel. Rut kom alltså fram till Ronehamn och sen försvann hon spårlöst. Tills nu ... när vi funnit medaljongen. Det är det enda spår Walter har efter sin farfars kvinna och det barn hon väntade. Barnet skulle vara i dryga sjuttioårsåldern i dag och Rut närmare nittio. Walter kommer att fortsätta söka efter dem, det lovade han sin farfar. Hon och barnet måste ha hållits gömda, eller dött och begravts på okänd plats. De kan också ha bytt namn och i bästa fall vara vid liv. Hur Mirela kom över Ruts medaljong vet vi inte. Hon kan ha fått den eller stulit den. Medaljongen kommer sannolikt inte från inbrottet hos Samuel eftersom han bad Walter leta efter smycket. Så låt mej gissa att Mirela hittade Rut själv eller barnet. En man eller kvinna i sjuttioårsåldern."

"Har du en bror? Menar du att din mörka snygga stalker är din bror?" Erika kunde inte dölja sin förvåning.

"Ja, en halvbror. Han bara smög in i mitt hus en mörk natt."

"Antar att det måste vara lika omtumlande som när jag fick veta att jag var adopterad." Per snurrade kaffekoppen framför sig och såg sedan upp på Maria. "Det är mycket tuffare än man kan tro när man ser det utifrån. Man måste liksom omprogrammera förutsättningarna i livet. Det tar kraft."

"Ja, det har varit mycket nu." Maria reste sig och gick ut i korridoren. Hon orkade inte prata om det.

De lämnade Visby en timme senare. Arvidsson lyssnade på radion. Marias tankar var hos Emil. Han skulle möta Liv Ekdal i morgon och bli utfrågad. Bruno hade lovat att följa honom dit. Varför just Emil, var han inblandad i något? Det är så lätt att falla för grupptrycket. Maria ångrade att hon låtit Björn skoja bort stunden när de kunde ha talat om det här. Tänk om Emil var mer inblandad än hon anat.

"Vad tänker du på?" Arvidssons röst förde henne tillbaka till nuet.

"Inget särskilt." Det skulle ha varit skönt att få anförtro sig åt Per. Han hade alltid varit bra att prata med. Aldrig dömande eller dominerande, men en god lyssnare.

"Det fanns en tid när du förbehållslöst litade på att jag ville dej väl och att jag kunde hålla tyst. Från min sida har inget förändrats. Jag är din vän."

"Jag är orolig för Emil." Maria försökte förklara så gott hon kunde. "Det är en känsla. Jag är rädd att Liv vill honom illa."

"Liv Ekdal på socialtjänsten? Visserligen kan hon skrämma hästar i sken med sitt utseende efter skönhetsoperationen eller vad det är hon har gjort, men inte desto mindre är hon duktig. Kompetent. Den skarpaste hjärnan de har, skulle jag säga. Jag tror att du har fel, Maria. Du vet att jag håller på dej i alla lägen, men jag måste ändå fråga om du är svartsjuk?"

"Inte jag, men kanske hon", mumlade Maria. Det kändes olustigt. Hon ville komma bort från ämnet när han inte förstod hur hon kände. "Hur lägger vi upp förhöret hos Lovisa?"

"Först frågar du om bilen, sen tar jag ett snack om medaljongen." Per knäppte upp skjortan i halsen. En doft av rakvattnet som en gång varit hennes favorit väckte minnen till liv. Det var verkligen varmt. "Jag tänkte på en sak", fortsatte han. "Mirela behöver inte ha snott medaljongen. Den som satte blommor i hennes händer kan ha hängt smycket om hennes hals. Fanns det fingeravtryck på den, vet vi det?"

"Erika skulle återkomma om det", sa Maria. "I bästa fall har hon också fått preliminära obduktionsresultat tills i eftermiddag. Jag tänkte på en annan sak. Severin tycker inte om Ella Funke. Jag har inte klart för mej varför han är så irriterad på henne. Han tycker att hon snokar."

"Om han inte har något att dölja förstår jag inte varför det skulle vara så farligt."

Solen gassade när de parkerade bilen vid Gula Hönan. Det såg idylliskt och rofyllt ut. Här skulle barnen ha lekt i två veckor till. På programmet fanns utflykter, bad, bågskytte och skattjakt. Maten hade varit supergod enligt Linda som tillbringat mycket tid med kocken i köket. Det ingick i pedagogiken att två av barnen skulle hjälpa till vid varje måltid i ett rullande schema. Linda hade tyckt att det var så roligt att hon hade anmält sig som frivillig. Man kan undra var den lusten och det roliga i att dammsuga och torka av ett bord tar vägen sedan, tänkte Maria. Emil hade också tyckt att det var roligt att hjälpa till i köket när han var mindre.

De promenerade den korta biten till Lovisas hus och ringde på. Den vita skåpbilen stod på uppfarten. Agneta satt i sin rullstol under äppelträdets skugga med hörlurar och lyssnade på musik på så hög volym att Maria hörde basgången. Hon försökte hälsa, men Agneta var i sin egen värld. Maria kunde ana Lovisas blå klänning i fönstret. Hon öppnade och bad dem stiga in. Den här gången hade Lovisa håret samlat i en luftig knut i nacken och långa glittrande örhängen.

"Har ni tid med en kopp kaffe? Jag skulle just ta en kopp själv. Om vi sitter på verandan kan jag ha uppsikt över Agneta." Lovisa dukade en bricka och kom strax ut till dem i solen. "Ni har rest ända från Visby, kan jag tänka. Var så goda och doppa nu."

För att vara en enkel förmiddagsfika eller kluckoti som det heter på gotländska var det ett rent överdåd av hembakade kakor. Maria hade tänkt ställa frågor direkt men hon insåg snart att de säkert skulle nå bättre resultat om de infogade sig i reglerna för den gotländska gästfriheten. Under trevligt småprat om vädret och Lovisas sparrisodling drack de kaffe med utsikt över havet som bortom horisonten sträckte sig mot Ryssland. De kom att tala om kriget.

"Jag var nio år vid krigsslutet. Ella Funke och jag var bästisar innan vi började skolan, men när hennes föräldrar omkom i Hansaolyckan och hennes faster Ingeborg flyttade in blev hon som förbytt. Som vuxen kan man förstå det, men som flicka begrep jag ingenting. Jag tyckte hon var dum när hon inte ville komma ut och leka. Snart hittade jag andra kompisar och hon blev liksom utanför." Lovisas blick följde en havsörn som vilade på vingarna vid strandlinjen. "Vi var inte snälla mot henne. Man skulle ha tyckt att någon vuxen borde ha ingripit, vi barn förstod ju inte bättre. Jag skäms än i dag för vad vi gjorde. Tryckte ner henne i en dasstunna och satte på locket.

Jag stod bredvid och skrattade. Många gånger har jag försökt att be henne om förlåtelse, men hon har inte velat tala med mej sen dess."

"Severin verkar inte tycka så värst bra om henne, nu heller." Maria försökte med en trevare.

"Det kanske inte är så konstigt. Ella Funke visste saker och ting. Jag vet inte om ni har träffat henne, men hon har en otrolig förmåga att smyga sej på folk ljudlöst. Plötsligt står hon bara där bakom en, alldeles tyst."

"Vad var det hon visste om Severin?"

Lovisa såg olustig ut och tycktes köpslå med sig själv. I Rone tiger man om skandaler, men nu gällde det mord. "Ella berättade en sak för mej efter Hansaolyckan. Hennes faster Ingeborg tog ju hand om henne och förvaltade huset och pengarna tills Ella blev myndig. Ingeborg bodde i pigkammaren innanför salen på nedre botten. Ella berättade att hon hade vaknat mitt i natten och var rädd. Hon hade haft mardrömmar och tordes inte vara ensam på övervåningen. Därför gick hon nerför trappan, smög upp dörren till pigkammaren och såg dem. Nakna. Ingeborg vaknade och såg att hon stod där."

"Vilka då?" Maria trodde att hon fattade men ville ändå få det i klartext.

"Ingeborg och Severin! Severin var förlovad med Solvår, de skulle gifta sej när kriget var slut. Hon var hemma hos sina föräldrar i Norge på besök när det hände. Severin hotade att döda Ella om hon skvallrade. Hon sa det bara till mej och jag har inte talat om det för någon. Men nu när det händer så konstiga saker i Ronehamn kanske man måste gräva i det gamla?"

42

Lovisa Rondahl skruvade på sig, löste upp hårknuten så att det långa vågiga håret föll ut över axlarna och gick sedan ner från verandan för att se till Agneta som satt i sin rullstol. Filten hon haft om benen hade fallit ner på marken. Lovisa plockade upp den, stoppade om sin dotter och gav henne en kram och en klapp på kinden. En vacker tavla inramad av äppelblom, tänkte Maria.

Per lutade sig fram över bordet och viskade: "Kan det vara av betydelse, tror du? Det hon berättade om Severin och Ellas faster?"

"Det vet man först efteråt, eller hur? För Severin har det säkert haft betydelse om han känt sej iakttagen och olustig så fort Ella funnits i närheten. Det är inte säkert att Solvår vet om hans snedsteg, ens nu. Och ändå har det säkert funnits som en skugga mellan dem, något hon kanske kunnat ana. Kvinnor känner ofta på sej när en man varit ute på fulheter."

Pers ansikte mulnade och Maria förstod direkt att hon skjutit honom i sank. "Förlåt mej Maria, förlåt att jag svek dej. Om jag hade kunnat göra det ogjort..." Per såg förtvivlat ledsen ut.

"Vi har pratat färdigt om det där. Du har bett om förlåtelse, jag har förlåtit dej och nu är det som det är." Maria kände ett stråk av sorg. Per var en fantastisk man på många sätt. Det gjorde ont att göra honom illa. Men har man en gång älskat någon besinningslöst måste man sätta tydliga gränser, också för sig själv. Det skulle inte hjälpa honom om hon erkände att det fanns stunder när hon saknade det de haft. Han måste få en chans att gå vidare. Det måste de båda två.

"Ursäkta mej ett ögonblick." Per reste sig för att gå till toaletten när Lovisa kom tillbaka. Maria följde honom oroad med blicken. Efter några minuter var han tillbaka och inget av samtalet de fört gick att avläsa i hans ansikte.

Lovisa hade fastnat med tankarna i det förgångna. "Ella ville aldrig att vi skulle leka hemma hos mej. Hon var rädd för min pappa fast han oftast var glad och skojade. Hon undviker honom fortfarande. Stirrar bara konstigt."

"Elis, kör han bil fortfarande?" frågade Maria i ett försök att komma till det verkliga ärendet.

Lovisa utkämpade en inre strid, det var tydligt. "Han kör ibland, men bara här i Ronehamn. Oftast bara ner till strandboden med saker som är för tunga att bära. I vintras drog han upp båten med hjälp av dragkroken. Han är inte dum på det sättet." Hon tvinnade händerna oroligt i knäet. "Han borde förstås inte köra, men det är så kort bit. Jag kan inte alltid hjälpa honom på minuten och släppa allt annat för att skjutsa honom när han får ett infall."

"Det förstår jag", sa Maria avväpnande. "Natten till onsdag sågs din bil ute på Ronehamnsvägen. Vem var det som körde?"

Lovisa såg alldeles förskräckt ut. "Så förfärligt. Han ser ju så dåligt, ännu sämre i mörker. Mitt i natten sa du?"

"Vid tvåtiden på natten. Körde du din bil då eller var det någon annan?" Per såg på henne med ett sorgset allvar.

Lovisa bleknade, andades tungt och la handen på bröstet för att lugna sina andetag. "Det var då flickan blev påkörd. Mirela. Det var den natten, eller hur? Gode Gud, låt det inte vara så."

"Vem körde bilen, Lovisa? Vi måste få veta sanningen", sa Maria.

"Jag vet inte. Jag trodde att den stod här utanför." Lovisa knep ihop munnen och mumlade. "Jag låser den inte. Nyckeln ligger alltid på förarsätet."

"Men det brukar vara Elis som lånar den och nyckeln ligger där för att han ska kunna ta bilen när han behöver den, är det så?" frågade Per.

"Ja", viskade hon och drog in luft. Näsvingarna skälvde och Maria befarade att hon skulle börja gråta.

"Vi skulle behöva gå igenom din bil. Den kommer att bärgas härifrån till Visby. Du får tillbaka den sen", sa Maria försiktigt. "Berätta vad du tänker om det här. Var Elis hemma i huset den natten eller i strandboden?"

Per Arvidsson bytte en blick med Maria och gick avsides för att ringa Hartman. De skulle behöva ta in Elis för förhör.

"Han sov i boden. Han kan mycket väl ha varit hemma och lånat bilen om han fick ett infall mitt i natten. Han vänder ofta på dygnet. Om jag bara inte tagit sömntabletter skulle jag kanske ha hört det och kunnat stoppa honom. Den lilla flickan, det får inte vara sant. Det här är straffet, eller hur?" Lovisa började gråta hejdlöst och Maria la sin arm om henne och väntade ut gråten.

"Straffet för vadå?"

Svaret dröjde. "Det han gjorde under kriget. Nu kommer han i fängelse, eller hur?"

Maria visade med en gest att hon inte hade något svar. "Vad gjorde Elis under kriget som han ska straffas för?" Enligt det Severin berättat hade Elis varit i hamnen och arbetat aktivt i fackföreningsrörelsen. Han hade tagit avstånd från tyskvänligheten i byn på den tiden och efter kriget blev han pacifist. Gick med i Svenska Freds- och skiljedomsföreningen. "Vad gjorde han, Lovisa?"

Per kom tillbaka, stoppade sin mobiltelefon i fickan och satte sig tyst ner på trappan för att lyssna.

"Nej, jag är en toka. Jag bara pratar dumheter. Förlåt mej. Jag vet inte vad jag säger." Hon tog en servett och snöt sig, sörplade lite kaffe och såg sedan upp.

"Berätta, det kan vara viktigt", sa Maria. "Det är länge sen nu, preskriberat, men det kan ändå ha betydelse att sanningen kommer fram."

En skälvning gick genom Lovisas magra kropp och orden kom stötvis. "Pappa jagade dem som hölls gömda. Flyktingar som kom hit till Ronehamn, de som flydde undan Hitler. Han trodde att han gjorde rätt. De var rikets fiender. Det var ingen som visste hur det skulle bli. Vi visste inget om koncentrationslägren förrän kriget var slut. Pappa och Severin samarbetade under kriget med att registrera vilka judar och andra utlänningar som fanns här, och vilka som gömde dem. Pappa låtsades att han var tyskhatare och socialist för att de som gömde judar skulle våga anförtro sej åt honom. Severin visade sina nazistsympatier för att få angivare att vända sej till honom."

Maria hade svårt att inte visa hur bestört hon blev. Samuel Stein hade dödats sedan det visat sig att han var jude och inte den tyske soldat man trott. Både Severin och Elis hade fått veta det när Walter visade dem fotot på sin farfar. "Registret de upprättade, finns det kvar?"

"Ja", sa Lovisa. "Det finns hemma hos Severin inlåst i vapenskåpet, i ett lönnfack."

"Din blivande svärfarfar", mimade Per till Maria utan att Lovisa såg. "Trevlig släkt du får."

Maria bet ihop. Björn kunde inte rå för vad hans farfar hade för åsikter, lika lite som Maria kunde rå för allt lidande hennes mamma orsakat i sin framfart. Hon förstod att Per kände sig sårad för att hon tagit upp det där med hans otrohet, ändå blev hon besviken över hans utspel. Riktigt arg när hon tänkte efter. Han såg det och viskade förlåt. Men hon vände sig bort. Det här var inte rätt ställe för den avhyvling han kvalificerat sig för.

"Tack för att du berättade det för oss, Lovisa. Elis är en gammal man. Det kanske skulle vara skönt för honom att få bekänna det han gått och burit på."

Lovisa började skratta. Det var ett skrämmande ihåligt skratt som fick Maria att befara att hon förlorat förståndet. "Men du förstår inte alls. Pappa tycker inte att han gjort fel. Han väntar fortfarande på den rätta världsordningen. Vi pratade om det i går. Då kom sanningen fram. Hade han fått bestämma skulle inte Agneta ha fått leva eftersom hon har epilepsi. Vi satt inne vid köksbordet och han sa det rakt upp i ansiktet på mej. Pappa bekände att han försökt dränka henne. Någonstans har jag alltid vetat det och aldrig låtit honom vara ensam med henne." Lovisa andades ut i ett långt skälvande andetag. "Ibland hatar jag honom, men han är den enda pappa jag har. Man föds in i en familj, in i ett sammanhang, utan att ha något att säga till om. Det finns färdiga åsikter och regler man inte kan ifrågasätta förrän man blir vuxen och kanske inte ens då. Av lojalitet."

"Som barn är man rättslös", sa Maria och fick en underlig blick av Per. Han förstod att hon talade om sig själv.

"Medan vi pratar om gamla tider", sa han till Lovisa, "skulle jag vilja visa dej något." Han tog fram fotografiet av medaljongen som Mirela burit om halsen när hon hittades död. "Känner du igen det här smycket?" Han la bilden framför Lovisa som tog av sig glasögonen och putsade dem. Det var tydligt att bilden berörde henne.

"Ella har burit en sån medaljong sen hennes mamma dog. Jag var avundsjuk när vi gick i skolan, för jag hade aldrig sett något så vackert. Ella har alltid den medaljongen på sej, inga andra smycken."

43

Ella satt vid köksfönstret och såg dem närma sig. De var poliser. Det visste hon trots att de inte bar uniform. Solen fångade den blonda kvinnans hår, hon rörde sig snabbt och fick nästan springa för att hålla jämna steg med mannen. Ella kände igen henne, hon hade varit med och sökt efter den döda flickan. Han var rödhårig, muskulös och huvudet längre än hon. En stilig karl. Just nu var de ovänner, det syntes lång väg att hon var vred på honom och han såg urskuldande ut. De kom närmare. Vad tänkte de göra? Inte tänkte de väl komma in? Ella fick hjärtat i halsgropen. De öppnade grinden och började gå uppför grusgången till huset. Hon försäkrade sig om att dörren var låst och gömde sig bakom gardinen. Vad kunde de vilja? Ella kände en förlamande yrsel och sjönk ner på köksstolen. Hon ville inte prata med dem, hon ville inte ha främmande människor i sitt hus över huvud taget. Det var illa nog med rörmokaren som varit här i fjol och aldrig kunde ge närmare besked än att han skulle komma på förmiddagen. Från klockan sex på morgonen hade hon suttit påklädd och redo vid köksbordet och inte vågat gå på toaletten ifall han skulle komma och sedan kom han inte förrän på eftermiddagen i alla fall.

Ella spratt till. Det knackade på dörren. Om hon inte öppnade skulle de kanske dyrka upp dörren. De var ju poliser. Tänkte de fråga om flickan? Antagligen hade någon sett när Ella sökte efter henne om natten. Det hade varit tänt i biblioteksfönstret hos Severin. Han hade svårt att sova ibland och det hade sina rutiga och randiga skäl. Ella reste sig upp och gick mot dörren med hasande steg. Det var som om fötterna inte ville lyda henne. Knäna skakade. Med ens var hon kruttorr i halsen. Hon försökte svälja flera gånger, fukta läpparna. "Vad vill ni?"

"Vi vill prata med dej, Ella. Det är viktigt!" sa kvinnan.

Ella öppnade dörren tigande. Hon tänkte inte välkomna dem.

"Per Arvidsson, vi är från polisen." Han sträckte fram sin hand men hon kunde inte förmå sig att ta den på grund av smittan. De flesta sjukdomar smittar från hand till hand, det hade Ingeborg sagt redan på sin tid. Handhälsande var ett oskick som borde förbjudas i lag.

"Maria Wern. Får vi komma in?" sa kvinnan och log rart. Ella ville inte släppa in dem, men hon var tydligen tvungen. Hon bad dem vänta medan hon la tidningspapper på stolarna innan de fick sätta sig. Pappret kunde hon sedan elda upp i kakelugnen. Anständigheten krävde att hon bjöd dem på kaffe. Hon frågade dem om det skulle smaka. Det var en lättnad när de sa att de redan druckit kaffe hos Lovisa. Ella stelnade i rörelsen. *Vad hade de pratat med Lovisa om? Vad gick de runt i gårdarna och snokade för?* "Är det om flickan?" frågade hon. Det var otäckt när det blev tyst och de tittade på henne och väntade att hon skulle säga något.

Maria nickade. "Du var ute natten mot torsdagen, stämmer det?"

Ella skakade sorgset på huvudet.

"Är det riktigt att du var ute vid tvåtiden och gick längs vägen?"

Ella gjorde en släng med huvudet som skulle betyda "ja".

"Såg du henne?" fortsatte han som hette Per.

"Hon var död." Ella stirrade ner i bordet för att slippa möta hans forskande blick. "Jag hittade henne i diket." Ella kröp ihop, rädd för att bli anklagad. Hon skulle ha kontaktat polisen den natten. Flickans föräldrar hade rätt att få veta. "Jag är ledsen, förfärligt ledsen. Det fanns inget att göra."

"Vad var klockan när du hittade henne?" Maria letade fram papper och penna ur den svarta ryggsäcken som hon ställt på golvet. När de gått måste jag skura golvet, tänkte Ella för sig själv. Att släppa in någon förde med sig så mycket merarbete, det var det ingen som förstod.

"Strax efter tre på natten." Det var bäst att säga som det var. Ju förr de fick veta det de ville, ju tidigare skulle de ge sej av.

"Du sa att du hittade henne i diket", upprepade den rödhårige polisen och hon anade en misstro i hans röst. "Rörde du kroppen?"

"Jag drog upp henne så att de skulle hitta henne, föräldrarna ..." Ella blundade och såg flickebarnet framför sig. Sönderslagen och blå i ansiktet. Det var fasansfullt alltihop. Håret som blodigt släpade i marken.

"Minns du något mer?" Marias röst var låg och vänlig. Ella repade mod och berättade om blommorna hon plockat vid vägkanten och satt i flickans händer. Det verkade som poliskvinnan tyckte det var riktigt gjort. Det kom ingen anklagelse nu heller.

"När vi hittade flickan hade hon den här medaljongen om halsen." Polismannen la upp ett fotografi på köksbordet och Ella blev tvungen att öppna ögonen fast hon bävade för vad hon skulle få se. Det var som hon befarat. Medaljongen måste ha varit dold under kläderna. Om hon bara hade vetat att flickan hade Ruts medaljong om halsen hade hon kunnat ta av henne den och ingen skulle ha fått veta något. Luften stockade sig i halsen och hon trodde att hon skulle kvävas. Polisen hade medaljongen som blivit stulen ur skyddsrummet. De skulle komma att ställa frågor som inte fick besvaras. Hon tänkte på att fly. Ytterdörren var olåst. Men hon skulle aldrig kunna springa ifrån dem.

"Jag märker att du känner igen medaljongen", fortsatte Per. Ella skakade på huvudet. Kände paniken komma. Den andra medaljongen bar hon innanför klänningen. Den som hennes mor Sara hade haft.

"Du vet vem mannen på fotot är, eller hur?"

Ella knep ihop munnen.

Polisen som hette Maria fortsatte: "Berätta för oss. Jag tror att du vet vem han är, Ella. Du vet att det är Samuel Stein. Du vet att han letade efter Rut och barnet. Han kallade sej Heinz Meyer, men du visste hela tiden vem han var eller hur?" Maria försökte lägga sin hand på Ellas ådrade bleka handrygg, men hon drog undan handen med en förvånande häftighet. "Ofta känns det befriande efteråt om man säger sanningen. Var fick Mirela tag i Ruts medaljong? Rut bar den alltid om sin hals. Du har en likadan som du ärvde av din mamma. Rut var här, eller hur? Vart tog de vägen, Rut och barnet?"

Ella kröp ihop och drog igen koftan. Hon kände den eldröda rodnaden skjuta upp över kinderna och bränna nedåt halsen. "Jag vet ingenting!" Hon svettades över hela kroppen. Så många år av tystnad och sedan läggs allt upp i ljuset i en handvändning. Nästan allt.

"Du har haft inbrott här, eller hur? Ruts medaljong blev stulen." Maria reste sig upp. "Jag skulle vilja se mej omkring i ditt hus."

"Nej!" Ella blev helt ifrån sig. Om de rörde vid hennes saker med sina orena händer skulle allt bli förstört. Allt skulle behöva renas igen. När Ella rört vid Mirelas döda kropp hade hon tvättat av sig med sprit hel och hållen i tre omgångar. Om hela huset blev orenat skulle det bli helt ogörligt att få det i beboeligt skick igen. "Nej, nej – vi går ut. Jag ska visa er." Hon ångrade sig i samma stund hon sa det.

"Tack, Ella. Det var ett klokt beslut." Polisen som hette Per Arvidsson stängde dörren bakom dem. Han rörde vid ledstången som följde yttertrappan ner till grusgången. Ella måste komma ihåg vilka saker de vidrört så att hon inte råkade nudda vid dem.

"Var bröt de sej in?" Maria spanade ut över trädgården och upptäckte först inte den grönmålade boden bakom det vildvuxna buskaget längst bort i trädgården.

Ella tog upp nyckeln till det nya låset ur sin förklädesficka. Hon stannade upp en sekund. *Jag skulle kunna låsa in dem och låta dem försvinna. Inte döda dem. Tiden ska döda dem, som den dräpte Rut och barnet.* Om hon fick dem att gå längst in i skyddsrummet där de dödas kvarlevor låg. Då skulle hon få någon sekund på sig att regla och låsa om dem.

44

"Det här är ett nytt hänglås", sa den rödhårige polisen och studerade noggrant märkena i träet bredvid dörrposten där den vassa stenen slagit slint när den missat hänglåset. Han böjde sig ner och såg stenen som sannolikt hade använts, den spetsiga änden bar flagor av grönt. Ella följde hans blick och förklarade för honom.

"Jag har hållit i stenen, om du ska leta fingeravtryck på den."

"Vad finns det där inne?" Maria höll på att trampa igenom det gistna träet i trappsteget vid dörren. "Kan du låsa upp?"

"Ska det vara nödvändigt? Ni ser ju att de har brutit sej in i boden!" sa Ella. Ljudet kom och gick och ett grått töcken skymde hennes blick. Hon försökte andas lugnt. När det gått så här långt hade hon bara en möjlighet att komma undan. Det skulle förstås komma fler poliser och fråga efter dem, de visste säkert vilka Per och Maria skulle besöka. Till dem skulle hon säga att de aldrig dök upp. Nej, någon kanske såg dem öppna grinden och gå in. Hon skulle säga att de varit på besök men att de givit sig av i ett brådskande ärende... till Severin, så skulle hon säga. *Men om de hade mobiltelefoner?* Ella blev så skräckslagen över sina egna tankar att hon mådde illa och det var mycket nära att hon kastade upp vid hallonsnåret.

"Vad är det för en bod?" Maria gav sig inte. "Är den byggd under kriget? Jag läste om det, att flera av bodarna dolde skyddsrum."

"Ja", sa Ella matt. Hon spelade inte teater, krafterna svek henne på riktigt. Tanken på hur det skulle bli om sanningen kom fram fick henne att önska sig döden. *Vad skulle folk säga? Hon skulle aldrig kunna visa sig vid Broanders livs. Aldrig mer. Hon måste hindra dem.*

"Hur är det? Hur mår du?" Maria la sin arm om Ellas axlar för att stötta henne.

"Släpp, låt bli mej!" Med skakande händer låste hon upp den gistna dörren åt dem och sköt undan järnregeln till skyddsrummet. "Jag måste sätta mej ner." Ella sjönk ihop på bänken vid bodens gavel som vette åt havet. *De måste gå in båda två samtidigt, annars var hon förlorad.* Men Maria sjönk ner på huk bredvid henne, räddad av sin medkänsla, medan Per gick in i mörkret.

"Vad kan jag göra för dej? Vill du att jag hämtar ett glas vatten?"

"Nej, för Guds skull, nej!" Det gick inte att hålla skriket inom sig längre, rösten blev ett klagande rop. "Det var inte mitt fel. Jag var bara ett barn. Till en början visste jag inte ens att hon fanns här."

"Vem?" Maria reste sig med handen på knäet och satte sig på bänken bredvid Ella utan att röra vid henne.

Det fanns inte längre någon återvändo. Ella kapitulerade.

"Rut. Det var när hon födde barnet och jag hörde henne skrika som jag upptäckte att hon fanns. Jag var bara fyra år." Hon snyftade till. "Det var mitt i natten. Jag vaknade och gick ner i köket. Hon låg på köksbordet och bet i en handduk. Det var blod överallt. Och så kom babyn. Han var kladdig och ful."

"Visste någon mer om det här?"

"Nej. Jag lovade mamma och pappa att inte säga det till någon. Absolut inte till Lovisa. Mamma ville inte att jag skulle vara hemma hos Lovisa och leka."

"Hur länge bodde Rut i skyddsrummet? Hur klarade ni er med mat under ransoneringen?"

"Flera år, tror jag. Ibland fick vi väldigt lite mat för att det skulle räcka till Rut och babyn. När mamma och pappa dog och det bara var jag och Ingeborg som hade kuponger blev det ännu värre."

"Lever Rut?" Marias ansikte fick ett helt nytt uttryck.

Ella förstod plötsligt att hon hade ett personligt syfte med sina frågor. *Varför?* Det hade kommit en man till affären och pratat om Samuel. Först hade hon trott att hon såg i syne. Han rörde sig precis som Samuel, log nervöst mot henne som Samuel hade lett när han fortfarande var en ung man och frågade efter Rut. *Herre Gud hjälp mej! Jag orkar inte med det här. Låt mej dö!* Ella slog armarna om kroppen i försvar.

"Vad hände med Rut?" Maria gav sig inte när hon var så nära svaret.

Ella torkade tårarna som rann nerför de rynkiga kinderna. "Det var inte mitt fel. Jag var åtta år när mamma och pappa dog i Hansaolyckan. Ingeborg var här för att se efter mej. Jag visade henne var Rut och lille Samuel gömde sej. Hon sa att hon skulle ta hand om dem, men hon blev rädd. Severin skrämde henne med berättelser om hur det gick för dem som gömde flyktingar. Att de skulle bli dödade när tysken kom. Han sa det utan att veta att Rut och barnet fanns i skyddsrummet och Ingeborg blev ohyggligt uppskrämd."

"De hade ett förhållande."

Ella undrade hur Maria kunde veta det, men orkade inte fråga. Det var sant. "Ja, fast jag förstod inte vad de gjorde, inte då. Efteråt har jag tänkt att Ingeborg gav sej åt honom för att ha en hake på honom. Eller för att alliera sej med hotet. Ingeborg hade ju inte gömt dem själv, inte varit delaktig från början. Severin eller Elis kunde dyka upp när som helst. Det var som om de anade att vi hade dem gömda. Ingeborg försökte få Rut att ge sej av, pojken blev alltmer högljudd. Men Rut vägrade att lämna sitt gömställe. Hon hade lovat att vänta på Samuel. De grälade. Jag satt på just den här bänken och hörde allt de sa och jag var bedövad av rädsla."

"Vad hände? Gav de sej av?"

"Nej. Ingeborg låste in dem och lät dem svälta ihjäl", sa Ella bistert. "Hon tordes inget annat. Ingen skulle någonsin få veta. Jag kunde inte öppna åt dem. När hon dog fanns inte nyckeln bland hennes saker fast jag letade. Hon måste ha gjort sej av med den."

"När kriget var slut kom Samuel. Men han kallade sej för Heinz Meyer. Han knackade på er dörr och frågade Ingeborg om Rut fanns där."

"Ja, det är ofattbart sorgligt. Ingeborg sa att de aldrig kommit." Ella rös till när hon tänkte på det. Hur livet sedan blev, för dem alla. Han hade aldrig mer frågat om Rut. Vågade inte för att inte avslöja sig själv, antog hon. "De blev förälskade i varandra, Ingeborg och Samuel, men de kunde aldrig bli ett par. Hur skulle Ingeborg ha kunnat berätta för honom att hon dödat Rut och barnet? Vi blev husets fångar. Vi kunde inte sälja, inte flytta. Jag har varit fängslad här i nästan sjuttio år." Ella knep sig i kinden så den vitnade. "Jag vågade inte säga emot Ingeborg. Om hon inte hade tagit hand om mej skulle jag hamna på barnhem och få prygel. Det sa hon. Där kunde man få en örfil så näsblodet rann i vällingen och sen få en örfil till om man inte åt upp sin mat, sa hon."

Pers steg hördes på andra sidan skjulet. Han dök upp bakom knuten. "Det finns ett helt skelett av en människa och några mindre bendelar där inne. En kvinna med långt brunt hår. De mindre delarna ser ut att ha varit ett barn. Barnets kranium saknas. Svårt att veta hur länge de legat där."

Ella var djupt försjunken i det förgångna. Hon gungade överkroppen fram och tillbaka och kved. "De fick svälta ihjäl. Sen dess har ingen varit där. Låset rostade. Det måste ha varit enkelt att bryta sej in. Jag förstod att det var Mirela, för hårspännet låg kvar. Det röda spännet. Jag ville att hon skulle ha det." Ella hoppades att de förstod att hon aldrig velat flickan illa.

"Jag såg att hon hade fått tillbaka det", sa Maria och Ella kunde se att hon också var bedrövad.

45

Kommissarie Tomas Hartman satt på sitt tjänsterum där han precis haft ett längre samtal med Maria Wern. Hon måste hållas utanför utredningen av mordet på Samuel Stein. Det var de båda överens om och ändå var det hon som tillsammans med Per Arvidsson grävt fram hemligheter ur det förflutna som säkert skulle få feta kvällstidningsrubriker. I Rone hade just nu två gamlingar avslöjats med att ha upprättat ett hemligt register över vilka utlänningar som fanns i socknen. I sin enfald hade Hartman trott att det endast handlade om flyktingar under andra världskriget, men registreringen hade pågått långt in i modern tid. Så sent som 2009 hade två av Renate Backs takläggare registrerats som icke önskvärda element. När polisen kom till Ronehamn för att hämta Severin till förhör stod han och eldade papper i värmepannan. Lovisa Rondahl hade berättat för Solvår att polisen visste vad han höll på med och hon hade varnat sin man. Endast en liten del av registret gick att rädda som bevis. Det spekulerades i om det hade funnits fler gömda flyktingar i Ronehamn som försvunnit spårlöst.

Tomas Hartman reste sig upp och gick fram till fönstret och vinklade ner persiennen, ljuset skar honom i ögonen. Han behövde tänka.

Tysken Heinz Meyer hade blivit skjuten efter att det avslöjats att han hette Samuel Stein och hade judisk bakgrund. Både Severin och Elis hade fått veta vem han var av Walter Stein, som ovetande avslöjat sin farfars falska identitet. Vapnet hade inte återfunnits bland Mirelas tillhörigheter. Under eftermiddagen skulle barnen som varit på kollot höras upplysningsvis med hjälp av Liv Ekdal på socialtjänsten och en barnpsykolog. Lenas och Markus ansvar i det hela skulle också granskas. Tomas hade försökt tala med sin dotter, men fick inget grepp om hur situationen varit natten när Mirela försvann. Det gjorde honom ont att se sin dotter så förtvivlad och samtidigt var han arg på henne för att hon varit försumlig. Det är ett stort ansvar att ta hand om andras barn, hon hade inte varit vuxen den uppgiften.

Tomas försökte åter koncentrera sig på fallet Heinz Meyer. Walter Stein hade plötsligt dykt upp i Ronehamn och kort därefter blev hans farfar skjuten. Efter Marias berättelse stod åtminstone ett motiv klart även om hon inte ville se det så. Walter hade hela sin uppväxt blivit marinerad i sin farmors bitterhet mot mannen som övergav henne för en judinna. Vad säger att Walter sökte upp sin farfar för att försonas? Han kunde lika gärna ha rest till ön för att hämnas på honom å Frauke Steins vägnar. Monicas död med allt vad det rörde upp kunde ha varit en utlösande faktor. Det vanligaste motivet brukar vara pengar, tänkte han vidare. Men Samuel Stein hade bara sin pension. Ingen livförsäkring och huset var belånat. Inget att hämta där. Maria måste hållas utanför. Per Arvidsson måste också hållas kort. Förhöret med Marias blivande svärfarfar Severin var inget Per skulle ta, där fick Ek ta över. Tomas hade valt att själv ta förhöret med Elis Rondahl angående smitningsolyckan där någon kört på Mirela Lundberg. Det var ingen annan som begrep vad gubben sa. Det var inte ens enkelt för honom, hade han villigt erkänt för Ek som inte begrep något alls. Tomas var född i Martebo på norra Gotland och söderut har de en annan dialekt. Elis hade blivit helt oregerlig när han hämtades till stationen i Visby. Sedan hade han somnat i bilen och snarkat som ett helt mudderverk men efter en kopp kaffe och en mazarin hade han verkat riktigt medgörlig. Tomas gick ner till förhörsrummet i hopp om ett fruktbart samtal.

"Om ni tar körkortet vill jag inte leva längre. Jag är en karl, inte en kärring. Tar ni körkortet kan ni lika gärna skära pitten av mej." Elis hade suttit och eldat upp sig och var högröd i ansiktet. "Pitten", sa han igen för att understryka det sagda.

"Det är inte jag som bestämmer vad som händer med ditt körkort. Det får läkarundersökningen visa."

"Blir den gratis eller måste man betala doktorn av sin usla pension när det bara leder till en massa djävulskap?"

"Huset bjuder." Hartman var ännu irriterad på åklagaren som inte gett sitt medgivande till sinnesundersökning förrän nu när Elis Rondahl med stor sannolikhet kört på ett barn. Med största tålamod fick Hartman gubben att medverka till att lämna de formella uppgifterna medan bandspelaren rullade. Elis verkade för stunden samlad och redig.

"Jag körde inte på henne. Den natten sov jag i boden, jag var aldrig ute med bilen", deklarerade han innan Hartman ens hunnit ställa frågan. Tomas inriktade sig i stället på att få fram om Elis verkligen hade förstått vilken natt det gällde och han verkade vara helt klar över att det var natten mot onsdagen. Han hade inget alibi. Vid sextiden på kvällen hade han ätit kvällsmat med Lovisa och Agneta. Kroppkakor. Sedan hade han promenerat ner till fiskeläget. Lyssnat på radio och somnat. Han hade inte pratat med någon eller sett någon person han kunde minnas förrän morgonen därpå klockan fem, då han ringt och pratat med Severin som brukade vara morgonpigg. Det fanns inte mycket mer att hämta på den punkten. Tomas hoppades att den tekniska genomgången av bilen skulle ge mer.

"Vad tänkte du när du fick veta att Heinz Meyer inte var den du hade trott i alla år?" Hartman sa det i lätt ton medan han vände blad i anteckningsboken där han punktvis skrivit upp det han ville få med i förhöret. Som ung hade han aldrig behövt göra det, men med åldern hade han märkt att han då och då behövde stöd för minnet.

"Han har alltid varit en skumming som har hållit sej för sej själv. Jag har aldrig tyckt om han."

"Var det för att han räddade din dotterdotter från att drunkna?"

"Heinz borde inte ha räddat henne. Hon hade epilepsi. Enda sättet att utrota ärftliga sjukdomar är att inte låta dem gå i arv."

"Och ta död på ditt eget barnbarn?" Hartman kände adrenalinet rusa genom kroppen. Han såg på bandspelaren för att försäkra sig om att erkännandet gått in.

"Om det är vad som krävs. Lovisa fick vara uppe hela nätterna. Hon tog helt slut. Vad var det för liv? Det hade vart bättre om Agneta hade fått dö. Det är så vi gör med djuren när vi inte vill att de ska plågas. Man skulle aldrig avla efter ett djur med dåliga egenskaper."

"Lovisas man lämnade henne när han inte orkade med att ha ett handikappat barn." Hartman hade hört Lovisas senaste version om drunkningsolyckan av Maria.

"Det var skada att Lovisas man lämnade henne. För det var en bra karl. Om inte Heinz hade lagt sej i skulle Sixten ha stannat hos Lovisa. De kunde ha skaffat nya friska barn..."

Hartman höll masken fast det var svårt att låta en så iskall människosyn stå oemotsagd och lät Elis känna ett samförstånd i hopp om fler erkännanden.

"Försökte du hjälpa Lovisa att bli fri från sin börda? Försökte du dränka Agneta?"

"Det hände 1965", sa Elis dröjande. "Mord avskrivs efter tjugofem år, men hon dog inte."

"En lagändring är på gång, men du skulle klara dej. Försökte du dränka henne?"

Elis övervägde svaret. "Jag har inte begått något brott. Jag dränkte henne inte. Jag bar ut henne i vattnet och lämnade henne där. Hon kunde inte simma. Jag gjorde det för Lovisas skull. Hon har aldrig förstått sitt eget bästa. Inte en stund har hon vågat lämna ifrån sej flickan till någon efter det. Jag har fått försörja dem, de har levt på mina pengar och på bidrag. Det var inte det liv jag ville ha åt mitt enda barn."

Tomas fick bita ihop för att spela med. Gubben verkade vara helt samvetslös. Om det han sagt var hans grundade mening eller om han trubbats av på grund av stigande ålder och en begynnande demens återstod att se. "Jag förstår att du var riktigt arg på Heinz, och inte blev det bättre när du förstod att han var en bluff."

"En jude!" Elis spottade fram ordet.

"Och då sköt du honom?" frågade Hartman och flyttade mikrofonen närmare den gamles mun så att svaret skulle höras ordentligt.

"Nej, jag bär inte vapen. Inte sen kriget. Men jag är belåten med att han fick sitt straff. Det var rätt. Severin och jag gjorde listor över samhällets fiender." Elis började skruva på sig. "Jag måste pinka. Kaffet rann rakt igenom."

"Förhöret bryts för paus. Klockan är nu 15.30." Tomas stängde av bandspelaren och blev sittande vid bordet i förhörsrummet med en dålig smak i munnen. Elis hade just bekänt att han försökt dränka sitt barnbarn för att hon inte levde upp till hans förväntningar. Han hade erkänt det utan omsvep. Samtidigt hade han med bestämdhet hävdat att han inte kört på Mirela Lundberg eller skjutit Samuel Stein. Ljög han eller talade han sanning?

46

Maria Wern ringde hem från polishuset men fick inget svar. Hon försökte med Brunos mobil, men den var avstängd. Emil ville hon inte ringa om han just nu satt i samtal med Liv Ekdal, men Linda. Som mamma vill man höra att allt är bra, en känsla bara. Oron ville inte släppa.

"Vad är det om, mamma? För jag ser att det är du som ringer. Vad vill du?" Maria hörde att Linda var skrattig på rösten. De hade säkert roligt.

"Jag ville bara veta att Emil kommit fram och att du är hos din kompis och att morfar har fått sitt eftermiddagskaffe och såna saker. Sånt som mammor brukar vilja veta."

"Vi har fikat och Emil ville gå själv. Han drog ut en karta från hitta.se och sen cyklade han i väg. Han ville inte att morfar skulle följa med för han tyckte det var skämmigt, fattar du väl. Hur länge får jag vara hos Ebba? Kommer du eller morfar och hämtar mej sen?"

"Jag kommer." Maria sa puss och hej och kände skavet av oro inom sig när hon gick till mötesrummet. Hon hade inte hunnit prata ordentligt med Emil. De andra hade redan samlats, hon var sen. Det var bara Erika som inte hade kommit ännu.

"De flesta självmord begås med kniv och gaffel." Arvidsson försökte som vanligt att få Ek att anamma en hälsosammare livsstil. Maria hade de senaste åren slutat att lyssna på deras ändlösa diskussioner. De lät som ett gammalt gift par.

"De flesta njutningar begås också med kniv och gaffel. Man ska bara äta det som är gott. Det är jag övertygad om", sa Ek.

"Tro mej, du kommer att få dö för din övertygelse."

"Både du och jag kommer att dö, med eller utan övertygelse, och jag njuter hela tiden till skillnad från dej, din självplågare."

Maria satte sig mellan dem som buffertzon innan de började bryta arm eller något annat lika dumt. Tomas hade sagt att det var kort om tid. Han gav henne en tacksam blick och gjorde en snabb genomgång innan han skulle fortsätta förhöret med Elis Rondahl.

"Tekniska har gått igenom Lovisa Rondahls Opel och det finns blod på vänster framdäck och stänkskärm. Blodgruppen stämmer med Mirela Lundbergs. AB negativ. Det är bara 1 % av Sveriges befolkning som har den blodgruppen. Vi får undergrupper och dna senare."

"Då är det kanske onödigt att vi plockar in fler bilar?" Per hade påbörjat en lista som han rev itu. "Det fanns ett spår av däcken vid vägkanten. Dem Maria inte klev i."

"Spåret stämmer med Lovisas Opel", sa Hartman efter att ha konsulterat den rapport han fått av Erika. "Vi har rätt bil, men vi vet inte med säkerhet vem som körde den. Elis Rondahl nekar, men han har inget alibi för natten. Lovisa har inte heller något alibi. Det märkliga är att ratten är helt ren från fingeravtryck. Den är noggrant avtorkad, liksom växelspaken och dörrhandtagen på ut- och insidan. Genomgången av bilen är inte klar, det här är en första rapport i väntan på fler analyser."

"Lovisa sa att Elis ibland var ute och körde på nätterna. Att han vände på dygnet." Maria ville höra mer om hur förhöret med den gamle mannen avlöpt.

Hartman gjorde en snabb sammanfattning. "Jag vet inte vad jag ska tro om honom. Han nekar till allt utom att han har försökt dränka sitt eget barnbarn. Han svänger i övrigt hit och dit i sina åsikter.

Registret är, enligt hans egen uppfattning, bara en liten sällskapslek. Han hyser inget agg mot invandrare, varken nu eller då. Registret skulle bli en bok om invandringen i Sverige."

"Så säger pedofiler som ertappas också. De ska skriva en bok i ämnet. Om alla de som surfar på skumma sidor skulle skriva böcker skulle det komma ut mer än en bok om dagen."

"Jag tänkte på Mirela", sa Maria. "Hennes mörka hår bland alla lintottarna på kollot."

"Du menar att någon skulle ha kört på henne med avsikt att skada eller döda?" frågade Per.

"Jag vet inte alls, en tanke bara. Antingen var det en olycka eller också ville någon döda henne. Hon kanske hittade något? Registret om det var framtaget ur vapenskåpet? Fast skulle hon i så fall ha förstått vad det var?"

"Knappast", inflikade Per. "Om inte någon bett henne leta efter det, förstås."

"Kan det hänga ihop?" Ek drog handen genom sitt vaxade hår så att det spretade mer än vanligt. Han knäppte upp skjortan i halsen. Det var kvavt. "Kan hon ha hittat pistolen?"

Hartman skakade på huvudet. "I så fall har hon gömt den eller gett bort den till någon, det fanns ingen pistol bland hennes saker."

Ek funderade högt. "Hon hade ett foto av sin pappa i ryggsäcken och igelkottkäken vi hittade i en burk i hennes jackficka är stulen från museet."

"Hon bad sin pappa om hjälp", sa Maria. "Det var inte honom hon var rädd för. Varför var hon ute på nätterna, varför stal hon? Gav det en spänningskick, behövde hon pengar?"

"Det är ett ovanligt beteende för en ensam liten flicka", reflekterade Arvidsson.

"Vad vet vi mer om Markus?" Hartman såg på Ek som hört kolloledaren på plats.

"Han är villkorligt dömd för misshandel vid arton års ålder. Någon hade skämtat om hans mamma som var intagen på psykosvården. Han gav vederbörande en käftsmäll. Så långt dåtid. På kollot har flera av barnen, bland annat en storväxt kille som heter Måns Stål, tyckt att han varit hårdhänt. Vi får se vad samtalen med barnen ger i dag. Markus var ute en sväng vid midnatt natten mellan tisdag och onsdag för att han var arg. Måns pappa var full och oförskämd mot sin fru och Markus gick emellan och sen var han utomhus någon timme för att inte slå honom på käften, sa han." Ek erinrade sig något mer, men teg.

"Det stämmer väl med paret Ståls redogörelser för kvällen och natten." Arvidsson hade hört dem och pensionatets personal, medan Ek talat med de andra gästerna. "Paret Stål gick och la sej vid halv ett och vaknade av barnen som kom in i huvudbyggnaden för att äta frukost vid åtta nästa morgon. Vid tvåtiden var Fabian ute i korridoren på toaletten."

"Markus har arbetat på kollot i flera år och aldrig tidigare fått klagomål. Han visade upp rekommendationsbreven. Han sa att Fabian Stål har ett rötägg till son. Han försökte tala med föräldrarna om Måns när de nyktrade till och de gick i försvar." Ek rynkade pannan. "När Markus beskrev hur provocerande unge herr Stål varit hade det nog kliat i mina fingrar också. Markus hade inget att säga om Mirela, mer än att hon var blyg och tillbakadragen och mest tydde sej till Lena."

"Men Markus har inget alibi för natten när Mirela blev påkörd?" frågade Tomas.

Ek såg plötsligt generad ut. "Jo."

"Vad menar du?"

"Din dotter, de sov i samma... säng."

Poliserna såg sin chef mulna ihop. Lena hade en pojkvän, som Tomas dessutom gillade. Hon bodde ihop med honom. Det här var ingen lätt sak att få i ansiktet. Men om man valde att se det från den ljusa sidan gav det även Lena alibi.

"Hur långt är det mellan Gula Hönan och uppfarten där Lovisas bil stod parkerad?" frågade Hartman när han hämtat sig efter upplysningen. Han hälsade på Erika som just kom in i rummet.

"Knappt fem minuters promenad", sa Maria och flyttade sin ryggsäck från stolen så att Erika fick plats.

"Och nycklarna låg på förarsätet?" fortsatte Hartman och tystnade när han fick ett tecken av Erika. Hon hade något viktigt att berätta, det var tydligt.

Erika väntade tills hon hade allas uppmärksamhet. "Det handlar inte längre om en smitningsolycka. Mirela blev skjuten och sedan påkörd. Kulan satt kvar inne i huvudet. Kraften var inte större än att den följde skallbenet och blev kvar. Hon sköts bakifrån. Skottet gick in genom nackloben. Hon dog omedelbart."

Det blev tyst i rummet medan alla begrundade det hon sagt.

"Kulan är av samma typ som den Samuel Stein avrättades med. Hylsan hittades vid vägkanten. Ammunitionen är från samma tillverkningsparti."

"Det var som fan", sa Ek.

"Flickan kan också ha blivit utsatt för sexuellt våld. Vi hittade ingen sperma, men bristningar vid analöppningen och blåmärken av tidigare ursprung än när hon dödades."

"Så fruktansvärt." Maria vitnade av vrede.

Erika drog ett djupt andetag och fortsatte berätta om maginnehåll som väl överensstämde med kvällsmåltiden på kollot. Raggmunkar med fläsk, en kopp choklad. Jordnötter, påsen hade hittats i hennes väska. Enligt Lena hade hon med sig jordnötter hemifrån. Att hon dött av en skottskada förklarade den ringa mängden blod när kroppen sedan blivit påkörd.

Hartman såg på klockan och ursäktade sig. "Elis Rondahl väntar." Han reste sig upp.

"Det går ingen nöd på din vän", sa Erika. "Om det är en gubbe med käpp och Lantmännenkeps sitter han just nu i cafeterian och drar vitsar för personalen. Det verkar vara en riktig mysgubbe."

"Det är inte min vän. Skenet bedrar. Han är nog en av de mest skrämmande personer jag träffat. Helt iskall. Han skulle mycket väl kunna vara den som sköt Mirela och Samuel."

"Innan vi bryter upp har jag en sak till som förbryllar mej", sa Erika. "Jag tänkte på kadavren i skyddsrummet."

"Ingeborg Funke är död sen många år. Det finns ingen gärningsman. Ingen att åtala." Hartman trampade på stället. Det väntande förhöret med gubben Rondahl gav honom ingen ro.

"Jag var där. Såg dem", sa Erika. "Jag pratade med tanten, Ella. Hon vill bekosta en hederlig begravning. Vad gör vi med skeletten? Det saknas ett kranium."

"Jag får fundera på det och ger dej svar i morgon." Han stannade precis vid dörren och vände sig om mot Maria. "Dej vill jag prata med innan du går för dagen."

47

Mirela hade blivit mördad. Maria sjönk ner framför sin dator och funderade på om Hartman tänkte be henne ta de nya uppgifterna med Mirelas föräldrar. Om Samuel blev mördad av samma gärningsman som skjutit Mirela talade det inte i högre grad för Walters skuld. Var han överhuvudtaget misstänkt för något?

Maria tog upp mobilen ur jackfickan och såg att hon hade ett missat samtal från Bruno. Hon ringde upp och känslan av oro ökade med de signaler som gick fram utan svar. Den första lättnaden när han äntligen svarade förbyttes i rädsla när hon hörde hans röst. Det dämpade tonfall han använde när något var riktigt illa.

"Hur är det pappa?"

"Emil, jag skulle inte ha släppt i väg honom ensam."

Maria såg på klockan. "Har han inte kommit hem?"

"Det är värre än så. De ringde från socialtjänsten och sa att han inte kommit dit. Han har inte varit där alls. Han svarar inte på mobilen och jag börjar bli lite orolig för var han kan vara. Jag har ringt Björn och jag har ringt de kompisar Emil brukar vara med. Men han är inte hos någon av dem."

"Vad var han på för humör? Sa Emil något särskilt innan han cyklade hemifrån?"

"Det verkade som om något tryckte honom. Han var tyst, korthuggen. Ville inte prata ens med Linda. Jag fick en känsla av att han var rädd, spänd inför förhöret. Men beslutsam, på något vis." Bruno harklade sig. "Jag skulle kunna skriva en lapp att han hör av sej om han kommer hem och sen går jag ut och letar. Jag kan hämta Linda på vägen. Det står Polhemsgatan 29 på lappen som Emil fick som kallelse till samtalet med socialtjänsten. Var ligger det?"

"Okej, du hämtar Linda. Du går bara rakt ut genom Österport och sen vänster på Kung Magnus väg fram till koloniområdet där du tar snett vänster upp på Polhemsgatan."

"Jag fixar det. Han har säkert bara stött på någon kompis eller fått punka eller så." Brunos ord lugnade inte någon av dem. Maria försökte pressa tillbaka sin oro. Hon måste fortsätta att arbeta. Bruno skulle ta hand om barnen.

"Jo, det var en sak till", hörde hon Brunos röst säga när hon just skulle lägga på. "Det var en sak jag berättade för polisen som förhörde mej i Ronehamn. Fabian Stål tänkte ta bilen fast han druckit. Han snackade om att Måns borde övningsköra." Maria hade svårt att koncentrera sig. Tankarna var hos Emil. De avslutade samtalet.

Hon slog på datorn för att se den tidslinje för mordet på Samuel Stein som Per Arvidsson gjort tidigare. Tidsangivelser för alibin och vittnens iakttagelser fanns i marginalen. Noggrant, tydligt, men Maria hade svårt att tänka klart när hon försökte komma fram till vilka av de misstänkta som skulle ha haft tillfälle att begå båda morden.

Oron för Emil gjorde sig påmind. Han skulle till Polhemsgatan hade Bruno sagt. Det var där barn- och familjeenheten låg. Men samtalet skulle ju hållas i polishuset. Var det inte så? Hartman sa att han skulle prata med Liv klockan fem, hon skulle titta förbi hans rum. Det var om tjugo minuter. Var hade Emil fått Polhemsgatan ifrån? Hade de bytt lokal? I samma stund stod hennes chef i dörröppningen. Han klev in och drog igen dörren och Maria som rest sig upp sjönk ner på stolen igen.

"Vi kan lika gärna sitta här." Hartman slog sig ner mitt emot henne och hon såg i hans ansikte att det som skulle komma inte var en behaglig nyhet.

"Säg det. Rakt på sak." Maria klarade inte av att vänta på att han la orden till rätta.

"Det gäller Emil." Tomas hela kroppshållning bad om ursäkt för det som skulle komma. "Markus och Lena tittade igenom barnens packning innan de lämnade kollot. Jag bad dem göra det, diskret, med tanke på inbrotten i Ronehamn. Lena såg en ask med gamla mynt i Emils packning. Vill du kolla när du kommer hem? Han kan ju ha fått dem av Severin. Men sen var det också en tavla... en med bokmärksängel."

"Lovisa Rondahl blev av med en bokmärkstavla."

"Jag är ledsen, Maria."

"Men du känner ju Emil, han skulle aldrig stjäla." Maria kunde inte tro sina öron. "Det förstår du väl att någon annan har lagt sakerna där när Mirela hittades död och det började brännas."

"Jag vill att du ser efter bland hans saker. Emil är också utpekad för att ha trakasserat Mirela. Det är allvarliga anklagelser om sexuellt våld och sexuellt utnyttjande."

"Skulle Emil..." Maria kunde inte ta orden i sin mun. "Han är elva år! Han vet knappt vad sex är!"

"Jag ville förvarna dej innan Liv Ekdal tar kontakt så att du hinner samla dej. Att Emil uteblev från mötet i dag är illa, riktigt illa."

"Jag vet inte var han är. Jag är orolig för det! Han brukar passa tider. Vem är det som kommer med alla de här lögnerna?" Maria var rasande arg och kunde inte behärska sig.

"Liv har pratat med alla barn från kollot. Tre av de andra barnen berättar samma historia. De säger att Emil tvingade Mirela att stjäla och att han stoppade in mynt och annat i baken på henne för att hon var hans sparbössa." Hartman såg ut genom fönstret när han sa det sista, klarade inte att möta hennes blick. "Du är alltså bortplockad från den delen av utredningen också. Just nu behöver Emil sin mamma."

"Se på mej och säg att du förstår att han inte har gjort det! Du får inte svika mej, jag litar på dej mer än på någon annan. Tomas!"

"Jag tror inte att Emil har gjort det. Och det är vad utredningen kommer att visa. Liv är skicklig, du måste förlita dej på hennes kompetens och omdöme."

"Det är möjligt att hon är skicklig. Men jag litar inte på henne. Få henne utbytt Tomas, om du kan påverka det. Hon var ihop med Björn, jag tror att hon har agg till mej. Försök."

"Du räddade hennes liv en gång."

"Jag är inte säker på att hon känner tacksamhet för det."

"Jag föreslår ändå att du pratar med henne själv. Hon är här när som helst." Hartman drog händerna genom sitt vildvuxna hår på det sätt han brukade göra när saker höll på att gå åt helvete. "En sak till. Har du tvättat Emils kläder efter kollot?"

Maria tänkte efter. Emil hade själv stoppat kläderna i tvättmaskinen. För att vara hjälpsam. "Ja."

"Mitt råd är att du pratar med Liv direkt. Från och med nu kommer jag inte att kunna prata med dej om utredningen. Men jag finns som din vän."

Liv satt vid fönstret i Hartmans rum. I dagsljus såg ärren i hennes ansikte groteska ut fast de täckts med lager av hudfärgat smink. Det tjocka ljusa håret var samlat i en stram hästsvans. Hon bar mörkblå dräkt, vit bomullsblus och högklackade pumps. "Då ses vi igen, Maria Wern. Sätt dej." Hon gav Maria ett svalt leende. "Vet du var Emil finns? I första hand vill jag tala med honom."

Maria hade mest av allt lust att skaka om henne för att få veta vem som kommit med lögner om Emil. Hade inte Hartman förvarnat henne hade risken varit stor att hon försökt sig på det. Han visste vad han gjorde.

"Nej. Vad är det han ska ha gjort?" Maria ville höra henne säga det själv.

"Jag har pratat med alla barn individuellt och det har kommit fram att Emil mobbade Mirela Lundberg. Det är allvarliga anklagelser och från socialtjänstens sida kan vi inte låta bli att reagera. Det är möjligt att din son behöver hjälp. Jag måste få tala med honom."

"Jag pratade med Mirela förra tisdagen, då sa hon att Emil var schyst. Exakt vad är han anklagad för?"

"Det vill jag inte redovisa nu. Först vill jag ha ett samtal med pojken." Liv såg vädjande på Maria. "Vi måste försöka samarbeta. Det är för ditt barns bästa."

"Jag för min del kommer att göra allt för att samarbeta, men jag är inte säker på att du tänker hjälpa oss", sa Maria. "Jag vill att någon annan tar det här ärendet."

"Det tar tid att få en ersättare, tills vidare får du dras med mej." Liv försökte sig på ett leende igen som dog ut av brist på respons från Marias sida. "Ska vi göra ett försök?"

"Vilka är det som har anklagat honom?" Maria tänkte på Måns Stål, de hade ju bott i samma barack. Eller var det någon av tjejerna? Linda kanske visste något.

"Jag vill inte svara på det. Okej?"

"Det är inte okej! Var det grabbarna han delade barack med? Måns, Oliver och Niklas?"

Livs ansikte blev ännu mer slutet och hon la armarna i kors över bröstet. Maria tolkade det som ett ja.

"Vad har de sagt?"

"Det är inte bara vad de andra barnen sagt. Det fanns stöldgods i Emils packning."

Maria försökte protestera, men blev avbruten.

"Om han hade kommit hit till samtalet hade han haft möjlighet att förklara sej."

"Han fick ett papper hem där han blev kallad till Polhemsgatan 29.

Min pappa såg till att han gav sej av i tid. Han cyklade. Men han svarar inte på mobilen. Pappa letar efter honom just nu och det kommer jag också att göra när vårt samtal är över." Maria satte sig vid bordet, la upp armarna i kors och lutade sig närmare Liv tills hon retirerade. Hon tänkte inte visa sig rädd och undergiven.

Liv såg fundersam ut. "Vi har inte skickat ut någon kallelse per post. Jag fick barnens telefonnummer när jag pratade med dem i Ronehamn efter olyckan. Jag har sms:at ut tider för samtal och ringt. Har du pappret här?"

"Inte här. Hemma." Maria tänkte febrilt. "Någon tänker skada honom! Det är någon som försökt locka honom att gå hemifrån."

"Vänta!" Liv reste sig och försökte hindra Maria från att rusa ut.

"Släpp mej!" Maria gav Liv en blick som kunnat döda och slet undan hennes händer. "Hade du hört av dej till mej direkt så hade hans liv inte varit i fara. Du visste att jag fanns i huset." Maria hörde Livs röst bakom sin rygg när hon sprang mot dörren.

"Nu tycker jag att du överreagerar, Maria."

48

På sin väg genom polishusets korridor ringde Maria upp Björn för att be om hjälp att leta efter Emil, om han hade en chans att komma ifrån sitt arbete. Björn måste ha hört hur skärrad hon var för han lovade att komma direkt. Tomas Hartman hittade hon på Per Arvidssons rum. De var djupt inbegripna i ett samtal, men hon överröstade dem.

"Emil, jag tror att något har hänt Emil!" Hon förklarade och Per kom på fötter direkt. Hartman behövde lite längre tid för att fatta. Men det var han som tog beslutet. "Vi skickar ut de patruller som finns lediga."

"Jag kan ha fel, men jag vågar inte chansa." Maria tryckte Hartmans händer. "Tack!"

Hon skyndade ut. Kastade sig på cykeln och avverkade sträckan till Polhemsgatan 29 på några minuter. En oansenlig huslänga bland andra huslängor. Emil var inte där, hade inte varit där alls sa den unge mannen som öppnade för Maria. Hon cyklade hem den väg hon antog att han skulle ha tagit. På Norra Murgatan 14 väntade Bruno med Linda i famnen. Björn dök upp med andan i halsen. Linda grät och klamrade sig fast vid Maria.

"Vi har letat överallt. Han är inte här. Jag längtar efter min Emil. Du får inte gå. Då blir jag ensam. Jätteensam!"

Björn inneslöt både Maria och Linda i sin stora famn. "Om du stannar här, Maria, så fortsätter Bruno och jag att leta." Björn såg på Linda och rufsade om henne i håret. "Emil är strax här ska du se."

Maria kände rastlösheten som ett nervgift i kroppen, men Björn hade rätt. Det var möjligt att Linda visste mer om var Emil kunde vara bara de fick prata i lugn och ro.

"Vet du var Emil gjorde av lappen om mötet med Liv, pappa?"

Bruno funderade ett ögonblick. "Jag såg den på hans skrivbord. Tiden stämde inte heller. Liv från socialtjänstkontoret sa att de skulle ha träffats 15.30. På lappen stod det 15.00. Det är jag säker på."

"När kom den?" Maria satte sig på huk för att kunna hålla om Linda, hon var för tung att hålla upplyft i famnen. Gråten hade upphört. Men det syntes i ögonen hur rädd hon var.

"Jag hittade den när jag tog in posten vid elva."

"Det fanns inget brev när jag tog in morgontidningen. Det är jag säker på", sa Björn.

Maria tog Linda i handen. Tillsammans gick de upp på övervåningen. Emils ryggsäck låg slängd på golvet, ouppackad. Hon drog upp dragkedjan och tömde ut innehållet över sängen.

Linda satte sig i sängen med en duns. "Den änglatavlan fick Emil av Mirela. Hon tyckte att han var snäll. Hon ville ge honom andra saker också, men han ville inte ha dem."

En ask hade glidit upp och några mynt låg utspridda på överkastet. Maria tog fram sin mobil och meddelade Hartman vad hon funnit. Polisen hade inget nytt om Emil. Maria försökte bevara sitt lugn för Lindas skull, men inombords skrek hon. Skallgången efter Mirela blixtrade förbi.

"Här på skrivbordet ligger ju lappen!" sa Linda. "Det står m-ö-t-e på den."

Maria ögnade igenom pappret. Det korta meddelandet var felstavat på två ställen och inga skiljetecken var utsatta. Det var skrivet på dator. Hur bra Walter var på att stava på svenska visste hon inte. En tanke som fladdrade förbi och blev nedtystad. Brevets formuleringar var barnsliga. Maria letade efter Walters nummer i mobilen och ringde upp. Han svarade direkt och lät ganska irriterad. "Jag sitter i ett angeläget möte på banken. Kan du ringa mej senare?"

Maria gick nerför trappan och satte sig i vardagsrumssoffan med Linda i knäet och ringde upp Emils kompisar igen, fast Bruno nyss talat med dem. Ingen visste var han fanns, men Ubbe tänkte ge sig ut och leta tillsammans med resten av de kamrater som fanns hemma.

"Ta det försiktigt, lova det. Det kan vara farligt. Du har mitt telefonnummer. Ring!" Maria avslutade samtalet. "Linda, vet du om Emil har någon ny kompis som jag inte känner ännu?"

Linda kravlade ur famnen och la sig till rätta i soffan. Hon var trött. "Han fick nya kompisar på kollot."

"Berätta, vilka kompisar då?"

"Måns och dom. Emil blev dum när han var med dom. Tuff och sur."

"Berätta!" Maria försökte hålla frågan öppen och inte styra vad Linda skulle svara. Det var svårt att släppa mobilen med blicken. *Ring då och säg att ni hittat honom. Ring!*

"Han ville nog inte vara dum mot Mirela. Men Måns bestämde allting. Emil var tyst och surig bara. När Måns inte var i närheten var Mirela och Emil kompisar."

"Berättade du det för Liv, att det var så?" Maria hoppades verkligen att hon gjort det.

"Men det hade väl inte hon med att göra? När hon frågade sa jag att Måns var snäll. Annars hade jag fått faan för det, förstår du. Ingen vågar säga något mot Måns. Ingen. Man kan inte säga emot Måns för han är för stark. Han bestämde över ledarna och över sin mamma och pappa, kanske inte över pappan lika mycket som över mamman. Måns pappa var jättefull och tänkte köra bil. Men då bestämde Bruno att Måns mamma skulle gömma nycklarna för honom." Linda satte sig kapprak upp. Obehaget i det hon berättade gjorde henne klarvaken. "Tänk om Emil tänkte berätta som det var för Liv? Då kommer dom att spöa upp honom så jag vågar inte ens tänka på hur mycket stryk han skulle få."

Tanken hade slagit Maria medan Linda pratade.

"Fast Emil skulle nog inte skvallra", sa Linda. "Eller hur?"

Maria visste svaret inom sig och det gjorde henne ännu räddare. Emil skulle ge dem chansen att bekänna först om han visste att de gjort något hemskt. Han skulle ge dem ett ultimatum för att vara schyst, antingen berättar ni eller jag. Maria satte sig på huk framför Linda. "När du säger... som det var... hur menar du då? Hur var det?" Tankarna snurrade fortare nu. Hade Måns vapnet? Var det han som skjutit Samuel? Hade han skjutit Mirela för att hon skulle tiga?

"Mirela var slav åt Måns. Hon måste göra allt han sa. Emil tyckte det var fel, men han fick en fet smäll när han försökte hjälpa Mirela och sen vågade han inte säga emot Måns någon mer gång."

"Men det berättade du inte för Liv?"

"Ingen berättar nåt för Liv för då kommer myndigheterna och tar en, det sa Måns. Vad är myndigheterna, mamma?"

"Det är fel. Jag skulle vilja att du berättade det här för Liv", sa Maria.

"Om Måns får veta det slår han ihjäl mej. Han är starkare än en vuxen!"

Maria kände vreden rusa i blodet. Hon måste få tag i Måns och ställa det jävla lilla möglet mot väggen. Hartman skulle göra sitt bästa för att hindra henne om han blev inblandad. Men Per skulle kanske hjälpa henne. Om hon inte sa vad det gällde skulle han säkert hjälpa henne. Maria tryckte fram honom på mobilen.

"Något nytt om Emil?"

"Ledsen Maria, vi har sökt igenom hela området. Jag och Björn letar i Öster Gravar just nu."

"Något nytt om Måns?"

"Hartman och Ek är hos dem i Hemse. Vad du än tänker göra Maria, så låt bli! Hör du vad jag säger?"

"Tänker de ta in Måns pappa till förhör?"
"Jag kan inte svara på det, det vet du."
"Jag tror att det är Måns. Kan du säga det till Hartman?"
"Maria, för din egen skull och för Emils, ligg lågt."

Linda hade somnat i soffan utan att få kvällsmat. Maria hade inte haft en tanke på det. Ingen av dem hade varit hungrig. Maria gick fram och tillbaka i huset och försökte tänka medan hon ringde upp Emils mobil, för vilken gång i ordningen visste hon inte. Hon ringde från Lindas mobil för att samtidigt kunna bli nådd på sin egen.

"Tjena, du har kommit till Emil. Jag kan inte svara just nu, men om du lämnar ett meddelande efter tonen eller helst skickar ett sms så hörs vi." Maria hade skickat ett sms var femte minut. Ringt lasarettet fyra gånger och ringt Olivers och Niklas föräldrar när hon lyckats få fram telefonnumren av en hysterisk Lena Hartman. Båda pojkarna hade varit på samtal hos Liv, vilket stärkte Marias uppfattning om vilka som förtalat Emil. Sexuellt våld. Maria var helt övertygad om att Emil inte var intresserad av sex. Inte än. Den som hittar på den typen av förtal är sjuk i huvudet. Ingen av grabbarna hade sett Emil sedan de lämnade kollot fast de varit på samtal i Visby, hade de sagt. Maria hade uppmanat föräldrarna att be sina söner tala sanning. Hon hoppades att meddelandet skulle nå fram. Hon hade varit vänlig på rösten, inte hotat dem på något vis. Men i bästa fall var det en varningsklocka för föräldrarna, en anledning att ta ett viktigt snack med sina söner innan vidare kontakter med Liv eller polisen.

Maria såg på Linda där hon låg i vardagsrumssoffan. Hon sov med gosegrodan Helmer tätt intill kroppen och då och då riste hon till i efterdyningar av gråten. Ansiktet var randigt av tårar. Maria orkade inte hålla tillbaka gråten längre. Hon stoppade mobilen i fickan och gick ut i trädgården för att svalka sitt ansikte. Klockan var halv tio. Det hade börjat skymma. Mobilens display var svart och död. Ingen hade ringt. Hon satte sig på bänken vid päronträdet och lät tårarna flöda. Hon bet sig i knogen och försökte behärska sig för att inte skrika rakt ut. Rädslan skar genom kroppen och fick henne att skaka. Bara Emil kom tillbaka skulle hon aldrig mer bråka på honom om småsaker, som hur det såg ut på hans rum eller att han glömt packa gympakläder. Hon lutade huvudet i händerna. Vem skulle vilja skada Emil? Fanns det fler än Måns som kunde ha velat honom illa? En ny, minst lika otäck tanke slog henne. Om ryktet spred sig att Emil hade mobbat Mirela kunde hennes pappa ha hört det. Maria hade själv varit på väg till Måns. Den primitiva delen av hennes fantasi hade redan bankat skiten ur honom. Tankarna fortsatte att snurra. Gråten blev till ulkande snyftningar. Näsan rann. Plötsligt kände hon en hand på sin axel. Ett kort ögonblick tänkte hon att det var Emil. Hon gnuggade sig i ögonen och vände sig om.

"Du?" Hon såg knappt hans ansikte när han skymde ljuset från gatlyktan.

"Du ville prata med mej. Vad är det som har hänt, lilla syster?" Walter satte sig bredvid henne och la armen om hennes axlar. Maria berättade i skakande andetag att Emil var borta.

"Det kan vara som du säger, Mirelas pappa. Eller Måns? Jag tar hand om det här. Du ska inte vara orolig. Jag tar över." Han gav henne en kyss på pannan och reste sig.

"Walter, vad tänker du göra?"

"Lugn, jag ska få Måns och hans farsa att snacka!" Walter gick mot porten.

"Nej, vi vet ju inte vad som hänt Emil. De kanske hittar honom oskadd. Jag kan inte räkna ut var han skulle vara, men det kanske finns en naturlig förklaring." Maria sprang efter honom till porten.

"Tror du på det själv?" Walters röst var en dov morrning.

"Polisen utreder det här." Maria försökte hålla rösten stadig.

"Och hur jävla lång tid tar inte det om det lilla monstret ska ha med hela uppvaktningen från barnpsyk och socialen och Rädda barnen ifall han skulle må dåligt av att berätta vad han gjort. Jag tar hand om det på mitt sätt."

Maria ställde sig i hans väg och såg honom stint i ögonen. Hon måste hålla honom kvar så att han inte gjorde något idiotiskt. "Polisen är där just nu, hos Måns. Jag vill att du stannar här hos mej och pratar med mej för jag håller på att bli galen."

49

Tomas Hartman och Jesper Ek hade för avsikt att oanmälda besöka familjen Stål i Hemse. Klockan var närmare åtta på kvällen när de kom fram. Teknikerna hade vid den fortsatta genomgången av Lovisa Rondahls bil hittat ett fingeravtryck på instrumentbrädan bakom ratten som gärningsmannen missat i sitt försök att avlägsna spåren. Bruno Wern hade berättat för polisen att Fabian Stål hade fyllnat till för mycket för att köra hem. Caroline hade tagit hand om bilnycklarna. Då hade Fabian blivit arg och promenerat ut i natten för att hitta en annan bil. Lovisas. Han hade plötsligt kommit på den befängda idén att Måns vid elva års ålder skulle övningsköra. *Grabben måste lära sej förihelvete!* Bruno hade trott att han skämtade. Historien hade fått stöd av personalen på pensionatet. Ingen hade sett Måns köra, men de hade hört Fabians skrävlande. Hartman hade övervägt att plocka in Fabian till stationen för att ta hans fingeravtryck. Men efter upplysningen om Måns eventuella övningskörning kändes det inte som att mötet med Måns och hans far kunde vänta tills i morgon. Han ville också gärna känna Måns lite mer informellt på pulsen inför det planerade förhöret.

Ek hade under eftermiddagen upplysningsvis hört Gula Hönans kock som varit oanträffbar då han vakat över sin döende far. Beskedet om faderns försämring hade kommit samma natt som sökandet efter Mirela hade börjat. Ek delgav Hartman det viktigaste som kommit fram vid samtalet medan de körde söderut.

"Kocken sov i rummet bakom köket. Senare på natten hörde han att någon kastade sten på fönstret till rummet som herr och fru Stål bodde i. Klockan kan ha varit strax efter två. Kocken vaknade av ljudet, gick fram till fönstret och såg Måns utanför i trädgården. Utomhusbelysningen var tänd. Han såg honom tydligt. Fabian rumlade nerför trappan. På intet vis diskret. Kocken hörde röster, de var upprörda. Han hörde inte vad de pratade om. Men far och son gick åt det håll där Lovisas hus ligger."

Hartman tänkte högt. "02.11 natt mot onsdag skickade Mirela ett sms och bad om hjälp. Rättsläkarens bedömning var att flickan kort därefter skjutits i bakhuvudet med dödlig utgång och att hon efter det blivit överkörd. På torsdagsmorgonen hittar Ella Funke kroppen i diket och lyfter ut den på vägen. Maria kommer dit 04.30 och ringer vakthavande. Bara gärningsmannen och de poliser som arbetar med utredningen vet att Mirela blev skjuten."

"Varför sköt han henne och körde över henne sen?" Ek hade inte kunnat släppa det. "Dog hon inte av skottet?"

"Måns kanske sköt henne och hämtade sin pappa för att få hjälp när hon inte dog. Det är inte ovanligt att föräldrar täcker upp för sina barn. Därför är det viktigt att vi lyssnar in vad Fabian och Måns tänker berätta för historia i morgon och plockar in de bevis som kan bli förstörda. Erika sa att fingeravtrycket i bilen inte tillhörde Elis. Kan vi bevisa att Fabian eller Måns satt i bilen har vi ett annat utgångsläge. Hittar vi stöldgods hos Måns är det inte bara Emil som ligger pyrt till."

Ek mötte Hartmans blick för ett kort ögonblick. "Synd att behöva plocka bort Maria från utredningen? Vi behöver henne."

"Klart som fan att vi behöver henne! Men vi har inget val. Måns anklagar Emil Wern för att ha tvingat Mirela att stjäla. Vi vet inte vad han tänker säga och vi har definitivt inte råd med en jävsituation. Det är möjligt att han vill gå ett steg längre och säga att det var

Emil som sköt Mirela, kanske också Samuel. Om Måns eller hans far nämner att Mirela blev skjuten har vi dem."

"Klokt, men det är inte lätt för Maria."

"Jag har satt in alla tillgängliga enheter för att söka efter Emil. Måns kanske vet något. De kan ha haft kontakt innan mötet hos Liv."

"Har du talat med åklagaren om husrannsakan?"

"Godkänt. Min förhoppning är att vi ska hitta vapnet."

De stannade utanför den tjusiga vita villan. Genom vardagsrummets stora panoramafönster såg de Fabian sitta framför teven och bli serverad dryck av sin hustru. I rummet intill kunde de ana Måns ljusa kalufs i datorns blåaktiga sken. De ringde på.

"Tomas Hartman. Polisen."

"Då måste du vara Lena Hartmans pappa, kom in." Caroline gav dem ett oväntat varmt leende och visade in dem i den stora ljusa hallen. Hon bar högklackat och snäv kjol. Håret såg nyfixat ut.

"Vi skulle behöva låna de kläder Måns hade på kollot. Jag hoppas att du inte har hunnit tvätta", log Hartman.

"Nej då, de ligger på golvet i Måns rum", skrattade hon ihåligt. "Ni vet hur pojkar är. Han släpper inte in mej så jag kan städa."

"Vi skulle också behöva låna de kläder din man hade på sej när ni bodde över på Gula Hönan."

"Nu förstår jag inte..."

"Ek hjälper dej att samla ihop dem."

"Vem fa-an är det!" gapade Fabian från soffan och ställde ner sin grogg på bordet med ostadig hand. "Är det någon jävla insamling till hottentotter är vi inte med."

"Fabian är lite förfriskad. Det är fotboll på teve", sa Caroline ängsligt.

"Då föreslår jag att vi stänger av den och sätter oss på ett ställe där vi kan prata." Hartman gick fram till teven och tryckte på avstängningsknappen. Rutan blev svart.

"Men hur blir det nu...?" Caroline såg ängsligt på sin man.

"Va fa-an är det om?" Med yviga rörelser manövrerade Fabian sig upp ur den låga vita soffan. Han grabbade tag i sitt glas, som skvimpade över. "Vad i helvete vill ni?"

"Det är polisen, Fabian." Caroline drog ut en stol vid matsalsbordet och såg vädjande på honom. "De vill tala med oss om det förfärliga som hände i Ronehamn." Hon gav Hartman en snabb blick. "Gissar jag."

På ett ögonblick blev Fabian vaksam. "Jag hoppas att ni inte tänker störa Måns, han är sjuk. Har ni fått tag i pojken, Emil? Det är fruktansvärt att Måns var tvungen att bo i samma barack som den ligisten. Måns kan inte sova efter det här. Stört jävla omöjligt. Han behöver lugn och ro. Han har feber till och med. Det är av chocken."

Efter ett ögonkast från Hartman tog Ek med Caroline för att samla ihop kläderna. Det kom vilda protester från Måns rum när Ek stövlade in.

"Sitt ner!" Hartman la sin stora näve på Fabians axel och log avväpnande mot honom. "Du och jag har en del att prata om, tror jag. Men innan dess vill jag ha ditt fingeravtryck."

"Varför i helvete då?" Fabian föste undan groggen och fick något vilt och oresonligt i blicken.

"I bästa fall för att kunna visa att du är oskyldig. Har du något emot det?" Hartman tog fram väskan och började plocka upp utrustningen.

"Och om jag vägrar?" Fabian la armarna i kors över bröstet och svor tyst för sig själv. "I mitt eget hem bestämmer jag."

"Då får vi ta det på stationen. Vi kom egentligen för att hämta dej."

Små svettdroppar trängde fram i Fabians panna när han strukit det stripiga bruna håret bakåt i en nervös gest. Han fuktade läpparna och la sen upp sin hand på bordet. "Vi tar det här."

"Vid halvtretiden på natten när Mirela Lundberg blev överkörd var du ute i Gula Hönans trädgård. Måns väntade på dej där. Vad ville han?"

"Han kunde inte sova. Han hade drömt mardrömmar och han var orolig för Mirela. Han var bekymrad för att det skulle ha hänt henne något och ville att vi skulle ut och leta. Hon var inte i sin barack. Mirela och min Måns är så tajta." Fabian visade med två fingrar tryckta intill varandra. "Så tajta! Ända sen de var små har de hängt ihop fast han är tre år äldre. Han har tagit hand om henne som en storebror."

Hartman visade inte med en min vad han tänkte. De båda andra pojkarna hade sagt till Liv att de alla fyra var i baracken hela natten. Någon ljög. En utmärkt utgångspunkt för morgondagens förhör. När deras berättelser ställdes mot varandra skulle det uppstå en oro och den svagaste länken förhoppningsvis brista.

"Var ni ute och letade efter Mirela?"

"Jag sa åt honom att gå och lägga sej." Fabian torkade sig i pannan med skjortärmen och kliade sig på näsan. "Men han ville absolut följa med."

"Hur visste Måns att Mirela var borta? Det var först på morgonen någon av ledarna fick veta det. Ni tyckte inte att det var viktigt att berätta det för dem?"

"Jag vet inte. Någon i hennes barack vaknade och sa att hon inte var där." Fabian skruvade oroligt på sig och tänkte tömma det som fanns kvar i glaset i ett svep. Men Hartman hindrade honom.

"Anta att någon såg dej bakom ratten i Lovisa Rondahls bil, anta att det fingeravtryck vi hittat tillhör dej. Vore det inte bättre då att förklara för mej vad som hände?" Hartman lutade sig fram med armbågen i bordet öga mot öga med den berusade mannen. "Körde du på henne eller var det Måns?"

Fabian blev stel i kroppen, försökte hitta sin skärpa och ord till försvar innan han kapitulerade. "Satans jävlar! Jag såg henne inte. Hon låg på vägen. Kläderna var mörka. Jag trodde att vi kört på ett djur, en hund eller en räv. Men det var Auroras flicka, Mirela. Jag blev rädd, fruktansvärt rädd. Ingen hade sett oss. Jag drog ner kroppen i diket för att dölja vad som hänt."

Hartman visade inte vad han kände. "Var det Måns som körde?"

"Det var mitt fel, mitt jävla fel."

Hartman valde att inte fråga Fabian om Måns skjutit flickan, det fick vänta till i morgon. "Sen åkte du upp till kyrkan och vände bilen. Vad gjorde du där?"

Fabian fick ett konstigt ansiktsuttryck. "Jag behövde prata med Gud, säga förlåt för att han inte skulle straffa mej. På ett magiskt sätt. Jag tror egentligen inte på Gud. Men för Måns skull ville jag ta det säkra före det osäkra."

Ek kom in och gjorde en gest åt Hartman att de skulle tala avsides. "Jag har hittat mobilen. Måns hade Mirelas mobil gömd under madrassen. Inte särskilt intelligent gömställe. Han tog den av henne när hon låg död på marken, säger han."

"Det stämmer med vad Fabian berättat. De var där."

"Jag hittar inget annat som har samband med inbrotten", fortsatte Ek. "Men Måns och jag har haft ett snack. Jag hittade brevet Emil fick i hans dator. De la det i hans brevlåda för att skoja med honom."

"Och var finns Emil nu? Kunde Måns svara på det?"

50

Linda sov på vardagsrumssoffan. Maria tvingade sig själv att göra te. Hon kände sig yr och antog att det berodde på att hon inte ätit eller druckit sen lunch. Walter satt i fåtöljen bredvid Linda när hon kom med brickan från köket.

"Vet hon om att hon har en morbror?" Hans blick var fylld av ömhet.

"Inte än", erkände Maria. "Men jag hade tänkt att ni skulle få träffas."

"Hon är fin. En liten ängel med ljust lockigt hår." Han strök försiktigt barnets kind med handens baksida. I samma stund ringde Marias mobil. Det var Björn. Ambulanssirener tjöt i bakgrunden. Hon hörde på rösten att han var skärrad.

"Vi har hittat honom."

"Tack gode gud!" Maria skrek rakt ut.

Det fladdrade till i Lindas ögonlock. Hon vaknade och satte sig upp. "Mamma!"

"Hur mår han?" Maria måste få veta det med en gång. "Säg något då!"

Björn var tyst. Alldeles för länge varade tystnaden som åt sig in, bet sig in i medvetandet. "Vi hittade honom med hjälp av hundpatrullen. I ett buskage. Han var helt dold av buskarna. Cykeln…"

"Hur är det med Emil?" skrek Maria. "Lever han?" Linda började gråta, men Maria klarade inte att behärska sig längre.

"Han lever. Ambulansen är här."

"Hur illa är det? Jag måste få veta hur det är." Marias röst försvann i gråt. Walter reste sig upp som för att försvara henne.

"Jag skjutsar dej", viskade han och lyfte upp Linda i famnen.

Björns röst hördes som ett svagt mummel. Han pratade med någon. "Emil kräks. De lyfter in honom i ambulansen nu. Han är vid medvetande. Men medtagen. Bakhuvudet är blodigt."

"Har han cyklat omkull?" Maria försökte förgäves få en bild av vad som hänt.

"Vi pratar mer när du kommer hit. Vill du att jag hämtar dej?"

"Jag får skjuts av min bror." Maria tryckte mobilen intill örat och tog emot Linda med sin lediga arm.

De gick in genom akutintaget. Walter höll sin arm beskyddande om Marias axlar. Maria höll Linda i handen. I det kalla ljuset från lysrören i undersökningsrummet var Emils ansiktsfärg gråblå. Linda greppade tag i Marias arm, hängde sig fast som en liten apunge. Maria lyfte upp henne i famnen. Tillsammans gick de fram till sängen, tätt följda av sköterskan. Per Arvidsson och Björn reste sig samtidigt för att lämna plats. Bruno stod på andra sidan, men Maria såg dem inte. Hon såg bara sin son. "Emil, min fina, älskade pojke." Hon rörde vid hans kind, men han gav ingen respons. "Jag är här. Hör du mej?"

Sköterskan harklade sig för att få Marias uppmärksamhet. "Han har sannolikt fått en ordentlig hjärnskakning. Vi diskuterar att hålla honom nedsövd. Strax ska vi skicka honom på en datortomografi. Vi får se vad bilderna visar. Han har ett sår i bakhuvudet som vi har tejpat, men vi får nog sy det när han kommer tillbaka."

"Vad är det som har hänt?" Maria såg sig omkring och krävde ett svar.

Per Arvidsson var den som först sa något. "Han har inte cyklat omkull. Han var surrad med silvertejp. Händer, fötter och över munnen. Någon har slagit honom med en sten i bakhuvudet och dragit in honom och cykeln i ett buskage." Per gick fram och tog henne tafatt på axlarna. "Jag tog hand om silvertejpen. I bästa fall finns det fingeravtryck på den. Stenen låg bredvid."

Walter höll sig i bakgrunden. Maria vände sig om och gav honom ett svagt leende som betydde tack.

Efter ytterligare en evighet på akuten i väntan på besked bestämde de att Maria och Walter skulle stanna. Männen som varit ute och letat i timtal var hungriga och uttröttade och Björn behövde vara på sitt arbete tidigt nästa morgon. Linda följde med hem utan att bråka. Precis när de gått kom läkaren in och sa att det var som de trott, en kraftig hjärnskakning. Men ingen pågående blödning. Vad Emil behövde var lugn och vila.

"Även om det är viktigt att få reda på vad som hänt honom, är det min starka rekommendation att det får vänta tills han återhämtat sej. Vi vet inte hur länge han har varit medvetslös och han är mycket trött och medtagen. Vi vill behålla honom här, åtminstone till ronden i morgon bitti."

Maria gav läkaren ett tecken att de skulle ta resten av samtalet utanför dörren.

"Finns det någon risk att han kan få bestående men av det här?" frågade hon.

"Vi vet inte än. Den närmaste tiden kan det bli jobbigt för honom att koncentrera sej så jag tycker att ni ska begränsa tevetittande, datorspel och ansträngande fysisk aktivitet. Det är tur i oturen att det är sommarlov. Illamående och huvudvärk brukar ge med sej. Tröttheten kan vara besvärande och sen är det inte säkert att han minns vad som föregick händelsen. Pressa honom inte, det är mitt råd."

Maria tackade och gick in och satte sig bredvid Emil. Någon hade slagit honom och bundit honom. Han kunde ha dött av slaget i bakhuvudet! "Emil, hör du mej?" Maria tryckte hans hand.

"Jag är trött, mamma."

Maria kunde inte hålla sig. Hon måste fråga, bara en enda fråga, sedan skulle han få sova i fred. "Vem gjorde dej illa?"

"Vill du ha något att äta?" Walter tog tag i hennes axel och hon gick miste om Emils svar. "Du har inte ätit något på hela dagen, Maria. Jag fixar något. Vad vill du ha?"

"Jag vet inte, jag kan inte bestämma det. Det går bra med vad som helst."När Walter gått ruskade Maria försiktigt Emils axel. Han tittade upp och bländades av ljuset."Vem gjorde det, Emil?"

"Måns. Det var Måns och ..." Emil sjönk djupare ner i kudden och somnade. Maria måste få kontakt igen. Hon såg läkaren passera ute i korridoren och försökte dölja att hon ruskade Emils axel.

"Måns och vem var det mer som gjorde dej illa?"

"Oliver och Niklas. De sa att jag skulle dö om jag skvallrade för Liv." Emil försvann igen och Maria lät honom vara. Hon uppmärksammade sköterskan på att hon behövde gå ut och ringa ett samtal.

Hartman svarade direkt."Hur är det med Emil? Jag hörde av Arvidsson..."

"Det reder sej. Förlåt att jag väckte dej."

"Du väckte mej inte. Vad har du att berätta, säger han något?"

"Att han blev bunden och misshandlad av Måns, Oliver och Niklas för att han skulle hålla tyst. De skulle döda honom om han sa något och de lyckades nästan." Först nu när Maria själv uttalade orden hörde hon hur hemskt det lät. Hon huttrade till i kylan. "Vi blir kvar på lasarettet i natt."

"Hör av dej när han kan berätta mer." Hartmans röst var lugn och trygg.

"Tror du att Måns sköt dem? En pojke på tolv år? Kan ett barn vara så kallsinnigt?" Maria skrämdes av tanken.

"Vi vet inte", sa Hartman. "Men det är viktigt att hålla inne med den informationen. Vi har inte gått ut med att Mirela blev skjuten. Inte än. Inte ens till hennes föräldrar. Om vi har tur kommer Måns eller hans far att försäga sej under förhören i morgon. Jag har diskuterat det med Liv och hon slipar på frågeställningarna. Efter överfallet på Emil och uppgifterna om Måns övningskörning har hon ändrat uppfattning." Hartman hostade till. "Jag vet att du inte har fullt förtroende för Liv, men jag har arbetat med henne tillräckligt länge för att gå i god för att hon tar sitt arbete på allvar även om hon trasslar till det i privatlivet. Är det okej för dej om hon kommer till sjukhuset när det går att höra Emil? Hennes ord väger tungt i rätten."

"Ja, för Emils skull, Tomas. Och bara för att det är du som ber mej om det."

Maria skyndade sig tillbaka in på rummet och såg att de var i färd med att flytta Emil till barnavdelningen. Hon bad sköterskan på akuten att berätta för Walter vart de hade tagit vägen. Han dröjde och Maria kände en malande oro att han skulle göra något dumt. Hon hade ju berättat om sina misstankar mot Måns. När de installerat sig på barnavdelningen var Maria beredd att ringa honom. Precis då dök han upp i dörröppningen med en påse hamburgare. Emil vaknade till av doften och Maria hjälpte honom att ta en tugga. Sedan somnade han igen. Walter drog fram en fåtölj åt Maria, hjälpte henne att lägga upp benen på en stol och stoppade om henne med en filt. Själv satte han sig på en hård trästol. Maria var för trött för att protestera. Han såg på henne och ögonen lyste av ömhet.

"Maria, min lilla syster. Just nu känns det som om det är du och jag mot världen. För första gången sen jag var liten känns det som jag tillhör en familj. Du och jag och Emil och Linda. Ingen ska någonsin få göra er illa. Inte så länge jag lever. Mitt i allt det hemska är jag glad att jag har hittat dej."

51

Nästa morgon efter ronden fick de åka hem. Emil var trött och medtagen och ville helst sova. Han undrade vart Walter tagit vägen och Maria förklarade att han måste jobba. Strax efter lunch kom Liv och Tomas Hartman. Emil mådde bättre, bara han höll sig i stillhet kände han inte av illamåendet och mot huvudvärken hade han fått tabletter. Det värsta enligt honom själv var att han skulle få begränsad tid framför datorn och kalhygget i bakhuvudet där de rakat och sytt. Emil hade bestämt sig för att ha mössa inomhus i väntan på utväxt. Maria tyckte det var okej.

De slog sig ner runt vardagsrumsbordet. Emil halvlåg i soffan uppallad med kuddar. Maria dukade fram fika, men Liv ville inget ha. Hon verkade spänd, men när hon väl började prata med Emil var hon skicklig på att få honom att öppna sig och berätta.

Emil satte sig upp lite högre i soffan för att se henne bättre. "Jag sa till Måns att jag tänkte berätta för dej vad han tvingade Mirela att göra – om han inte gjorde det själv. Egentligen vågade jag inte. De var tre mot en. Måns skrek åt dom att hålla fast mej, sen slog han mej i huvudet. När jag vaknade låg jag i en buske och kunde inte röra mej. Det gjorde fruktansvärt ont. Jag hörde att folk ropade på mej. Det var Björn, morfar och Per, men jag kunde inte svara för munnen var igentejpad. Jag behövde kräkas och fick svälja kräkset igen. Det kom ut kräks genom näsan."

I detalj gick de igenom vad som hänt och Emil kämpade för att hålla tillbaka tårarna. Han ville verkligen inte gråta. Maria var tvungen att ge Liv ett erkännande, om än inte högt. Hon hade verklig fingertoppskänsla när det gällde att känna av var gränsen gick.

"Vad hände på kollot? Vad var det du inte fick berätta?"

"Måns tvingade Mirela att vara hans slav. Hon skulle stjäla åt honom. Om hon inte gjorde det höll Oliver och Niklas fast henne och Måns gjorde... äckliga saker med henne."

"Såg du det?" frågade Liv. Tomas Hartman kunde inte dölja en grimas av avsmak. "Vad gjorde de? Försök förklara."

"Det var sånt han sett på film tillsammans med sin pappa. P-rullar. Jag såg inte när dom gjorde det, men jag hörde när dom snackade om det. Att det inte spelar någon roll vad man gör med horor. Det hade Måns pappa sagt. Jag trodde det var bara snack tills Mirela sa en grej och jag förstod att det var sant. Hon kunde inte sitta för hon hade ont... i baken."

Maria kände sig alldeles matt. Hon nickade mot Emil för att ge honom mod att fortsätta. Skulle han klara att berätta måste hon klara att lyssna.

"Jag hatar honom för vad han gjorde mot Mirela."

"Jag förstår det", sa Liv. "Det är en sak för vuxna att ta ansvar för. Du gjorde vad du kunde. Men ibland går det inte, när det är tre mot en." Liv ställde några följdfrågor och fortsatte sedan med inbrotten.

"Vi har inte kunnat hitta sakerna som är stulna. Bara det som fanns i din ryggsäck."

"Om jag hade snott det hade jag väl gömt det. Jag hade väl inte tagit hem det till min mamma som är polis och bett henne packa upp det heller?"

Liv gjorde en lugnande gest. "Vi anklagar inte dej för någonting, Emil. Men vi är väldigt angelägna om att höra din berättelse."

"Måns bestämde att dom skulle gräva ner sakerna på kyrkogården. Natten när Mirela försvann fick jag följa med grabbarna ut för

Niklas var sjuk. Innan dess vaktade jag baracken. Jag visste inte att dom stal saker förrän jag fick följa med. Mirela väntade på oss vid kyrkan. Hon frågade om sakerna hon snott åt Måns räckte. Det var en dödskalle, en liten barnskalle. Men Måns sa att han inte var nöjd. Jag ville försvara henne. Jag ville säga nej, men det gick inte för Måns var för stark. Han sa vad han tänkte göra med henne om hon inte lydde och då sprang hon i väg och sen... var hon död."

"Vad gjorde ni efter det?"

"Vi gick hem och sov. Jag tror att Måns gick ut senare... men jag vet inte om det var morgon då eller inte. Det var ganska mörkt."

"Tror du att du orkar följa med polisen i bilen till Rone kyrkogård och visa var det var? Du får säga nej om du inte orkar."

"Jag fixar det", sa Emil." Följer du med mamma?"

"Självklart. Linda får vara hemma med morfar."

Resan till Rone var tuffare för Emil än de tänkt. Han blev förfärligt åksjuk och fick vila en stund på en filt på marken ute i friska luften innan de kunde gå in på kyrkogården tillsammans med Haraldsson och en annan polis i yttre tjänst. Liv och Hartman hade tider inbokade för förhör med Måns och de andra pojkarna.

Emil tog stöd av Maria och gick långsamt fram till en nyligen grävd grav omgiven av vissnande kransar. Där stöldgodset hade grävts ner var jorden någon nyans mörkare. Poliserna började gräva och fick upp en plastkasse och sedan en till. Haraldsson gick snabbt igenom innehållet av sedlar och mynt och smycken. Han skakade på huvudet. Eriksson visade med en gest att han förstod. Maria fattade också. Pistolen fanns inte där. Men en stor mängd andra saker som snart skulle hitta tillbaka till sina ägare plockades upp i ljuset.

Haraldsson höll upp barnkraniet. "Var kommer det här ifrån?" Hans ansikte visade både fasa och förvåning. "Det låg i plastkassen. Det ser äkta ut."

"Mirela hittade det i en bod hos en tant som hade höns och kaniner." Emil svajade till och Maria fick honom att sätta sig ner i gräset.

"Hade någon av dem en pistol?" frågade hon.

"Nej." Emil blundade och lutade huvudet mot Maria. "Mamma, jag orkar inte åka hela vägen hem. Jag mår inte bra. Jag har så ont i huvudet och jag måste nog kräkas igen. Kan vi inte åka till Walter?"

Maria förstod att han använt sina sista krafter och att han var helt slut. Hon ångrade att de gett sig av. Hon borde ha sagt nej, bett om en dags respit till. Emil var gråblek i ansiktet.

"Jag kan ringa och kolla om han är hemma. Du kan säkert få vila dej där." Marias första impuls hade varit att titta in hos Severin och Solvår. De hade varit så rara mot barnen. Men som saker och ting hade utvecklat sig kändes det omöjligt. Hon försökte ringa upp Walter. När hon inte fick något svar på hans mobil chansade Maria ändå på att fara dit. Det var inte långt från kyrkogården. Det kanske fanns någon där som kunde släppa in dem. Emil kräktes innan han satte sig i bilen. Ögonlocken föll ihop. "Mamma jag är trött. Jag vill inte vara i bilen, det luktar kräks."

Dörren till Renates hus var olåst. De klev in i hallen vars sortiment av stövlar, lådor, kaninburar, takpapp och andra odefinierbara ting hade ökat sedan sist. På diskbänken stod travar av disk. Ingemar, klorindiskaren, hade tydligen inte varit där på ett tag. Solen sken in och blottade ett dammigt vardagsrum och ett bord med ölburkar och pizzakartonger. Dörren till Walters rum var låst. En annan dörr öppnades och där stod Renate redo att ge sig i väg ut. Maria förklarade situationen och Renate hittade en reservnyckel i nyckelskåpet i köket, låste upp Walters dörr och öppnade.

"Den lilla nyckeln är till medicinskåpet i hans rum. Jag tror att det ska finnas värktabletter kvar sen förra hyresgästen." Hon gav Emil ett uppmuntrande leende. "Bara du kommer i säng blir det bättre med huvudvärken, jag vet."

Om det utanför rådde kaos var Walters rum desto prydligare.

Sängen var bäddad med överkast. Emil la sig ovanpå och rullade in sig i yllefilten som Maria hämtade åt honom från fåtöljen. Han var väldigt blek. Maria bannade sig själv för att hon dragit i väg med honom till Rone kyrkogård.

"Jag har sprängont i huvudet."

Maria grävde i sin handväska efter huvudvärkstabletter och mindes att hon gett Emil den sista innan de åkte hemifrån. Hon lät blicken svepa över rummet. Bakom dörren fanns ett plåtskåp fastskruvat i väggen. Ett gammaldags medicinskåp. Det var låst, men på samma knippa som huvudnyckeln hängde det en lite mindre nyckel, precis som Renate sagt. Den passade i låset. På nedersta hyllan låg ett paket med lite ovanlig form inlindat i tyg. På hyllan ovanför fanns en ask med Alvedon. Bäst före-datum var passerat med ett drygt år, men det var bättre än ingenting. Maria gick ut i köket och hämtade ett glas vatten. När hon kom tillbaka sov Emil. Hon såg länge på honom, han andades lugnt och hon bestämde sig för att inte väcka honom.

Hon ställde ifrån sig vattenglaset och tabletterna på nattduksbordet bredvid Emil, satte sig i fåtöljen, och tänkte på allt som hänt. Först nu när hon lugnat sig vågade hon ta in sanningen. Maria reste sig upp och gick fram till plåtskåpet. Innan hon vecklat ut tygstycket visste hon redan vad det var. En Luger från andra världskriget. Den var laddad. Ytterligare ammunition låg i en ask bredvid, samma tillverkningsserie som den de sökte. *Vapnet som dödat Samuel Stein och Mirela Lundberg*, hann hon tänka innan ytterdörren slog igen. Maria skyndade sig att linda in vapnet i tygstycket och låsa plåtskåpet. Hon hörde steg över golvet och satte sig i fåtöljen. Tanken på att fly föresvävade henne, men hon insåg direkt att hon aldrig skulle orka få med sig Emil. Samtidigt som Walter steg in i rummet sjönk Maria ner i fåtöljen. *Du dödade dem!* Maria försökte slå bort tanken. Om han inte anade att hon hittat pistolen kanske han skulle låta dem gå. Hon kände en svindlande matthet i kroppen.

"Jag såg att du ringt. Hur är det med Emil?" Han gav henne ett bekymrat leende.

"Renate låste upp. Han behövde bara vila en stund. Vi ska åka hem nu." Det förvånade Maria att hennes röst lät så stadig. Hon följde Walters blick när den svepte över rummet. Nyckeln satt kvar i skåpdörren.

"Jag behövde en huvudvärkstablett till Emil." Hon pekade på nattduksbordet. "Men han somnade innan jag hann ge honom den."

"Och vad hittade du då?" Walter låste upp skåpet och tog fram vapnet. "Det kanske ännu går att använda den, vad tror du? Den är ju laddad och klar. Ska jag skjuta dej eller pojken först? Vad säger du?" Walters ögon speglade ett iskallt förakt. Hans kropp blockerade enda vägen ut.

Samma snabba svängningar som Monica från närhet till hat när något gick emot. Han var skadad, sjukligt labil och farlig. Maria kastade en blick mot Emil. "Du sa att inget ont skulle hända oss, att du skulle beskydda oss."

"Så mycket dumt man säger", sa Walter med len röst. "Det går ju inte nu när du har förstört allt", fortsatte han i en annan ton. "Var och en är sej själv närmast. När det verkligen gäller kan man bara lita på sej själv. Jag vill att du väcker pojken och ser till att han inte gör några dumheter. Vi ska ut på en liten åktur tillsammans. Du kör och jag dirigerar." Han pekade på Emil med pistolen. Maria rörde sig långsamt mot sängen och ruskade försiktigt Emils axel. Hon såg allvarligt på honom.

"Vad är det?" När Emil blinkat till och hade sett pistolen i Walters hand var han klarvaken.

"Om du gör något dumt skjuter jag din mamma", sa Walter. "Har du förstått?"

Emil nickade knappt märkbart. "Tänker han döda oss, mamma?"

Maria svarade inte, men tryckte honom närmare sig.

52

Walter fixerade dem med sin svarta blick. "Om ni gör som jag säger kanske jag nöjer mej med att låsa in er tills jag hunnit lämna landet."

Du ljuger. Maria sa det inte högt. Det måste verka som om de samarbetade, men om hon fick chansen att fly skulle hon inte tveka.

"Polisen vet att vi är här för att träffa dej. Renate öppnade för oss och är snart tillbaka."

"Håll käften!" Walters ord kom som ett piskrapp.

Maria såg hur rädd han blev. Det bara small till när hon fick en örfil så att hon stupade baklänges. Emil försökte gå emellan för att beskydda henne. Walter föste undan honom. "Vi drar nu. Se till att du får med dej ungen." Han tryckte pistolen mot Marias tinning och ryckte henne i håret medan han backade mot dörren.

I samma stund såg Maria en rörelse bakom Walters rygg, en mörkklädd gestalt inte större än hon själv. Det hördes en dov duns och Walter stupade på golvet framför hennes fötter. I dörröppningen stod klorindiskaren med en stenmortel i handen.

"Han var elak, man får inte vara elak!" Ingemar såg uppjagad ut.

Maria tog pistolen ur Walters hand.

"Emil skynda dej, spring härifrån! Ta med dej Ingemar, vart som helst där det finns folk. Göm er. Ring Tomas Hartman, ring 112 och ring hem. Jag litar på dej, Emil."

"Jag går ingenstans utan dej, mamma."

"Det måste du! Spring härifrån Emil! Jag väntar här tills polisen tagit Walter. Annars följer han efter oss." Marias röst tålde inga motsägelser. Walter började vakna till. Maria backade så att han inte skulle kunna nå hennes ben.

"Fan i helvetes jävla subbjävel!" Walter öppnade ögonen och tog sig åt huvudet.

"Rör du dej skjuter jag!" Maria gjorde rösten mörk och stadig fast hon skakade inuti.

"Maria, du är min syster. Du kan inte låta dem ta mej. Du vet ju att det var Monicas fel. Om hon inte lånat pengar av mej skulle jag inte i min tur ha behövt låna av fel killar. De dödar mej om jag inte får fram pengarna i tid. Var hygglig nu. Det är ingen som skulle klandra dej om jag lyckades fly."

"Du dödade Samuel! Din egen farfar!"

"Han skulle ändå ha dött snart, han var över nittio för fan. Jag är hans enda arvinge i livet. Det finns ett hemligt konto med en helvetes massa pengar med ränta på ränta. Frauke visste om det. Vi kan dela. Du skulle aldrig mer behöva ha några bekymmer. Jag skulle ta hand om dej och barnen. Släpp mej nu, Maria."

"Mirela?" *Du sköt henne!*

Walter stönade högt. "Vad hade hon ute på nätterna att göra? Hon såg mitt ansikte när jag sköt Samuel. Hon lovade att tiga, men jag kunde inte lita på det. Vi är inte så bra på att lita på folk i vår familj eller hur? Släpp mej nu!" Han gjorde ett försök att resa sig.

"Rör du dej skjuter jag och jag kommer att sikta på huvudet."

"Maria, min syster. Jag tror inte du riktigt förstår vem det är som ställer villkoren. Om du ser till att jag åker fast kommer du aldrig mer att kunna känna dej säker. Jag har vänner utanför fängelset som för en rimlig summa inte skulle dra sej för att skada dej eller dina barn. Om åtta år är jag ute igen och innan dess får jag permission. Det är inte säkert att de kommer ihåg att berätta det för dej, så var vaksam. Jag tror att du vet hur sårbar du är, det finns en man som du älskar, du har vänner och du har underbara barn. Antingen är du min syster eller min fiende. Du väljer."

Maria hörde sirenerna på långt avstånd. Hjälp var på väg. Walter verkade ha sämre hörsel för han reagerade inte. Maria kände hur händerna som krampaktigt höll i vapnet började skaka när hans hot trängde in i medvetandet och fick henne att börja tvivla.

"Du är min bror, det kan ingenting ändra. Jag vill dej väl, men jag kan inte ge upp allt det jag tror på." Hon försökte möta hans blick med samma intensitet, men var tvungen att vika.

"Sluta nu! Ge mej pistolen." Han sträckte fram handen. Maria kände sig matt av rädsla. Hon backade och han följde efter. Pistolen slokade i hennes hand. Hon tänkte på Emil för att hitta styrkan. *Du kunde ha skjutit min son.*

"Nej!" Hennes röst fick en oväntad kraft och Walter sjönk ner på golvet igen, samtidigt som Maria hörde ytterdörren öppnas. På ett ögonblick hade polisen tagit över.

När Walter bojats upp och förts ur rummet till den väntande polisbilen fick Per Arvidsson bända vapnet ur Marias krampaktiga grepp. "Det är över nu, det är lugnt. Emil är i trygghet. Ge mej pistolen, Maria. Släpp den."

53

Ett par veckor senare när det värsta tumultet lagt sig satt Maria i trädgården under päronträdet och tänkte på allt som hänt. Walters hot vilade som en skugga över glädjen inför bröllopet. Hon tvivlade inte på att han var kapabel att göra henne illa. Han kände sig sviken fast hon bara gjort det hon måste göra.

Flera rättsprocesser pågick parallellt. Det skulle ta sin tid innan det var över. Solvår hade lämnat sin man och flyttat hem till Lovisa. Hon behövde tänka och Björn gjorde sitt bästa för att själv få ihop de båda motstridiga bilderna av sin farfar. Den gemytlige farfadern som lekt med honom och velat hans bästa var samme man som planerat att skicka människor i döden för att de hade annat ursprung, annan ideologi eller sexuell läggning än han själv. Severin hade inte bara följt med tidens strömningar när Tyskland blev en stormakt, han hade aktivt fortsatt arbetet med facit i hand. Under långa promenader utmed havet hade de vänt och vridit på fakta, men Björn hade fortfarande svårt att veta hur han skulle förhålla sig.

Marias tankar vandrade vidare till Måns Stål och hans klasskamrater som gjort Emil så illa. Hon hade själv svårt att försonas med det som hänt och gå vidare. Ryktesvis hade hon hört att Liv placerat Måns i ett fosterhem med två stabila äldre killar och en hockeymorsa som inte gick av för hackor. Bra för hans kvinnosyn, onekligen. De andra pojkarna skulle gå på uppföljande samtal en lång tid.

Maria vände på huvudet när hon hörde att det bultade på porten. De flesta brukade bara kliva in när det var upplåst.

Det var Liv Ekdal. Maria kände hur det vände sig i magen. De hade inte träffats sedan Liv förhörde Emil och anklagade honom för att ha utsatt Mirela för sexuella övergrepp.

"Jag ville bara höra hur Emil mår." Liv såg undergiven ut och Maria funderade på om hon kommit för att be om ursäkt. "Jag har haft kontakt med din son över nätet." Liv förväntade sig att bli inbjuden att stiga på, men Maria rörde inte en min. "Jag har erbjudit Emil stödsamtal om han vill prata om det som hänt."

Så i helvete heller! Maria hade mest av allt lust att slå porten rakt i ansiktet på henne. "Har Emil sagt att han vill det?"

"Jag ville höra hur du ser på det, innan vi bestämmer något? Det är viktigt att få med hela familjen i den läkande processen." Liv tog ett försiktigt steg in i trädgården. "Så underbart vackert ni har det här."

"Ja, du brukar ju gå förbi och se hur vi har det här inne och rapportera vilka som besöker oss." Maria väntade tills hon såg att polletten trillat ner. "Exakt vad tror du att du skulle kunna hjälpa honom med som vi inte kan erbjuda i familjen?" Maria märkte själv att tonen blev vass, vassare än hon tänkt.

"Ibland kan det vara lättare att tala med någon utomstående."

"Nej tack. Jag tycker att du har gjort tillräckligt." *Lämna min man och mina barn i fred!*

"I så fall vill jag bara tacka ja till inbjudan... till ert bröllop. Tänk att det blir av i alla fall."

Ja tänk! Det var väl tråkigt fast du ansträngde dej så för att skjuta det i sank. "Vi skickade ingen inbjudan till dej."

"Det behövs inte, kära du. Det är klart att jag är bjuden. Björn är min bästa vän. Jag har talat med honom och nu tackar jag förstås ja."

"Det är inte vad vi bestämde. Björn får ta det där med dej sen när han kommer hem."

"Varför ska vi motarbeta varandra, Maria? Vi kunde ju vara vänner? Riktigt goda väninnor. Vi är liksom på samma intellektuella våglängd. Vi har gemensamma erfarenheter. Björn är en fantastisk man och jag tror att han räcker till för oss båda."

Maria kände hur ansiktet stelnade av vrede."Jag tycker du ska gå." Hon mer eller mindre föste ut Liv genom porten ut på gatan och låste. *Endera natten kommer hon att ha krupit ner mellan oss i dubbelsängen. Är det bara jag som ser att hon är galen?*

Maria lutade huvudet mot gråpäronträdet för att hämta styrka. Hartman tyckte att Liv var kompetent, den bästa att samarbeta med. Björn beundrade henne också för att hon var en så engagerad socialsekreterare. Hon hade ju lyckats placera Måns i ett fosterhem som nog skulle få pli på honom. Skickligt. *Javisst, men det gör henne inte mindre galen att hon har potential. Hon är manipulativ. Precis som min mamma. Det är därför jag uppfattar det alla andra är blinda för. Jag har sett det förut.*

När Björn kom hem tog Maria upp det direkt."Liv var här och hon har bjudit sej själv på bröllopet."

"Typiskt Liv, hon tar inte ett nej för ett nej. Jag ska prata med henne. Vad ska jag säga? Det är verkligen inte enkelt."

"Säg att hon inte får komma. Om hon tränger sej på måste vi ha rätt att tala klarspråk. Det behövs ingen anledning. Vi har ett litet bröllop för de närmaste."

"Jag ska försöka."

Lördagen den 17 juli var dagen då bröllopet skulle gå av stapeln. Brudklänningen som Vega ritat mönstret till var en stilren dröm. Erika hade hjälpt Maria att sätta upp håret och fästa girlanden med vita blommor. En mild sommarvind strök längs kyrkans murar när hästdroskan svängde av från Ronehamnsvägen. Björn steg ur och räckte Maria handen. De såg varandra djupt i ögonen, fyllda av stundens allvar. En lång rad av späda björkar kantade vägen. Till gotländsk brudmarsch på träblåsinstrument och pukor steg de in i det svala kyrkorummet där orgelmusiken tog över. Maria höll blicken rakt fram utan att se till höger eller vänster. Iklädd en ljuvlig grön sidenklänning sjöng Lena Hartman den vackraste av sånger, "Utan dina andetag", som Maria hade önskat. Hon kände sig skakig och lycklig och fattade hårt om Björns hand. Prästen höll ett varmt och personligt tal men orden ville inte stanna i minnet, de flög som vilda fåglar ut mot ljuset. Så var stunden inne att avlägga äktenskapslöftet. De vände sig mot varandra. Just då fanns ingen tvekan. "Ja!"

"Nu får ni kyssa varandra om ni vill." Prästen hade ett litet skratt i rösten. Det kändes konstigt att kyssas inför publik, men det var ju bara de närmaste. Orgelmusiken brusade. När ceremonin var över vände sig Maria om med en känsla av lättnad. Och där satt Liv Ekdal på första bänk med allvarlig uppsyn. Maria klämde ännu hårdare om Björns hand och såg upp på honom. Han besvarade ögonkastet och log obekymrat. "Är du lycklig?"

"Med dej är jag lycklig." Maria släppte Liv med blicken och de skred gången fram till kyrktrappan där de överöstes av ett regn av rosenblad. Lena Hartman hade bestämt att det skulle vara rosenblad eftersom småfåglar inte mår bra av okokta risgryn. Tomas Hartman var den första att gratulera dem, sedan kom Bruno och barnen. Linda hade redan smutsat ner sin rosa klänning med någon sorts saftpulver hon hittat bakom kulisserna. Det var tänkt att hon skulle vara brudnäbb, men i sista stund hade hon hoppat av för att hon inte var säker på om hon kunde sköta sig.

Brudparet skulle just stiga in i den väntande droskan. Emil och Linda satt redan där med förväntansfulla ansikten när Liv kom fram till dem och kramade Björn. En lång kram. Hon viskade något i hans öra och han såg plötsligt väldigt konstig ut i uppsynen. Så kysste hon honom på kinden och gav Maria en outgrundlig blick. "Vi ses."

"Vad sa hon?" frågade Maria när de svängde ut på stora vägen under gästernas hurrarop.

"Det är en sak jag inte berättat. Det blev så dumt. Vi bestämde ju att vi inte skulle bjuda Liv. Men sen fick jag veta att hon bokat in sej på Gula Hönan, utan att veta att det var där vi skulle ha festen, och då blev det ju dumt om hon inte fick vara med, eller hur? Så jag bad dem duka ett extra kuvert och nu frågade hon om det var i köket bredvid katten." Han skrattade tvunget.

Maria kunde hålla sig för skratt. "Vi var överens om att hon inte skulle komma."

"Vad skulle jag ha gjort?"

"Sagt nej." I samma stund som Maria sa det förstod hon syftet. Liv ville få dem att gräla. Hon ville förstöra dagen för dem. Det skulle hon inte få. Maria lutade sig fram och kysste sin man på munnen.

När de kom fram till Gula Hönan serverades champagne och snittar. Brudvalsen, som de tränat in på vardagsrumsgolvet, satt som den skulle. Linda bjöd upp Emil, som stel som en pinne vandrade över dansgolvet med henne för att hon inte skulle sura. Det var en lättnad när Bruno kom och lyfte upp henne i famnen och dansade runt med henne som en riktig kavaljer. Då skrattade hon högt när han virvlade runt med henne så det långa håret flög i takt med musiken. Därefter var det dags att sätta sig till bords. Borden och fönstren var dekorerade med långa girlander av röda och vita pioner och stora fång av dem fanns i lerkrukor vid entrén. De serverades nyskördad sparris med lufttorkad skinka och gorgonzola till förrätt. Huvudrätten var lammstek med en fantastisk gräddsås som till och med slog Björns mästerverk i köket och till efterrätt blev det husets egen syrenglass med färska bär och knäckiga flarn. Talen avlöste varandra. Brunos tal fick allas ögon att tåras, men han fick dem också att skratta gott. Maria började förstå att han var en talang på att hålla tal. Värdparet läste upp telegrammen. Ett av dem var från Walter. Han önskade dem bara lycka till, men Maria fick ändå hjärtat i halsgropen.

Det blev dans. Liv bjöd upp Tomas Hartman. Plötsligt föll hon avsvimmad ihop på dansgolvet mitt framför fötterna på Björn. Musiken tystnade. Alla flockades runt Liv för att se om de kunde hjälpa till. Per Arvidsson som arbetat som ambulanssjukvårdare tog över. Maria gick ut i trädgårdens svalka. Björn hade berättat om Livs tidigare attacker. Då hade Maria varit full av sympati, men med tiden hade hon anat ett mönster. Barn kan få affektkramper, men att ha det i vuxen ålder är nog mycket ovanligt. Följer Björn med henne till stan blir vårt äktenskap det kortaste i Gotlands historia, tänkte Maria utan att egentligen mena det och satte sig ner vid ett av de vitmålade trädgårdsborden. Hon kände tårar av irritation bränna bakom ögonlocken. Äktenskapet är en paketlösning, man får det goda med det mindre goda. Allt eller inget. Det är inte okomplicerat, tänkte hon när en skugga blev synlig bakom ett av träden. Per Arvidsson. Han kom fram och satte sig mitt emot henne. "Jag har lovat att skjutsa Liv till stan. Jag hävdade att hon bör träffa en läkare. Jag är fortfarande nykter."

"Tack."

Per lutade sig fram och fattade med sina båda händer om hennes ansikte. "Är du lycklig med honom, Maria?"

"Ja, jag älskar honom." Hon slog ner blicken och såg upp igen. Han förtjänade att få veta sanningen. "Fast just nu är jag arg. Liv förstör festen och Björn märker det inte ens."

"Jag avhyser henne och ser till att de behåller henne på sjukhus i natt. Det blir min bröllopspresent." Per reste sig upp och gick mot verandan. Precis innan han skulle stiga in vände han sig om. "Jag önskar dej all lycka, Maria. Det behöver du."